Das Max-Dauthendey-Buch

Das Max Dauthendey Buch

Erzählungen und Gedichte

Mit 28 Blättern nach Farbholzschnitten von Hermann Naumann

Langen Müller

Ausgewählt und mit einem Nachwort versehen
von Gerhard Desczyk

Titel der Originalausgabe: Max Dauthendey,
Keine Wolke stille hält
Lizenzausgabe für Albert Langen · Georg Müller
Verlag GmbH, München · Wien
Umschlaggestaltung: Christel Aumann, München,
unter Verwendung eines Motivs von Hermann Naumann
Druck: Jos. C. Huber KG, Dießen
Printed in Germany 1979
ISBN: 3-7844-1722-1

Heimat Würzburg

Das Herz singt auf zum Reigen

Asiatische Novellen

Die acht Gesichter am Biwasee

Das Märchenbriefbuch
der heiligen Nächte
im Javanerland

Keine Wolke stille hält,
Wolken fliehn wie weiße Reiher,
Keinen Weg kennt ihre Welt,
Und der Wind, der ist ihr Freier.

Wind, der singt von fernen Meilen,
Springt und kann die Lust nicht lassen,
Einer Landstraß nachzueilen,
Menschen um den Hals zu fassen.

Und das Herz singt auf zum Reigen,
Schweigen kann nicht mehr die Brust;
Menschen werden wie die Geigen,
Geigen singen unbewußt.

Heimat Würzburg

Hier wurde ich geboren

Hier in Würzburg wurde ich geboren, als mein Vater achtundvierzig Jahre alt war. Und heute, da ich dieses niederschreibe, stehe ich selbst im fünfundvierzigsten Lebensjahre. Nach vielen Fahrten, die ich durch Europa und über Europas Grenzen hinaus machte, und nach meiner letzten Reise rund um die Erde habe ich mich hier niedergelassen. Die Fenster meiner Wohnung sehen auf den alten Fluß hinaus, auf den sanften Main, der am Fuße des Marienberges unter steinernen Brücken leicht rauschend hingleitet. Auch mein Vater hatte hier einst bei einer der Brücken, vor mehr als fünfzig Jahren, als er aus Petersburg kam, an der „alten Mainbrücke" seine Wohnung genommen, und dort sehe ich noch heute, wenn ich am Kai spazierengehe, das Atelier, den kleinen Glaskasten, den er an der Rückseite eines großen Wohnhauses anbauen ließ. Wohl sind in der Stadt einige Straßen seitdem erweitert worden. Die Ringparkanlagen, die sich rund um die Stadt ziehen, die ich als neunjähriger Knabe anpflanzen sah und die jahrelang wenig Schatten gaben, sind jetzt dunkelschattig geworden, und hohe gewölbte Alleen führen dort an reichen Gebüschen und Blumenpflanzungen vorbei. Aber dem Innern der Stadt merke ich es kaum an, daß ich fünfundvierzig Jahre mit seinen Häusern älter geworden bin.

Nur die hohen Bäume der Glacisanlagen, die mit den Jahren zum Himmel wuchsen – und ihre Zweige und Wipfel gewaltig ausstrecken lernten, wie der älter werdende Mensch seine Gedanken –, hauptsächlich an diesen Bäumen kann ich es sehen, daß ich bald ein Menschenalter die fränkische Luft, den fränkischen Boden und die fränkischen Laute meine Heimat nenne.

Immer wieder bin ich vom Ausland zu dieser Stadt zurückgekehrt. Ich besaß keine Erde und kein Gut hier, das mich hätte anlocken können, stets wieder von neuem das Mainufer aufzusuchen. Das einzige Gut, das einzige Stückchen Erde, das ich mein nannte, als ich wiederkam, war das kleine

Viereck Erde des Familiengrabes da draußen im Friedhofgrund.
Die Blumen, die im Sommer hier auf dem Grabe stehen, haben mich mit ihrem Duft rund um die Erde verfolgt, und die Toten, die hier unter dem Efeu zu Erde werden, sind noch heute meine treuesten Begleiter, meine unterhaltendsten Erzähler in den wenig veränderten Straßen der alten fränkischen Stadt.

Die Stadt meiner Toten

Die ganze Stadt Würzburg und ihre Umgebung hat für mich noch eine unsichtbare Stadt in der Stadt; die Stadt meiner Toten, der Toten, die unter den Lebenden, von alter Zeit erzählend, umhergehen.
Ganz kleine Anlässe können mir plötzlich einen meiner Gestorbenen aufwecken. Wie ich vorher schon sagte: beim Zigarettenrauch, bei türkischem Tabak sehe ich unfehlbar meinen Vater vor mir. Meine Mutter aber sehe ich, obwohl ich ihr Bild kaum noch in der Erinnerung trage – da ich sechs Jahre alt war, als sie starb –, wenn beim Westwind über den Main herüber, an dem ich wohne, die Trompetensignale der sich übenden Trompeter und auch die Trommeln von der Rückseite der Festung herübertönen.
Meine Mutter lag mehrere Sommer lang krank auf einem Gute, das am Nikolausberg, hoch oben am Leutfresserweg, liegt. Da sie in Petersburg, im frischen Norden, geboren war und erst, als sie bald dreißig Jahre alt war, nach Süddeutschland in die Kalkstaubluft Würzburgs kam, begann ihr Kehlkopf bald zu kränkeln, und sie hüstelte fortwährend. Man schickte sie nach Meran, und dazwischen lebte sie mehrere Monate auf jenem Gute draußen vor der Stadt Würzburg, wo am Berg die Luft frischer und gesünder ist als im heißen Maintal unten. Dort verbrachte ich als kleiner Knabe manche Tage bei ihr, und alle Spiele, die ich mit ihr spielte, und alle Stunden, die ich in ihrer Nähe dort zubringen durfte, waren durchhallt von den Übungen der Trom-

peter, die, über den Kühbachsgrund herüber, vom Morgen bis zum Abend mit Trommelwirbel und Marschsignalen auf dem Festungsberg „Marienberg“ die Luft erfüllten.
Heute noch, nach vierzig Jahren, üben die Trompeter dort weiter, und ganz plötzlich, wenn der Wind sich wendet, kommen auch die Trompetenstöße über den Main in meine Zimmer. Dann verjüngt sich alles. Dann rollt das Zeitrad in einer Sekunde vierzig Jahre zurück, und ich sehe meine Mutter wie in alter Zeit in einem sonnigen Zimmer herumgehen, und immer steht in diesem Zimmer seit vierzig Jahren ein unverwelkter, feuerroter Mohnblumenstrauß.
Mein Vater aber, mit dem ich noch dreiundzwanzig Jahre nach dem Tode meiner Mutter das Leben teilte, sehe ich noch bei unendlich vielen kleinen Anlässen, und er geht beinahe wie ein Lebender bei mir aus und ein.

Sonntagmorgen in Würzburg

Um sechs Uhr morgens traten wir gewöhnlich schon die Spaziergänge an, und in den frühsonnigen Straßen, in denen noch alles schlief, begegneten wir nur den Milchwagen, den Bäcker- und Metzgerburschen und einigen frommen katholischen Kirchgängern, die bereits aus der Frühmesse kamen, in die sie schon um fünf Uhr gegangen waren.
Man muß sich dazu das Bild der alten sauberen fränkischen Stadt Würzburg vergegenwärtigen. Die Straßen sind vom Samstagabend her blank gekehrt, und die Morgensonne liegt weit gedehnt auf unserm Weg, auf der Theaterstraße und auf dem Residenzplatz. Die Schaufenster sind alle geschlossen. Kein Wagen fährt noch, und Trambahnen gab es nicht zu meiner Knabenzeit.
Aus der neumodischen Kaiserstraße, in der wir wohnten und die das geschäftstätige neunzehnte Jahrhundert in ihren Häusergesichtern zeigte, kamen wir in die Theaterstraße, in welcher die Rokokobauten vorherrschten. Und wir wandelten an den reizvollen geschweiften Türen und Treppen des achtzehnten Jahrhunderts entlang und kamen an zwei

großen Standbildern von Heiligen vorbei, die damals den Eingang in die Eichhornstraße schmückten. Sie trugen die bewegte Linie des achtzehnten Jahrhunderts zur Schau, jener Zeit, die den Faltenwurf der Gewänder ein wenig theatralisch behandelte. Man vergaß beim Anblick dieser Standbilder, daß sie aus Stein waren. Man glaubte den Wind in den Gewändern rauschen zu hören. Die beiden Heiligen waren in Größe und Darstellung den zehn Heiligenbildern ähnlich, die heute noch die Brückenpfeiler der alten Mainbrücke prächtig schmücken. Weiter im Morgen sah ich zur linken Hand das lange, schlichte und schmucklose Haus des Spitals „Zum Heiligen Geist", einen mittelalterlichen ernsten, ehrwürdigen Bau, der nach der Theaterstraße hin nur eine einfache Wand mit zwei Reihen Fenstern zeigt. Vor den meisten Fensterscheiben stehen dort im Sommer altmodische Blumen in Töpfen, rote Geranien, getreulicher Efeu und vielleicht dazwischen ein Rosenstock.

Hinter den Scheiben wohnen alte arme Würzburger Bürger, siebzig- und achtzigjährige Leute, die im Spital außer ihrer Kammer und ihrer einfachen Kost täglich ihren Schoppen Wein von der berühmten Heiligengeistkellerei der Stadt Würzburg erhalten.

In der frühen Morgenstunde öffnet hie und da ein weißhaariger Alter sein Fenster und füttert die Tauben, die vom altbraunen Ziegeldach des Bürgerspitals herunterflattern und pickend und gurrend in dichter Schar auf dem menschenleeren Pflaster sich's wohl sein lassen.

Dann am Theatergebäude entlang, das auch ein alter fürstbischöflicher Bau ist und mehr einem Stiftshaus als einem Theater ähnelt, leuchtet in der Ferne, über dem gepflasterten Residenzplatz, im Morgenlicht silbrigblau das Dach des ungeheuren und herrlichen Residenzschlosses, das das größte und schönste Schloß in Deutschland ist.

Und hinter dem Schloß, draußen vor der Stadt, am Ende des Rennweges, hinter dem großen Schloßpark mit seinen Terrassen, seinen Rokokolauben, Freitreppen und seinen Ulmengängen auf hohen Wällen, lagen in dem Ringpark,

welcher an Stelle der früheren, geschleiften Festungswerke der Stadt Würzburg entstanden ist, ganz im Tau die hohen Wiesen, besät mit gelbem Löwenzahn und weißen Margaretenblumen.

Immer, wenn ich an diesen Morgenweg jener längst vergangenen Sonntage denke, sehe ich unter den weiß- und rosablühenden wilden Kastanienbäumen, unter feingefiederten und süßduftenden schlanken Akazien und bei üppigen breitblättrigen lila- und weißblühenden Fliederbüschen jene blankgrünen Wiesen wieder, auf denen unter der lieblichen und keuschen Morgensonne ein Gewoge von Blumenkelchen glänzte.

In die Taufrische des Morgens regnete das Morgenlicht in die Laubgänge, und da war eine Wiese, die sich weithin sanft senkte und in deren Mitte heute noch ein mächtiges weißsteinernes Bild eines prächtigen Herkules steht, der, mit dem Löwenfell umgürtet, hochaufgerichtet, die sausende Keule schwingt, um die neunköpfige nemeische Schlange, die sich zu seinen Füßen ringelt, zu zerschmettern.

Diese liebliche, sich so fraulich und minniglich gebärdende blühende Wiese, auf welcher fußhoher, warmblauer Salbei seine Stengel zwischen den weißen Margaretenblumen reckte, voll nickendem rosa Türkenklee und umtönt vom Arbeitsgesumm der Bienen, die im frühesten Morgen zu singen schienen – diese Wiese stach mit ihrem Frieden stark ab von der Kampfarbeit des steinernen Herkules, der die Manneskraft, den Mannesmut und die Mannesmühe mit seiner drohenden Gebärde, hoch über den Blumen stehend, verkörperte.

Noch ein paar Minuten durch einen Seitenweg weiter endete der Frühspaziergang in einem Garten, wo weißgedeckte Tische standen und einige wenige Frühaufsteher schon saßen und ihren Kaffee einnahmen. Diese Morgenspaziergänger hatten sich alle seit Jahren gewöhnt, sich wie eine kleine Stammgesellschaft von Morgensonnenanbetern sonntags hier zu sehen. Beim Niedersetzen oder Aufstehen grüßten sie sich freundlich von Tisch zu Tisch.

Etwas so Huldvolles wie diese Morgenspaziergänge in Würzburg, im Mai und Juni, habe ich erst wieder bei einem Frühlingsaufenthalt in Japan erlebt, wo die wohlgesitteten japanischen Familien, schweigend und liebenswürdig lächelnd, sich morgens sechs Uhr zur Blütezeit der Päonien, im Mai, in einer bei Tokio gelegenen friedlichen Gärtnerei trafen. Leise wispernd saßen sie zu zweien und dreien, mit taubenblauer und mausegrauer Seide angetan, sauber frisiert, auf breiten Holzbänken, die mit roten einfachen Wolldecken belegt waren. Sie nippten ihren Tee aus winzigen Teeschälchen und bewunderten still die langen Reihen der kopfgroßen Päonienblüten. –

Erinnerungen an Rußland

Zweimal hat sich mein Vater in Petersburg verheiratet. Zwei Frauen, die dort geboren, aber von deutscher Abkunft waren, machte er sich nacheinander zu Lebensgefährtinnen. Sieben Kinder wurden ihm von beiden Frauen in Rußland geboren. Ich, sein achtes Kind, bin der einzige, welcher nach dem zwanzigjährigen russischen Aufenthalt meines Vaters und nach seiner Rückkehr nach Deutschland, im dritten Jahre nach seiner Ankunft, hier in Würzburg auf deutschem Boden geboren wurde.

Ich erinnere mich aus meiner ersten Jugendzeit, daß es mir nie richtig klar wurde, ob ich eigentlich nach Rußland oder nach Deutschland gehörte, denn unser ganzer Haushalt war von russischen Einflüssen und russischen Sitten immer stark durchsetzt. Alle großen Festtage wurden nicht gerade doppelt gefeiert, aber doch war immer das Fest russischen Datums, welches zwölf Tage später fällt, eine Art Erinnerungstag bei uns. Wir ließen zu Weihnachten oder beim Osterfest das später fallende Fest im Gedenken an die vielen Petersburger Verwandten und zu Ehren meiner Petersburger Großmutter nicht unbeachtet vorübergehen.

Auch spielten das Teetrinken und der Samowar in unserem Haus eine große Rolle. Ebenso wurden zur Fastenzeit die russischen Speisen gegessen, Blinis mit russischem Kaviar, der aus Petersburg kam, Piroggen – das sind verschiedenartig gefüllte russische Pasteten – und die Tschisuppe, eine Weißkohlsuppe, wie sie zur Winterzeit im russischen Volke gebräuchlich ist. Außer den Papiros, den russischen Zigaretten, die mein Vater sich in Petersburg zu rauchen angewöhnt hatte und ohne die er uns undenkbar war, war es vor allem das tägliche Teetrinken, das, weil es damals in Deutschland noch nicht so gebräuchlich war wie jetzt, mich jedesmal nach Rußland versetzte.

Auch die russische Sprache, die mein Vater und meine Mutter vor den Dienstboten sprachen, wenn diese den Inhalt des Gespräches nicht verstehen sollten, wirkte zu meinem Fremdgefühl mit. Ebenso das Russischsprechen meiner Stiefschwestern untereinander, welche sich in dieser Sprache in meiner Gegenwart laut ihre Mädchengeheimnisse mitteilen konnten, ohne daß ich den Inhalt begriff – dies alles umgab mich nicht russisch sprechenden Deutschen in der Familie mit einer fremden Luft, so daß ich in den ersten Kinderjahren mich nicht so in Deutschland zu Hause fühlte wie meine deutschen Spielkameraden.

Obwohl kein Tropfen russisches Blut in meinen Adern ist, hat es mancher Jahre bedurft, bis ich mir völlig klar wurde, daß nicht Rußland, sondern Deutschland meine Heimat war. Denn man hatte mich, als ich im vierten oder fünften Lebensjahr hier in Würzburg in eine Kinderspielschule geschickt wurde, auch in russische Kleider gesteckt. Ich trug immer Stulpstiefel, weite russische Pluderhosen, darüber einen schräg geknöpften Kittel, der um die Hüften von einem Gurt zusammengezogen wurde. Im Winter war ich in einen langen russischen schwarzen Samtmantel gekleidet; der war mit winzigen Goldknöpfchen schräg auf der Schulter geknöpft, mit Pelz verbrämt, mit dunkelroter Seide gefüttert, und außerdem war der Mantel von einem schmalen gestickten, echten russischen Seidengürtel zusammengehalten. Dazu trug ich eine schwarze Samtmütze mit Pelzbesatz und rotem Seidenfutter.

Mein Vater und meine Mutter freuten sich, an mir Jüngstem russische Erinnerungen zu pflegen. Für meine Mutter, die in Petersburg geboren und auferzogen war, war meine russische Tracht ein so altlieber und gewohnter Anblick, daß sie daran kaum etwas Fremdes finden konnte.
Aber ich hatte in der Schule unter den Würzburger Kindern viel Pein und Befremdungen zu ertragen. Ich war wie ein weißer Sperling, den alle andern mißtrauisch umhüpfen durften, von einigen bestaunt, von den andern verhöhnt.
Ich selbst aber ahnte gar nicht, daß meine Kleidung mir diese peinliche Sonderstellung errang. In meinem vierten und fünften Lebensjahr waren Kleider für mich nur notwendige Umhüllungen, und ich hatte keine Ahnung, da doch alle Kinder verschieden gekleidet waren, daß meine Kleidung so grundverschieden von den andern war. –
Auch in unseren Zimmern gab es viele Dinge, an die sich russische Erinnerungen knüpften.
Die Totenmaske des Kaisers Nikolaus des Ersten hing weißleuchtend in meines Vaters Schreibzimmer über einem Bücherständer und darunter an einem Nagel ein sogenannter Totschläger, eine fußlange Waffe. Dieser Totschläger war aus Rohren zu einem daumdicken Stab geflochten, und an beiden Enden waren in ein feineres Geflecht eigroße Bleikugeln fest eingearbeitet.
Diese Waffe hatte mein Vater nachts auf der Straße in Petersburg bei sich getragen, um gegen Überfälle gesichert zu sein; denn kleine Taschenrevolver kannte man damals noch nicht.
Außerdem waren da Jagdgeräte über den Türen angebracht: eine russische Jagdtasche aus hellfarbenem Leder, ein Pulverhorn und alte Jagdflinten, die mit Ladestöcken geladen wurden, welche Dinge alle, wenn ich sie ansah, mich sofort nach Rußland versetzten, an den russischen Hof, auf die Petersburger nächtlichen Straßen, in russische Troikas und in russische Urwälder, wohin mein Vater, der in seinen Mußestunden auch ein leidenschaftlicher Jäger gewesen, mich oft mit seinen Erzählungen geführt hatte.

Erziehung durch den Vater

Das Leben an der Seite meines Vaters schritt wie mit Meilenstiefeln über meine kleinen persönlichen Angelegenheiten hinweg, und auch in der Nähe meiner vier Stiefschwestern, die mich wie vier verschiedene junge Mütter jede auf ihre Weise aufs liebevollste zu erziehen suchten, war mir das Leben nicht so restlos natürlich einfach und selbstverständlich, wie es mir im Spiel mit meiner Mutter erschienen war. Ich erinnere mich noch, ich zog mich, davon befremdet und um für mich allein zu sein, eine Zeitlang, auf einer Fußbank kauernd, unter die Tische zurück, wo ich mir ungestört wie in einem eigenen Hause vorkam. Durch die durchsichtige burgunderfarbene Tischdecke sah ich dann die Welt draußen wie in Rosenröte schwimmen. Aber mein Vater litt es nicht, daß ich mich so früh schon mit meinen sechs Jahren vom Leben zurückzog und daß ich für mich träumen wollte. Er nahm sich plötzlich auf das lebhafteste meiner an.

Eines Tages wurde eine riesige Karte von Europa gebracht, sie bedeckte die eine Wand unseres Schlafzimmers, wo sie aufgehängt wurde, und täglich nach dem Essen, ehe sich mein Vater ausruhte, mußte ich, auf seinen Schultern sitzend, Europa bereisen.

Ich mußte die Stadt finden, wo die Großmutter wohnte: Petersburg. Ich wußte bald, wo Napoleon regiert hatte und wo der Rhein hinfloß; wo die Pyramiden waren und die Inseln, von welchen die Kanarienvögel kamen; wo der feuerspeiende Vesuv lag und der Nordpol, an welchem das Jahr nur einen Tag und eine Nacht hatte und wo man immer Schneeballen werfen konnte. Niemals aber konnte ich das Land der Kamele und das des Streusandes behalten, welche Marokko und Algier hießen und die auf der Karte lila gemalt waren, welche Farbe ich nicht leiden mochte. Und bei Marokko, dem lila Land, fand ich die Geographie immer langweilig.

Unter der Schlafzimmertür hatte mein Vater für mich eine Schaukel anbringen lassen, da sollte ich jetzt täglich turnen, eifrig wie der Turnvater Jahn. Alles dieses war immer noch zeitweilig unterhaltend, wenn es auch nie so unterhaltend war wie meine Diogenesstunden unter der burgunderroten Tischdecke. Aber das, was meinen Vater in meinen Kinderaugen auf einmal zu einem Hausschrecken machte, das war der Duschapparat, eine Zimmerdusche, die eines Tages im Schlafzimmer wie eine Zuchthauszelle aufgestellt wurde und unter die ich jeden Morgen zwischen drei Wasserbrausen gestellt wurde, um abgehärtet zu werden. Diese Dusche blieb bis zu meinen Jünglingsjahren im Schlafzimmer als Folterwerkzeug meines Leibes, der sich erst allmählich an dieses Zuchtmittel gewöhnte. Denn dieses „Sichabhärtensollen" konnte ich lange gar nicht mit dem weichen Hang zum Träumen vereinigen.

Mit blaugefrorenen Fingern und am ganzen Leibe zitternd, kam ich nach der gewalttätigen Duschabhärtung um acht Uhr morgens in die Schule, wo es lange dauerte, bis ich warm wurde. Aber die Abhärtung schadete mir nicht, und diese Kaltwasserbehandlung, der mich mein Vater von Jugend an im Winter und Sommer unterworfen hat, machte mich gesundheitlich später so widerstandsfähig, daß ich bei meinen weiten Auslandsreisen und bei meiner Reise rund um die Erde weder durch fremdes Klima oder Wettereinflüsse noch durch fremde Nahrung zu leiden hatte. Nur glaube ich, daß meine Unaufmerksamkeit in der Schule und eine unbezwingliche Schlafsucht, die mich damals morgens in der ersten Unterrichtsstunde überfiel, von jenen eisigen Duschen herrührten.

Immerhin war der Wille meines Vaters, einen gegen das Leben gestählten Menschen aus mir zu machen, von so starkem Einfluß auf mein späteres Leben, daß ich jetzt ohne Bewegung in frischer Luft und ohne morgendliche eiskalte Wasserabreibung nicht leben könnte.

Meinem Vater widerstrebte immer mein Hang zum Träumen, den er wie ein Laster ansah und den er mit allen Mitteln aus mir ausrotten wollte. Seine Natur, die vor allem Technik, Stahlmaschinen, Jagd, Reiten und spartanische

Abhärtung liebte, verachtete meine Lust zu stiller Beschaulichkeit. Wenn ich morgens plötzlich das Ankleiden unterbrach und mit meiner Krawatte oder meinen Stiefeln in der Hand unbewußt am Fenster stehenblieb und zehn Minuten lang auf den blühenden Birnbaum starrte, in welchem große schwarze Amseln mit schönen gelben Schnäbeln ab- und zuflogen, oder wenn ich einen aufgesprungenen Riß auf der polierten Kommode lange betrachtete, weil mir dieser auf der Politur wie ein Gesicht, eine Gestalt oder wie eine Handzeichnung vorkam, oder wenn ich im Faltenwurf der weißen Fenstergardinen, während ich mein Gesicht mit dem Handtuch trocknete, plötzlich den Kopf von Moses oder Barbarossa zu entdecken glaubte und die Hand mit dem Handtuch sinken ließ und die Gardine anträumte, als hätte ich sie vorher nie gesehen – dann schreckte mich plötzlich die Stimme meines Vaters auf, der für alles im Leben Verständnis hatte, nur nicht fürs Träumen. –

Das Würzburger Licht

Zu dieser Helle und Wachheit des Geistes meines Vaters, die in den Wohnräumen um ihn noch herrschte, als er schon ein siebenundsiebzigjähriger Greis war, gesellte sich draußen vor der Tür und vor den Fenstern des Hauses die wunderbare, alles verstehende und Frieden verbreitende fränkische Luft und der fränkische Sinn der Stadt Würzburg, die mit erdkräftigem Wein, mit schmucken Frauen, lebenstüchtigen Männern auf altgeschichtlichem Boden, mit prächtigen Bauten, bei schön geschwungenen Hügeln am traulichen Main liegt und mir immer so recht als Heimplatz froher Musen und froher Wissenschaft erschien.

Als Professor Röntgen hier im physikalischen Institut die X-Strahlen entdeckte und ein neues, den Menschenkörper durchdringendes Licht den Augen sichtbar machte, war ich noch ein junger Mann und schrieb eben an meinem Buch „Ultraviolett". Und ich sagte mir später oftmals: in keiner andern Stadt, nur in Würzburg konnten die X-Strahlen entdeckt werden. Hier kommt geheimes Licht den Menschen so nah wie selten wieder auf einem Punkt der Erde. Das Würzburger Licht, das an den sonnigen Tagen von den Bergen wie eine blaue Elektrizität rund um die Stadt in den Himmel scheint, kommt mir immer vor wie aus einem Jubel geboren. Ist es die Stellung der Hügel, die wie Brennspiegel verteilt am Mainufer nach Süden gerichtet stehen? Oder ist es der lange flüssige Spiegel des Mains selbst, der das gewundene Maintal aufhellt, so daß es scheint, als flösse zwischen den Hügeln ein weißes Feuer, das, mit der Sonne vereint, die Weinbeeren an den Geländen kocht? – Ich weiß es nicht, warum Licht und Luft hier immer jubelnd gestimmt sind. Es gibt viele schöne Orte auf der Welt, die einen froh stimmen, so wie es viele Orte gibt, die einen ernüchtern und des Frohsinns berauben können. Aber auch ohne an den Wein hier zu rühren, finde ich jede Stunde in dieser Stadt berauschend. Auch der Nüchternste und der Lebensmüdeste muß vom Licht- und Luftstrom, der hier Erde und Himmel durchdringt, bei einem Gang durch Stadt und Landschaft glücklich gestimmt werden. Die weise Heiterkeit Griechenlands, die zierliche und erdkräftige Schönheit Japans, die ich beide mit Leib und Seele kennenlernte, finde ich hier in Würzburg vereinigt. Es denkt sich leicht, es lacht sich leicht, es arbeitet sich leicht in dieser Stadt. Sie läßt die Liebe leicht entstehen, macht die Liebessehnsucht schwerwiegend und die Liebesinbrunst tief.

Sie entzückt, diese Stadt, die im Frühling von einer Geisterwelt üppiger Blumen- und Blütendüfte umgeben ist. Die Stadtanlagen sind voll japanischer Sträucher, die ein Würzburger, der Japanforscher Siebold, seiner Heimatstadt gegeben hat. Aber auch ohne diese ausländischen Blüten stehen die Obstblüte, die Rosen- und Fliederblüte Würzburgs der Blütenfülle Japans nicht nach.

Als ich nach viermonatlicher Reise durch Asien einmal im Mai nach Japan kam, fühlte ich mich vom ersten Schritt an, den ich vom Schiff aus in dieses Land setzte, als wäre ich in meiner fränkischen Heimat angekommen. Die Veilchen an den Wiesenrändern in Nagasaki, die Kirschen-, Mandel- und Pflaumenblüten in Tokio und Kioto, alle die lieblichen Hügelwege von blühenden Schlehenhecken gesäumt — Festlichkeit und Anmut der Gelände, der Anpflanzungen —, alles erinnerte mich an die Frühlingsfestlichkeit in Franken, an die heimlichen Veilchenverstecke dort, an die lauschigen Hekken- und Gartenwege zur Baumblütezeit rund um die Stadt Würzburg.

Nur fehlt der asiatischen Landschaft die Musik, die eine etwas lautere Menschenfröhlichkeit verkündet. Im Mai und Juni, wenn bei uns die studierende Jugend am Mainufer in ihren Vereinshäusern die Frühmusik zum Himmel klingen läßt und die Gelände blühen und der Fluß blitzt und die warmblütigen und lebensfrohen jungen Würzburgerinnen unter den blühenden Bäumen lachen, dann ist der Frühling hier wie eine Festzeit der Menschenjugend.

Als ich von einem japanischen Prinzen in Tokio aufgefordert wurde, einige Jahre in Japan zu bleiben, und als man mir ein Haus anbot, damit ich dort dem japanischen Hof deutsche Dichtung vortragen sollte, konnte ich mich nicht entschließen zuzusagen.

Ein unsägliches Heimweh hatte mich in Japan überfallen. Weil dieses Land auf Schritt und Tritt so ähnlich wie meine Heimat ist und doch nicht die Heimat war, wurde ich dort ungeduldiger, als ich es in Indien oder China gewesen war, und sehnte mich von dort nach Würzburg dringender zurück als von irgendeinem andern Punkt der Welt. Es war mir dort, als ginge ich neben der Zwillingsschwester einer Geliebten, die ich immer für die Geliebte ansehen mußte und die es doch nicht war.

Die erste „Weltreise“

Ich konnte es nicht übers Herz bringen, meinem Vater zu berichten, daß ich im Französischen nicht vorwärtskam und daß mir zum Sonntag eine Strafe, ein Arrest, zugewiesen worden sei. Das Nachsitzen in der Schule hätte ich gern er-

tragen. Aber meinem Vater Mitteilung davon zu machen und sein Strafgericht auszuhalten, davor schrak ich zurück.
Frühmorgens an einem Sonnabend zog ich heimlich meinen Sonntagsanzug an und einen Mantel darüber, denn es war Oktober und regnerisches Wetter draußen. In meine Tasche steckte ich eines von jenen Indianerbüchern, welche damals bei allen Schulkindern Mode waren und von Hand zu Hand gingen. Da diese dünnen Büchlein fünfundzwanzig Pfennige kosteten, konnte sich jeder Knabe für sein kleines Taschengeld öfters ein neues kaufen. „Der Junge soll mit Geld umgehen lernen", hatte mein Vater gesagt und mir wöchentlich ein kleines Taschengeld festgesetzt. Davon konnte ich mir manchmal ein Buch kaufen, Schreibsachen für die Schule oder auch, wenn zuweilen ein Zirkus in die Stadt kam, denselben besuchen. Kleine Geldgeschenke aber, die ich zu Weihnachten und an Geburtstagen nebenbei erhielt, wurden in einer Sparbüchse aufbewahrt.
Aus dieser Sparbüchse nahm ich jetzt Geld mit, nicht viel, so viel, wie ich aus dem Spalt herausfischen konnte. Aber ehe ich das Haus verließ, ging ich noch in das Laboratorium meines Vaters. Es war morgens halb acht Uhr und noch niemand dort tätig, und ich nahm aus einer Glasbüchse ein Stückchen von einem dünnen weißen Griffel, das ich für Zyankali hielt und von welchem ich wußte, daß es das stärkste Gift war, das wir im Hause hatten. Es war aber, wie sich später herausstellte, Höllenstein. Ich steckte das Stück Gift in meine Westentasche, wartete den Augenblick ab, wo niemand im Hausflur war, nahm meinen Hut und eilte fort auf den Bahnhof, der am Ende der Kaiserstraße auf dem Kaiserplatz liegt.
Wohin ich wollte, wußte ich nicht recht. Ich wäre am liebsten nach Frankfurt am Main gefahren, aber so weit reichte mein Geld nicht. Das erfuhr ich, als ich am Schalter mich nach dem Fahrpreis erkundigte.
So blieb mir nichts anderes übrig, als nur bis Aschaffenburg zu fahren. Der Schnellzug hatte nur erste und zweite Klasse, und ich saß ganz zufrieden auf den schaukelnden Kissen und

sah in den wolkengrauen Morgen hinaus. Die Indianergeschichte, die ich lesen wollte, zog ich nicht aus der Tasche heraus, da mich die Landschaft fesselte. Wo werde ich morgen sein? dachte ich. Tot, sagte ich zu mir. Aber ich glaubte es nicht recht. Gottlob, der höllischen Schule, die mir täglich wie eine eiserne Stachelmaske den ganzen Körper folterte und in die ich mich nie einfügen konnte, wenn ich nicht vorher mein ganzes Ich ausrotten sollte, dieser Pein war ich nun entronnen. Mein Vater tat mir leid und meine Angehörigen, daß die Schule mich zwang, sie gegen meinen Willen zu kränken. Zurück konnte ich jetzt nicht mehr und wollte auch nicht. Der Zug jagte unterm trüben Herbstregen mit mir durch die Landschaft, durch den Spessart, an schlichten Walddörfern vorüber, an roten Sandsteinbrüchen vorbei, durch lange dunkle Tunnel, bis der Schaffner plötzlich „Aschaffenburg“ ausrief. Das hatte ich nicht geglaubt, daß die Reise so schnell zu Ende sein sollte. Ich wäre gern noch tagelang weitergefahren, um nur recht weit von der Schule fortzukommen.

Jetzt war es neun Uhr, und die französische Stunde fing eben in der Klasse in Würzburg an. Nun fragte man dort: „Wer fehlt?“ Und ich hörte deutlich in Gedanken, wie man meinen Namen aufrief. Um zwölf Uhr, nach Schulschluß, wurde sicher einer meiner Kameraden mit einem Zettel des Professors in unsere Wohnung geschickt, um nach mir zu fragen. Aber daran, was dann mein Vater sagen würde, wollte und konnte ich nicht denken.

Ich hatte noch nichts gegessen und verspürte nach der langen und ungewohnten Morgenreise großen Hunger. Nur ein paar Nickelmünzen waren mir übriggeblieben. Ich konnte mit den paar Pfennigen weder zurückreisen noch weiterreisen und kaufte mir vorläufig eine Semmel. Nachdem ich, unterm Regen wandernd, meine Semmel nachdenklich auf der Straße und möglichst unauffällig verzehrt hatte und ein wenig satt geworden war, fiel mir ein, daß hier in Aschaffenburg eine Freundin meiner jüngsten Schwester wohnte, deren Vater Rentamtmann war und deren Familie früher in

Würzburg gewohnt hatte. Ich kannte die junge Dame wohl. Sie hatte oft bei uns im Hause verkehrt, aber ihre Familie kannte ich nicht. Ich hatte einmal gehört, daß sie hier in Aschaffenburg in einem Schloßpark wohnten, wo es sehr schön sein solle.

Es regnete mehr und mehr. Ich fragte an einem Brunnen ein Dienstmädchen, ob es bei der Stadt einen Schloßpark gäbe. Die sagte: „Ja, der Schönbusch.“ Ich ließ mir die Wegrichtung zeigen und wanderte dann, vom Regen begleitet, vor die Stadt hinaus und kam auf die steinerne Brücke, die über den Main führt. Da es im Regenmorgen wenige Fußgänger gab, blieb ich gemächlich auf der alten Steinbrücke stehen und sah ins Wasser und wollte mich mit der Flut vertraut machen, um dann vielleicht hinunterzuspringen. Aber der vom Regen punktierte, dunkle, unheimliche Wasserstrom, die fernen, grauen, waldigen Ufer, die so unwirtlich und düster im kalten Herbstnebelregen zerflossen, alles das schreckte mich vom Brückengeländer zurück. Ich fühlte mich im Grunde meines Wesens warm und lebensfrisch, und der Tod, der da unten in dem schmutziggrünen Wasser drohte, wollte mir nicht recht gefallen. Mit dem Gedanken, daß ich als letzten Ausweg noch das Gift in der Westentasche hatte, ging ich unter den großen nassen Alleebäumen der Landstraße, drüben über der Brücke, in der Regenlandschaft weiter.

In der Ferne sah ich über den braunen und leeren Oktoberäckern, auf welchen hier und da noch einige hohe Maiskolben welkten, einen nebeligen Waldstreifen. Das mußte der Schönbusch sein. Dort, stellte ich mir vor, mußte das Schloß liegen, und ich dachte es mir umgeben von Gartenanlagen und Gewächshäusern. Aber was ich bei der Familie des Rentamtmannes eigentlich wollte, wußte ich nicht recht.

Ich ging möglichst langsam weiter, um mir noch Freiheit zu gönnen, ehe ich wieder unter Menschen kam. Stundenlang regnete es. Halbe Stunden stand ich unter manchem Alleebaum und ließ es regnen. Trauer kannte ich keine. Rückkehrgedanken hatte ich auch keine. Und bis ans Ende der

Allee in den Schönbusch zu gehen und dort wieder zu Menschen zu kommen, dazu hatte ich auf einmal, je länger ich zwischen Äckern, bei Bäumen und unter freiem Himmel weilte, gar keine Lust mehr. Zu meiner Freude hellte sich das Wetter gegen Nachmittag ein wenig auf. Da erreichte ich einen großen Bildstock, der zwischen zwei Alleebäumen stand. Auf einem viereckigen Steingemäuer ragte ein riesiges Holzkreuz auf, an welchem ein geschnitzter und weißbemalter Christus hing. Da sich hier eine kleine Bank zwischen den Bäumen befand, setzte ich mich vor das Kreuz, mit dem Rücken gegen die Landstraße, zog mein Indianerbuch heraus und las eifrig. Als ich das Buch zu Ende gelesen hatte, war es wohl vier Uhr nachmittags. Hinter mir hatte ich manchmal plaudernde Spaziergänger vorübergehen hören und Kindermädchen mit Kindern und Kinderwagen. Aber diese Leute lebten für mich alle wie in einer anderen Welt, in einer Welt, die ich heute morgen gewaltsam verlassen hatte. Ich war in diesem Augenblick halb bei den Indianern in Amerika, und dann wieder kam ich mir bereits wie ein Totgesagter vor, der nichts mehr im Leben zu schaffen hatte. Denn ich wollte jetzt, wenn es dunkel wurde, das Gift in den Mund nehmen und von der Mainbrücke in die Flut springen.
Daß ich die unregelmäßigen französischen Verben nicht bemeistern konnte, das schien mir kein großes Verbrechen zu sein. Aber da ich im allgemeinen fühlte, daß ich mit all den Dingen, mit denen mich die Schule von Jahr zu Jahr mehr überbürden würde, nicht fertig werden würde und daß mich immer neue Strafen erwarten würden, und ich nicht wußte, wie das Ende von allem sein sollte, denn der Schulberg stand unüberwindlich in meiner Zukunft vor mir, so wollte ich selbst ein Ende machen.
Ich rollte das geheftete Indianerbuch, nachdem ich es ausgelesen hatte, zusammen und schob es zwischen das brüchige Mauerwerk des Bildstockes. Dann betete ich ein paar inbrünstige Stoßseufzer zum Geist meiner verstorbenen Mutter und wünschte, daß sie da sei und ich mich mit ihr bere-

den und mich ihr erklären könne; sie hätte es verstanden, dachte ich, daß ich nicht mit Absicht das Französisch und die andern Schuldinge nicht lernen wolle. Ich hatte mir in der Klasse oft alle Mühe gegeben, aber ich behielt nichts von den fremden Sachen in meinem Kopf.

Gegen Abend begann es wieder zu regnen, und um die Zeit bis zur völligen Dunkelheit auszudehnen, ging ich ganz langsam in die Stadt zurück. Es war fast Nacht, als ich wieder auf die Mainbrücke kam. Der Regen rauschte wie vorher, und das Mainwasser gurgelte, und in meinen durchnäßten Kleidern schauderte es mich jetzt noch mehr vor dem kalten Wasser da unten. Ich war durch den Hunger und durch das lange Herumsitzen geschwächt und demütig gemacht, und es war mir alles gleich. Es war jetzt vollständig Nacht geworden. Ich ging wieder zu jenem Stadtbrunnen zurück, wo ich am Vormittag vorbeigekommen war, und fragte nochmals eine Frau dort, ob im Schönbusch die Familie des Rentamtmanns wohne, dessen Namen ich nannte. Die Gefragte wußte es nicht, aber eine andere unter einer Laterne, die halb zugehört hatte, sagte, der Rentamtmann wohne in der Stadt im Schloß und nicht draußen im Schönbusch. Da ich in meinen nassen Kleidern der Frau leid tun mochte, rief sie mich unter ihren Schirm und führte mich zum Schloß und zur Rentamtmannswohnung, wo sie an einem großen Tor klingelte und, als geöffnet wurde, mich hineingehen hieß. Drinnen ging ich eine breite Steintreppe hinauf. Auf der halben Treppe kam mir eine ältere Dame entgegen, die mich bei der schwachen Treppenbeleuchtung scharf ins Auge faßte und fragte, wer ich sei und was ich wünsche.

Ich sagte meinen Namen und stotterte sehr verlegen, daß ich heute morgen aus Würzburg gekommen sei. Sie begriff sofort und platzte heraus: „Durchgebrannt!“ Das Wort erlöste mich. Es traf meine Angelegenheit auf den Kopf. Meine Todessehnsucht, meine Schulfurcht – alles schrumpfte plötzlich zusammen, und alles steckte in dem kleinen Wort „Durchgebrannt!“.

Die Familie des Rentamtmanns pflegte mich gut und behandelte mich halb belustigt. Man telegraphierte noch am Abend nach Würzburg. Am nächsten Tag wurde ich aus den schönen pompejanischen Zimmern des Schlosses, in die ich mich schon sehr gut eingewöhnt hatte, von meiner jüngsten Schwester abgeholt. Zu meinem Erstaunen empfing mich mein Vater dann zu Hause sehr milde. Er sagte nur: „Du hast mir sehr weh getan. Doch will ich dich nicht strafen, da du wahrscheinlich schon genug Angst ausgestanden hast." Man strafte mich nur dadurch, daß man tagelang nicht mit mir sprach. Das war für mich, der ich lebhaft, fröhlich und mitteilsam war, eine sehr harte Strafe.

Das Herz singt auf zum Reigen

Ich war wie die erfrorenen Bäume

Die Glocken läuten in den Stühlen, wenn sich der Mittag stolz erfüllt,
So läutet jubelnd mir mein Blut, wenn ich Dich küsse und die Sehnsucht stirbt.

Ich war wie die erfrornen Bäume armselig und blind vor der Sonne,
Doch als unsere Blicke sich kreuzten, rauchte mein Herz.

Wie ein Stahl steckt mir Dein Blick in der Brust,
Ziehst Du ihn aus, muß ich verbluten und sterben.

Und zimmerte Dir und mir ein Bett

Ich schlug vom Weltenbaum ein Brett
Und zimmerte Dir und mir ein Bett.
Die Betten wuchsen glühend zusammen,
Und drinnen wiegen sich lauter Flammen.
Nicht Eisen, nicht Zeit kann die Betten je trennen,
Sie werden hell durch die Ewigkeit brennen.

Einst werden Sonn' und Sterne kalt

Du liegst so gut in meinem Arm,
So gut ruht nur in mir mein Herz.
Wir schweben wie das Feuer fort
Und leben nur der Küsse Leben.
Einst werden Sonn' und Sterne kalt,
Uns hat der Tod vergessen müssen,
Und tausend, tausend Jahre alt
Leben wir noch in jungen Küssen.

Du hast Dein Herz aus Feuer gebaut

Von einem Thron purpurn und alt
Regiert sie mich, Deine junge Gestalt;
Die holde Gebärde und Augen hold
Fassen meine grobe Erde in Gold.

Du hast Dein Herz aus Feuer gebaut, und tief
Glühend schlief ich dort, wo noch keiner schlief.
Zierliche Dinger sind Deine Hände, doch ihre Gaben
wiegen schwer,
Mein Leben und mein Tod liegen bei Dir.

Sanft legte Dich die Liebe auf mein Bett

Sanft legte Dich die Liebe auf mein Bett
In Deinem schönsten Kleid aus Scham und Blöße,
Und draußen kam die Nacht auf atemlosen Schnee,
Und auch Gottvater kam in atemloser Größe.
Mit vollem Auge hat der Gott geweint, gelacht.
Du hast Dein Herz und Deinen Leib
Zur Krone dieser Nacht gemacht.

Wem ein Seufzer fiel in den Schoß

Der Tag legt endlich die Krone ab,
Groß und mächtig wächst jeder Baum;
Sehnsucht tritt an der Wipfel Saum,
Und Seufzer fallen von Wolken herab.
Die Blätter hängen wie Stein bei Stein,
Nachtwinde schläfern die Erde ein.
Doch wem ein Seufzer fiel in den Schoß,

Den lassen die Tränen nicht mehr allein,
Den läßt die Dunkelheit nicht mehr los,
Dem wandern die Füße rastlos fort,
Sein Mund spricht manches begrabene Wort,
Die Nacht hängt als Schleppe an seinem Kleid,
Bis ihn ein Herz von dem Seufzer befreit.

Die Sonne hängt über Dir als Krone

Dein Gesicht leuchtet wie die besternten Büsche des Jasmin.
Ich habe mein Bett so tief in Dir wie der Duft in den Büschen,
Und meine Freude geht aus Dir auf wie der Vollmond aus der Erde.
Immer ist die Stille des Mittags um Dich ausgespannt,
Die Stille, in der die Bienen tönen und kein Wunsch steigt auf.
Die Sonne hängt über Dir als Krone in der Luft, und wen Du anschaust, der ist König.

Deine Schönheit ist meine Harfe

Auf den Apfelbäumen ist ein rosiges Gedränge,
Die Blüten sind weich wie Dein Nacken
Und rund wie Deine Wangen;
Die Apfelbäume haben es von Dir gelernt,
Sich süß zu schmücken, sie verlernen es nie mehr.

Deine Schönheit ist meine Harfe.
Du bist unendlich schön, mein Lied sei ohne Ende.
Du schlägst die Wimpern nieder,
Sie sind mir eine neue Brücke in Dein Herz.

Nie war die eine Liebesnacht in Deinem Schoß der andern gleich

Nie war die eine Liebesnacht
In Deinem Schoß der andern gleich,
Dein Leib ist ein Septembermond,
An immer neuen Früchten reich.
Die Brüste sind ein Traubenpaar,
Und drinnen pocht der junge Wein,
Die Augen sind ein Himmelstor
Und lassen meine Wünsche ein.

Weiß nicht mehr, wo die Erde liegt

Die Raben schreien wie verwundet
Und prophezeien Nacht und Not;
Der Frost hat jede Tür umstellt,
Und der Hungerhund bellt.
Wir halten uns immer noch eng umschlungen,
Im Küssen fanden wir noch kein Wort,
Die Lerchen haben sich totgesungen,
Und Wolken wälzten den Sommer fort.
Doch Dein Haupt, das in meinem Arm sich wiegt,
Weiß nicht mehr, wo die Erde liegt.

Heller wird mir jeder Tag

Ach wie fröhlich und gesund
Mich die Liebe macht!
Bin der beste Mensch am Tag,
Küßte ich zur Nacht.

Arbeit tut von selber gehn,
Jeder Schritt ist Dank,
Reden, die ich reden muß,
Red' ich frei und frank.

Heller wird mir jeder Tag,
Weiß, wohin man sieht,
Weiß, wenn's Abend werden will,
Wozu das geschieht.

Herrlich kommt die dunkle Nacht,
Die den Mund mir gibt,
Der mich bis zum hellen Tag
Unter Küssen liebt.

Mein Herz fährt auf

Das Gras ist feucht, der Mond hängt angebrochen,
Und sengend drängt er durch den Lindenbaum,
Bleibt auf den Blättern schwer und schlafend liegen,
Daß sich die Zweige unterm Monde biegen.
Der Duft, aus allen Blüten schwer entstiegen,
Wirft Unruh' in die Luft;
Wird Seufzen, das sich stumm bezwingt,
Wird Sehnen, das kein Schlaf umbringt.
Der Duft geht wie mit Füßen durch das Gras.
Mein Herz fährt auf, das dort im Monde saß,
Mit Händen greift's zur Luft und ruft mit Worten laut,
Und weckt die Sehnsucht, die mein Haar ergraut.

Lieb' kennt keine Jahreszeit

Sommer, der so fröhlich war,
Er entläßt der Vögel Schar,
Tausend Stare weiterziehn,
Tausend Lieder jetzt entfliehn.

Auf der Wiese, die verblüht,
Noch der Himmel einsam glüht,
Wie die Sehnsucht, die nie stirbt
Und um neue Lieder wirbt.

Sitzt das Herz am rechten Fleck,
Fällt's nicht wie ein Herbstblatt weg.
Wechselt auch der Baum sein Kleid,
Lieb' kennt keine Jahreszeit.

Ja, ein Sommer ist bald verpraßt

Es quillt aus dem Abend hervor
Der Kräuter und Gräser Geruch,
Als duften Sträuße verdorrt
In einem uralten Buch.

Beim Weg am Berg empor
Dunstet das Heu gemäht,
Rauscht eine Sense noch spät,
Und Wolke bei Wolke lauscht.

Im Garten am Pflaumenbaum
Schütteln zwei Hände am Ast.
Ja, ein Sommer ist bald verpraßt.
Ach Lippen, haltet kaum Rast
Und küßt auch noch im Traum.

Und Lieder machen selbst die Steine zarter

Ein Springbrunn spielte in dem Garten, der verschwiegen,
Und lernte sich im heißen Mittag fliegen.
Sein Plätschern und sein Tun, in das die Rosen starrten,
Benarrten meine Schritte, und ich ging
Ins Blaue, wie der kühle Brunn verstiegen,
Auf eine Aue, die im Himmel hing.
Saß nieder, lauschte lieblichem Gesing,
Versank in meine Brust und ihre Lieder.
Und Lieder machen selbst die Steine zarter;
Die keine Worte kannten, können's plötzlich wagen
Und sich im Echo über Täler tragen.
Stein fliegt zu Stein und Berg zu Berg im Singen,
Und Lieder können sie zusammenbringen.
Ein Lied zieht durch verschloßne Türen.
Wenn Lieder an die müden Menschen berückend rühren,
So spüren sie nicht drückend mehr die Glieder.
Entführen könnte Dich ein schwacher Schmetterling,
So leicht macht einen Menschen herzliches Gesing.

Heut es kein Abend werden will

Heut es kein Abend werden will;
In alle Gassen hinein
Steht noch der Frühlingstag still.
Und der Laternen funkelnde Reih'n
Ziehen im letzten Tagesschein
Wie in die Halle des Himmels ein.

Seht auch, es glänzen im Grau
Die Steine der Straßen noch blau.
Der Tag will den Stein nicht verlassen;
Er will ihn als Edelstein fassen,
Weil die Menschen darüber gegangen,
Die Menschen zu zwein und mit glühenden Wangen.

Stets sind Gespräche im Wald

Stets sind Gespräche im Wald:
Bald winkt Dir ein Blatt,
Das Dir etwas zu deuten hat.
Bald sitzt ein Käfer an Deinem Ärmel und blinkt.
Sein Flügelein blitzt wie ein Liebesgedanke,
Der augenblicklich wieder versinkt.
Die Mücke singend ums Ohr Dir schwebt,
Wie Sehnsucht, die vom Blute lebt
Und Dir von Deinen Poren trinkt.
Wo der Wald sich lichtet,
Steht ungeschlachten Scheitholz geschichtet,
Weht Rindengeruch, der von Bränden dichtet.
Bleibt in den Kleidern Dir lang noch hocken,
Als will es Dich in ein Feuer locken.

Die Uhr zeigt heute keine Zeit

Ich bin so glücklich von Deinen Küssen,
Daß alle Dinge es spüren müssen.
Mein Herz in wogender Brust mir liegt,
Wie sich ein Kahn im Schilfe wiegt.
Und fällt auch Regen heut ohne Ende,
Es regnet Blumen in meine Hände.
Die Stund', die so durchs Zimmer geht,
Auf keiner Uhr als Ziffer steht;
Die Uhr zeigt heute keine Zeit,
Sie deutet hinaus in die Ewigkeit.

Ein jedes Blatt zur Erde will

Es liegt ein Nebel im Morgen wie Schnee,
Er tut den Blättern an den Birken weh.
Sie fallen gelb und flattern still,
Ein jedes Blatt zur Erde will.

Wir gehen hinter flatternden Blättern drein,
Sie fliegen ins Unbekannte hinein.
So folg' ich blindlings, Liebste, Deinem Schritt –
O nimm mich auch einst zum Sterben mit.

Die letzte Sonne sah uns ins Gesicht

Wir saßen am Feldrand und sahen ins Land,
Die Erde schien ausgestreckt wie eine schwielige Hand,
In ihren Runzeln und Hügeln ein Haus manchmal stand.
Die letzte Sonne sah uns ins Gesicht,
Sie färbte uns brauner mit bronzenem Licht;

Wir wurden wie Köpfe, die man auf Münzen sticht.
Dann versanken die Bäume und wichen aus,
Die Felder verlöschten, es schwand Dorf und Haus,
Und die Mondsichel wuchs aus den Ähren heraus.
Es raschelt im Korn und knirscht noch ein Stein,
Es fielen noch Rufe ins Dunkel hinein, –
Dann durften wir Schulter an Schulter im Endlosen sein.

Fledermäuse

Der Sommerabend mit Hell und Dunkel,
Mit Wolken wie ein geflecktes Fell
Und seinem unklaren Gemunkel
Steht wie auf Zehen auf einer Stell.

Schnell über die Köpfe der Bäume gehen
Zwei Fledermäuse in irrem Kreise.
Sie flattern, als ob sie Gedanken mähen,
Die da vom Tag in den Lüften stehen.
Sie köpfen das, was ungesehen,
Was leise blieb und ungeschehen,
Und girren darum als irrender Dieb
Und umflirren, was tagsüber dunkel blieb.

Verliebte, die ganz verzaubert dastehn

Wir sahen Heidefelder von blauem Lein
Und lila Heidekraut im Waldgestein.
Und bei einer Eiche, die war uralt,
Sahen wir eine winzige Waldgestalt.
Ein rotes Eichhorn huschte flink herab,
Das uns Gedanken an verzauberte Menschen gab;

An Verliebte, die einsam wie Waldwesen sind
Und beschützter als wie im Mutterleib ein Kind;
Verliebte, die ganz verzaubert dastehn,
Bald als Eichhorn, bald als Heide sich sehn;
Die nie mehr erwachen aus ihrem Traum
Und tausendjährig sind wie ein Eichenbaum.

Die Luft ist voll Kommen und Gehen

Die blühenden blauen Kornraden,
Sie fielen mit den Ähren;
Das Korn liegt still in Schwaden
Im Sonnenschein, im schweren.

Kaum ein paar kurze Wochen
Sind die Felder glühend zu sehen;
Gleich muß die Sense dann pochen,
Und Stoppeln bleiben kalt stehen.

Wenn Augenblicke erwarmen,
Fühlst ihren Atem kaum wehen,
Da entsinken sie schon unsern Armen –
Die Luft ist voll Kommen und Gehen.

Verherrlicht vom Morgen

Verherrlicht vom Morgen liegen Dörfer in Feldern und
Fernen,
Biegen sich Berge mit Wäldern, als ob die Länder fliegen
lernen.
So wiegen sich Gründe und Wiesen in blauendem Schatten
und Schein,

Wie die Flügel von Riesen schwimmen grünende Matten in
den Morgen hinein.
Nur die Windstimmen holen sie ein und die Sehnsucht
allein.

Das Blut bleibt still mir stehen

Gesträubte Bäume stehen mit hagern Zweigen,
Bestäubte Berge lagern am pechschwarzen Fluß.
Wolken gehen und steigen
Wie Feuer, Rauch und Ruß.

Im Wind eine Silberpappel
Muß ihre Blätter drehen,
Daß sie wie weiße Augen
Blind in das Chaos sehen.

Das Blut bleibt still mir stehen,
Es scheint, daß die Himmel zerreißen
Vor der Sehnsucht Wehen.

Nachtfalter

Nachtfalter kommen verloren,
Wie Gedanken, aus dem Dunkel geboren.
Sie müssen dem Tag aus dem Wege gehen
Und kommen zum Finster, um hellzusehen.
Und in die Nachtstille versunken,
Flattern sie zuckend und trunken.
Sie haben nie Sonne, nie Honig genossen,
Die Blumen alle sind ihnen verschlossen.
Nur wo bei Lampen die Sehnsucht wacht,
Verliebte sich grämen in schlafloser Nacht,

Da stürzen sie in das Licht, sich zu wärmen,
In das Licht, das Tränen bescheint und Härmen.
Die Falter der Nacht, die Sonne nie kennen,
Sie müssen an den Lampen der Sehnsucht verbrennen.

Es ist nicht der Wind, der die Bäume bewegt

Es bauschen sich Bäume am Morgenweg,
Es rauschen die Bäume so glückverheißend.
Sie haben Stimmen in ihren Stämmen,
Die sind nicht zu dämmen,
Des Lebens Wollust preisend.

Es ist nicht der Wind, der die Bäume bewegt,
Es ist die Erde, die sie erregt,
Die Erde will Luft.
Es dröhnt der Bäume holzige Brust,
Und aus der Wurzeln Gruft
Steigt in die Kronen die Liebeslust.
Die Bäume, die sonst mit der Erde schweigen,
Werden laute Schalmeien und Geigen.

Nachtstürme reiten die Bäume krumm

Statt der Blumen und Blätter, die sich sonst regen,
Steht Reisigholz stumm auf allen Wegen.
Am Himmel gehen Nebel und Nässe um,
Und Nachtstürme reiten die Bäume krumm.

Ich stehe hinter Fensterscheiben verloren,
Die alten Lieder sind nur Träume hinter sieben Toren,
Die Geliebte ging weit in den Nebel fort,
Nichts blieb als in den Ohren ihr Liebeswort.

Umwinterte Berge

Umwinterte Berge wie breite Särge,
Eine weiße beschneite Straße
Mit Frost auf glattem Geleise.
Aus mattem Nachmittagslicht
Sticht des Mondes vergilbtes Gesicht.

Wie von Spiegel zu Spiegel im Glase
Unendlich geht die Straße ins Weite,
Fern, nur noch der Sehnsucht verständlich.
Gern gibt ihr dein Aug' das Geleite.

Und durstig kommt die Nacht zu allen

Die Amseln spielen ihre vielen Flöten,
Die schallen lustig in das Abenddunkel.
Sehr große Regentropfen fallen,
Und durstig kommt die Nacht zu allen.
Ich gehe unterm Regen an dem Fluß entlang,

Die Welle singt halblaut noch ihren Wandersang,
Die Wasser leuchten noch mit letzter Helle.
Doch Berge und die Sehnsucht fliegen nie;
Sie liegen drückend stets auf einer Stelle.

Viel schnelle Amseln laufen unterm leeren Strauch

Viel schnelle Amseln laufen unterm leeren Strauch
Im Efeuhag bei einer alten Treppe.
Es duftet dort im kalten Wintertag
Nach Weihrauch und nach Wachslichthauch.
Die Treppe führt durch kahle Baumgestalten
Zur ausgetretnen Schwelle einer Bergkapelle.

Die dunkeln Amseln rennen durch den Ulmengang
Sanglos, wo sonst die Beter knieen sommerlang.
Die Amseln sind in kahler Winterhelle
So still, als können sie dir alle Sorgen nennen
Und Herzgelübde, die vom Morgen bis zum Abend
Im Sommer hier die Betenden bekennen.

Alle handeln, wie die Herzen müssen

Meine Ohren horchen in die Nacht,
Wie der Regen seinen Tanzschritt macht.
Ruhe, eine der uralten Ammen,
Singt ihr Lied mit Dunkelheit zusammen.
Und der Regen tanzt auf flinken Füßen.
Alle handeln, wie die Herzen müssen,
Alle wandeln frisch und unverfroren.
Nur die Liebe wird mit Angst geboren,
Nur der Sehnsucht ruhen nie die Ohren.

Ein lustsam Gärtlein auf weißem Papier

Ein lustsam Gärtlein auf weißem Papier,
Nie welke drinnen Lied noch Blatt.
Buchstaben stehen als Blumen hier,
Aus Reim und Zeil' es Landschaft hat.
Du findest dort den ersten Keim,
Den Frühling voller Liebessinn,
Bis in den Sommer voll Honigseim.
Schick deine Augen wie Bienen hin,
Jed' Lied will lustsam als Laube dienen.

Immer Lust an Lust sich hängt

Alle Dinge können sehen. Sag nicht, daß sie blind dastehen.
Sag nicht, daß sie dunkel gehen. Häuser, Bäume, Wege, Wind,
Stühle, Tische, Bett und Spind, alle Dinge sehend sind.

Alle Dinge können denken. Nicht nur Stirnen Geist Dir schenken,
Alle Dinge Geister lenken. Kleiner Mücken grauer Zug,
Spinnwebfaden leis im Flug, jeder Grashalm denkt genug.

Und es lieben alle Dinge. Wie die Vögel mit Gesinge
Liebt sich alle Welt im Ringe. Eines hin zum Andern drängt,
Jedes seine Lust sich fängt. Immer Lust an Lust sich hängt.

Die Veilchenzeit wird mir Liedermeister

Die welschen Bildergedanken verwehen,
Wenn Du und ich auf den Hügeln in Franken
An der Landstraß' dem Märzwind entgegenstehen.

Mehr als goldne Pagoden gilt Heimatgras.
Wenn über den kühligen Vorfrühlingsboden
Die Düfte der Veilchen umgehen wie Geister,
Nicht länger ich dann mehr die Fremde begehre,
Nicht Tropenerde, die feuerbergschwere, –
Die Veilchenzeit wird mir Liedermeister.

Ich möcht' wie ein Baum mich am Weg aufpflanzen

Ich möcht' wie ein Baum mich am Weg aufpflanzen,
Mit jedem Blatt in der Liederluft tanzen.
Ich möchte mir Flügel schaffen wie Finken
Und in der Liedluft hinfliegend versinken.
Ein Lied verschiebt Berge und Dächer und Wände;
Ich möchte im Mai jetzt ein Nachtsänger sein
Und säng' mich im Schlaf zu der Liebsten hinein.
Ich möchte, ich möchte, ich möchte ohn' Ende –
Und hab zum Umfangen nicht mehr als zwei Hände.

Himmelfahrtstag

Niemals ich je in einen andern Himmel mag
Als den, in dem ich immer selig lag,
In Deinem Arm, wo alle Erde still
Zu Deinen Füßen lehnt und nichts mehr will.
Dein Haar mit seiner wogenden Gebärde,
Dein Aug' mit seiner Lichterschar
Und Deine Brust, an der ich wunschlos werde,
Sie aller Himmel allerhöchste Lust mir sind.
Lieb' ist die Himmelfahrt für jedes Erdenkind.

Und einmal steht das Herz am Wege still

Häuser und Mauern, welche die Menschen überdauern,
Bäume und Hecken, die sich über viele Menschenalter
strecken,
Dunkel und Sternenheer, in unendlich geduldiger Wieder-
kehr,
Kamen mir auf den Hügelwegen in der Sommernacht
entgegen.
Nach der Farbe von meinen Haaren bin ich noch der wie
vor Jahren,
Nach meiner Sprache Klang und an meinem Gang
Kennen mich die Gelände und im Hohlweg die Felsen-
wände.
Viele Wünsche sind vergangen, die wie Sterne unerreichbar
hangen,
Und einmal steht das Herz am Wege still,
Weil es endlich nichts mehr wünschen will.

Deine Hände

Ich fühle Deine Hände im Haus,
Sie gehen wie Blut durch alle Wände
Und teilen ihre Wärme aus.

Sie bereiten mitten im Alltagsgelärme
Mir täglich einen Hochzeitsschmaus,
Verwandeln Sorgen in Singvögelschwärme.

Wie Sonnenstrahlen auf Erden wandeln
Und zaubern aus Staub einen Blumenstrauß,
So müssen sie immer feurig handeln.

Ich fühle Deine geliebten Hände,
Sie geben ihren Puls dem Haus
Und gehen wie Wärme durch meine Wände.

Jetzt ist es Herbst

Jetzt ist es Herbst,
Die Welt ward weit,
Die Berge öffnen ihre Arme
Und reichen Dir Unendlichkeit.

Kein Wunsch, kein Wuchs ist mehr im Laub,
Die Bäume sehen in den Staub,
Sie lauschen auf den Schritt der Zeit.
Jetzt ist es Herbst, das Herz ward weit.

Das Herz, das viel gewandert ist,
Das sich verjüngt mit Lust und List,
Das Herz muß gleich den Bäumen lauschen
Und Blicke mit dem Staube tauschen.
Es hat geküßt, ahnt seine Frist,
Das Laub fällt hin, das Herz vergißt.

Ein Herz, das in Liebe zu Deinem Herzen hält

Ein Stückchen sinkender Mond schaut über den Ackerrand,
Als vergräbt den Mond eine unsichtbare Hand.
Weit ins Land hängt Stern bei Stern in der Luft,
Und sie alle sinken bald wie der Mond in die Ackergruft.
Wo am Tag die Wege, Berge und Brücken winken,
Hocken Laternen im Dunkel, die wie kleine Spiegel blinken.
Sie alle verlöschen und brennen nur ihre Zeit,
Dunkelheit aber steht hinter den Dingen und läßt nichts
erkennen
Als ein dunkles Kommen, Vorüberrennen und Dinge-
benennen.
Und kein Tag und kein Licht kann frommen;
Nie wird die Dunkelheit der Welt ganz fortgenommen.
Nur ein Herz, das in Liebe zu Deinem Herzen hält,
Nimmt von Dir die Dunkelheit der ganzen Welt.

Unsere Toten

Nebel filtert um die Felderrunden, um die brachen,
Und von Nebeln wird das Fenster grau umwunden.
Die sonst nur in unsern Träumen nachts am Bett erwachen,
Unsere Toten, die des Hauses Ausweg leis gefunden,
Kommen herbsttags mit den Nebeln in die Türen, in die
Stunden.
Unsere Toten, die nur lächeln, nicht mehr lachen,
Wollen jetzt im Grauen abgebrochene Gespräche weiter-
führen,
Wollen mit den Nebeln Wangen und Dein Kinn anrühren.
Ihre Arme sind Gedanken, und Du kannst die Toten näher
spüren,
Näher jetzt als damals, wo sie noch vom gleichen Glase mit
Dir tranken.
Alle Toten können, ohne Ende, liebend die Geschlechter
führen,
Und sie gehen aus und ein, wie ein Nebel durch geschlossene
Türen.

Weltspuk

Wir erstiegen im Abenddunkel Steinwege nach Westen,
Sahen den Himmel wie einen Spiegelsaal liegen,
Und die Sterne erschienen im grünlichen Quecksilber-
gefunkel
Wie ein Gewimmel metallischer Fliegen.

Eine schwarze Wolke, wie Tinte ausgegossen,
Stand vor dem Glanz, gleich einem Fisch mit düstern
Flossen;
Und der Milchstraße glitzernder Drachenschwanz
Schleifte nach sich eine verwilderte Lichtermasse,
Daß unser Verstand fortschweifte und sich die Worte
verwischten
Und klangen wie ein dünner Hammer auf hohlem Fasse.

Wir gingen über die Hügel unter den Ländern der Abendwolke,
Gleichwie in kümmerlichen Gewändern und gleich blinden Verirrten,
Verbrüdert mit dem Erdreich und dem Fledermausvolke,
Dessen Flügel uns zur Seite schwirrten.

Der Steinweg kletterte in die dunkle Feldseite,
In das Maul des Himmels, das weit aufgerissen,
Als lägen Titanen dort ohne Gewissen
Mit den alten Manen der Götter im Streite.

Ein mächtiger Stern, hell geschleudert von unsichtbaren Gewalten,
Fiel voll Hitze grell und mußte dunkel erkalten.
Wir standen in seinem Lichtblitze auf der Erde Kruste
Und versanken wie der Stern ins Unbewußte.
Wir bestaunten das Leben wie eine große Kinderpuppe
Und erwarteten einen Schrei der Sternengruppe,
Aus deren Mitte sich einer zu Tode fiel.
Doch lautlos und einerlei
Trieb die Nacht ihr verwegen Spiel,
Verbrannte Welten, gleich eines armen Menschen Hirn und Haus,
Und rannte alte Sterne um und teilte neue Sterne aus.

Asiatische Novellen

Der Garten ohne Jahreszeiten

Vom Morgen bis zum Spätnachmittag fährt ein kleiner, kletternder Bahnzug in Ceylon von der Stadt Colombo unten am Meer hinauf zu der letzten Ansiedlung Nuwara-Eliya in den höchsten Bergen. Die Zimmetgärten von Colombo wandern hinab in die Tiefe. Die grünen Amphitheater der strauchigen Teepflanzungen und die Reisfelderterrassen versinken wie ausgespannte Fallschirme neben dem ansteigenden Schienengleis. Täler voll Silberseen blinken wie Riesenperlmuttermuscheln herauf, verlassene alte Tempeltürme stehen wie hochgerichtete Fernrohre an den Seen, zugespitzte Bergkegel, geformt wie Räucherhütchen, umragen als blaue Pyramiden den Horizont, und der Adams Peak wirft seinen berühmten dreieckigen Schatten als riesigen Sonnenuhrzeiger bis Sonnenuntergang über das Innere Ceylons, genannt das glänzende Eiland.

Kurz vor Sonnenuntergang erreicht der Bahnzug in den Bergwellen auf der Höhe von vierzehntausend Fuß todstumme Mooswälder, große, moosumwucherte Laubholzwälder. Die Baummassen sind wie graue Versteinerungen regungslos ineinandergewachsen, als ob die Baumklumpen sich im kühlen, dünnen Luftzug gegenseitig festhielten, damit auf den schiefen Ebenen in der ungeheuren Höhe nicht jählings ein Schwindelgefühl ganze Wälderstrecken in die Tiefe reiße.

Dort oben bei den silbernen Spiralen der Sturzbäche, auf dem Rasen vor den Waldrändern wohnen reiche Kaufleute und hohe englische Beamte aus Colombo in ihren Villen. Dort sind englische Giebelhäuser mit Vorgärten vor den Erkern. Dort brennen die Laternen abends in den Gartenstraßen am Trottoir entlang wie in Europa. Dort oben sind Tennisplätze und Fußballrasen, und die Luft ist dünn wie die Gesichtshaut der blassen und blonden englischen Damen.

Ein paar Stunden von der Ansiedlung Nuwara-Eliya liegt an einem Berghang, wie an den Thronstufen des Ätherhimmels, der Edengarten von Ceylon. Ein Garten wie ein gewirkter, blaurot und gelber indischer Seidenschal, hingehängt an den Bergwald, feierlich, hoch über den Abgründen. Blumenbeete mit den Blumen aller Jahreszeiten schieben sich in die Höhe und in die Tiefe vor dem Äther des windstillen Himmels. Das Gartenantlitz erinnert an ein mit Indigo und Rötelschnörkeln tätowiertes Singhalesengesicht. Dort wachsen europäische Kornblumen, Veilchen, Astern, Kapuzinerkresse, Rosen, Anemonen, Tulpen, Primeln, Schlüsselblumen, Lotos und Kakteen unter Kokospalmen und bei Bananenbäumen.

In diesem Garten der überirdischen Bergwelt waren der Singhalese Bulram und sein Weib Talora aufgewachsen. Beide waren hier oben angesehen als das verliebteste Ehepaar von Ceylon.

Talora war mit neun Jahren Teemädchen gewesen. Sie hatte in den englischen Pflanzungen unterhalb Nuwara-Eliya mit hundert andern Mädchen im April zur Ernte die Teekeime von den kleinen runden Teestauden gepflückt. Bulrams Vater hatte sie von dort in den Edengarten geholt, weil sein Sohn, der bald vierzehn Jahre alt war, endlich eine Frau brauchte.

Die kleine Talora wurde Bulram gegeben wie ein Ohrring oder ein Haarkamm, den die singhalesischen Männer tragen, und Bulram hatte sich nie gefragt, ob er je eine andere Frau wollte. Talora war das Geschenk seines Vaters für ihn, wie sein eigener Leib ihm vom Vater ins Leben mitgegeben war. Wie der Ätherhimmel zum Edengarten gehörte – so selbstverständlich einfach und zufrieden nahm Bulram die kleine Talora als sein Weib hin. Und das Mädchen nahm den jungen Mann als Herrn und Gemahl an, so wie sie ihre Hände und Füße als fraglos zu sich gehörig fühlte.

„Die Singhalesen dort oben in den Berghöhen sind allwissend“, sagen drunten die Singhalesen an der Zimmetküste von Colombo über die Leute von Nuwara-Eliya. „Sie können dort oben zaubern, ohne daß sie selbst ahnen, daß sie Zauberer sind.“ Und mit Ehrfurcht betrachten die Leute in

den Tälern jene Bergseelen, die ihr Leben in der dünnen Luft verbringen.
Ob Januar oder Juli, ob April oder Oktober – im Edengarten blühen die Märzveilchen, bei den Septemberastern sitzt die Julirose dunkel am Strauch, darunter das Schneeglöckchen sich versteckt. Flieder, Jasmin, Herbstzeitlosen, Lotos und Kornblumen stehen in den Feldern, auf Beeten und an Teichen, bei den Hügelrasen, zwischen den Orangen, Myrten und Weihrauchbäumen, unter den Aloeblüten und bei Bananenpalmen.
Bulram und Talora hatten hier hinter dem Haus des englischen Verwalters ihre kleine, weiße, niedere Hütte an der Gartenmauer, welche schräg den Berg hinaufsteigt. Die Blicke der beiden waren immer ruhig wie die windstillen Täler, wie der wolkenlose Himmel und ihre Gedanken nur von den Gesichtern der indischen und europäischen Blumenarten angefüllt. Der ewig stillstehende Blumengarten, darinnen nie Winter, nie Sommer, nie Frühling und Herbst wechselten und die Büsche ohne Ausruhen ewig berauscht und unvergänglich blühten, darüber der Äther, todstill, ohne Lufthauch, eine unermeßliche Ruhe feierte – dieser Garten gab den Menschen einen Frieden in das Herz, der gleich dem Öl einer tausendjährig brennenden Tempellampe ist, das eine stille, nie verlöschende Flamme nährt.
Nie kam den Menschen in der dünnen Ätherluft dort oben die Kraft zu einer wilden Tat. Sie lebten in der Höhe, in der Luftleere, halb trunken, wie Mäuse unter der Glasglocke einer Luftpumpe. Sie waren in der verdünnten Luft einem sanft schläfrigen und zarten Zustand von Kraftlosigkeit verfallen, als hätte sich ihr Blut verflüchtigt, und nur eine ideale blaue Leere schwang in ihren Adern.
Eines Abends sagte der Verwalter des englischen Gartens zu Bulram: „Höre! Du mußt mich morgen nach Colombo hinunterbegleiten. Ich muß den Pachtkontrakt mit der Regierung erneuern und außerdem zwei Ladungen Apfelreiser und Quittenschößlinge, die aus England angekommen sind, im Hafen abholen. Du bist zuverlässig, Bulram, und von al-

len Gartenaufsehern der vorsichtigste. Soviel ich weiß, warst du noch niemals drunten an der Küste, seit du lebst. Es wird dir Spaß machen, Menschen und Land da unten zu sehen. Talora wird dich für drei Tage entbehren müssen."

Bulram sagte: „Herr, solange Talora und ich verheiratet sind, waren wir noch keinen Tag getrennt."

Der Verwalter meinte: „Tröste deine Frau, Bulram, und sage ihr, daß du ihr einen schönen, bunten Colomboschal mitbringst. Halte dich morgen früh bereit. Der Zug geht um neun Uhr von Nuwara-Eliya ab. Um sechs Uhr früh müssen wir mit dem Dogcart hinüber zum Bahnhof der Ansiedlung fahren."

Am nächsten Morgen kletterte der Zug die Engpässe hinab, durch schallende Tunnel auf den schmalen Schleifenwegen der Bergwände, hinunter in die silbernen Täler von Ceylon.

Bulram hatte einen schönen halbkreisrunden Schildkrotkamm im schwarzen Haar. Der Kamm hielt das Haar aus der Stirn zurück, und der Singhalese sah glatt gekämmt aus wie ein europäisches Schulmädchen. Er wußte, daß man in Colombo drunten das Haar zurückgestrichen trug, und hatte sich im voraus großstädtisch frisiert. Um seine Beine schlug ein breites braunrotes, zitronengelb getüpfeltes Tuch und war wie ein Frauenrock um die Hüften von einem Ledergürtel zusammengehalten. Bulrams Oberkörper steckte in einer weißen kurzen Leinwandjacke, welche von Taloras Händen frisch gewaschen und frisch gebügelt war. Hinter seinem Ohr trug er zu Ehren des Reisetags ein Büschel dunkelblauer Kornblumen. Sein breiter goldener Ehering glänzte am großen Zeh seines rechten Fußes. Er ging barfuß und zog seine Pantoffeln nur vor seinem Herrn an. In einem kleinen grünbemalten Blechkoffer verwahrte Bulram nichts als seine Pantoffeln. Aber er hatte fürsorglich an viele Einkäufe für Talora gedacht und zum Schutze der Sachen gegen Insekten und Schlangen den Blechkoffer vom Verwalter erhalten.

Bulrams Lunge hatte nie andere Luft als Höhenluft geschluckt. Der Zug senkte sich jetzt aus den nebligen Farren-

krautwäldern zu den hitzigen Zimmetgärten Colombos hinunter, mit einer rasenden Schnelligkeit, wie ein Ballonkorb, der aus den Wolken fällt. Die brandige Tropenluft schlug Bulram wie roter Pfeffer um die Nase. Er mußte fortgesetzt niesen und sich die Nasenspitze reiben. Er, der immer unter dem ätherischen Himmel gelebt hatte, fühlte sich von Staub, Pflanzengerüchen und Erddünsten gereizt, als ob man seinen Gliedern ungewohnte Kleider anzöge. Der Zug fuhr zwischen protzigen Brotfruchtpalmen in die letzten Abgründe hinein. Als ob die Erde fortgesetzt den Rädern auswiche, so raste die Wagenkette zu Tal. Die Luft strotzte von den Gewürzen der Nelkenbäume und der Kampferstämme, Palmenkronen überwölbten den Schienenweg, menschenkopfgroße Früchte hingen in Bündeln; gelbe und braune Mangofrüchte, die droben in Nuwara-Eliya nur blühen und niemals reifen, hingen wie Gewichtsteine zwischen gesträubten Riesenblättern. Wenn Bulram seinen Kopf zum Fenster hinausstreckte, glaubte er sich an den Fruchthaufen zu stoßen. Wie überfüllte Fruchtkörbe standen die Muskat- und Kokoswälder zu beiden Seiten des Bahngeleises.

Kaffeebraune sehnige Singhalesen, dickblütig und üppig genährt, nackt und nur von der Bräune ihres Leibes bekleidet, drängten sich auf den Bahnstationen in den Tälern gleich Herden brauner, feister Maikäfer, die durcheinanderkrabbeln.

Bulram verstand nicht, warum die Erde so viele Menschen hatte, so viele Nasen, Ohren, Mäuler und Augen, die ihn anstarrten, als wäre sein Gesicht eine Honigwabe, dran sich die Wespen hängen. Die Brust des einsamen Bergsinghalesen fühlte sich vor den Menschenmassen wie ein Kleefeld unter den Füßen einer Hammelherde. Blicke, Stimmen, Gerüche, Schritte trampelten über die blaue Ätherruhe seines Herzens. Sein Auge sah nichts mehr, und er fühlte sein Ohr von den Massengeräuschen durchlöchert wie eine Schießscheibe nach dem Scheibenschießen.

Bulram versuchte, um sich zu beruhigen, die Gesichter der Menschen, die auf der Tagesfahrt in seinem Wagen aus- und einstiegen, in Blumensorten einzuteilen. Er sagte zu sich: dieser ist eine sanfte Primel, dieser eine grelle Bohnenblüte, diese eine Tomatenblüte, dieser eine Narzisse. Aber die Blumenarten seines Gartens ohne Jahreszeiten, die er als einzigen Maßstab hier an alles anlegen konnte, reichten nicht aus. Als er abends um fünf Uhr an der Colombostation ankam, war er todmüde von den tausend Vergleichen und schwindlig und hielt sich krampfhaft auf dem Kutscherbock des Wagens fest, der mit ihm und seinem Herrn zum Galle-Face-Hotel an das Meer fuhr.

In diesem riesigen Steinhallenhotel an der Meeresbrandung, darinnen der Meerdonner Tag und Nacht wie ein Ungeheuer brüllend durch die Treppensäle, Korridore und Zimmer hallt, benahm sich Bulram wie ein Mondsüchtiger, der im Schlaf auf einer Dachkante aufwacht, sich nicht vor- noch rückwärts zu gehen traut und überall den Absturz fürchtet. Die hundert weißgekleideten Reisenden im Hotel, die Europäer mit ihrer weißen Haut, die vielen weißen Musselinkleider und die langen weißen Schleppen der Damen erschienen Bulram wie irrsinnig gewordene weiße fliegende Blütenbäume, helle Magnolien oder lichte Jasminbüsche, die ohne Wurzeln durch die offenen Türen der Steinwände aus und ein wandern konnten. Der scheue Bergsinghalese blieb vor Furcht wie ein Schatten an den Wänden kleben. Sein Herr, der englische Verwalter, fand ihn mehrmals im dunklen Korridor hocken, vor den Menschen am ganzen Leib zitternd. Bulrams Augen starrten besonders vor der Tür des menschenüberfüllten Speisesaales entsetzt aus dem Gesicht, wie einem, der zur Nachtstunde in die Dschungel geraten ist, die Raubtierscharen zur Tränke ziehen sieht und beim Anblick der Tigerfamilien ohnmächtig umfällt.

Eines Morgens war Bulram plötzlich verschwunden. Niemand, nicht das Telephon, nicht die englische Colombopolizei, nicht Zeitungsannoncen konnten den Verlorenen zurückbringen. Acht Tage ließ der Verwalter nach Bulram forschen. Dann reiste er nach Nuwara-Eliya heim, glaubend, der Bergsinghalese habe sich heimlich aus dem Staub gemacht und sei vor Menschenfurcht zurück auf die hohen Berge, in seinen Garten ohne Jahreszeiten, zu seiner Frau Talora geflohen.

Aber Bulram war nicht zu Hause. Talora stand voll Harmlosigkeit, klar, freundlich und sanft im Garten und lächelte wie eine Allwissende, während der Verwalter tief bestürzt war, daß Bulram nicht zu finden sei.

Talora antwortete, wie die ewig wolkenlose Bläue lächelnd: „Er wird kommen, Herr. Der Herr soll nicht um Bulram traurig sein."

Der Engländer schaute sie sprachlos an. Er hatte geglaubt, die Frau des Singhalesen müsse sich zu Boden werfen, weinen und sich die Haare raufen. Statt dessen sagte sie nur ewig lächelnd: „Er kann nicht verlorengehen, Herr. Bulram ist in meinem Herzen aufgehoben, Herr."

Und Talora ging jetzt durch den Garten, hielt vom Morgen bis zum Abend die Bewässerungsrohre in Ordnung, stellte die Wasserzerstäuber auf die Rasenplätze und tat Bulrams Arbeit neben ihrer Hausarbeit, als wäre sie Bulram selbst. Niemals zitterte ihre Hand vor Neugier nach dem verlorenen Mann, wenn sie dem Verwalter die Briefe des Postboten brachte. Niemals sprang ihr Auge hell auf, wenn die elektrische Gartenglocke klingelte und Fremde kamen, den Garten anzusehen, und es nicht Bulram war. Niemals zitterte ihr Fuß, wenn sie abends in das leere Häuschen trat, und nie ihr Finger, der morgens die Türklinke öffnete. Sie schien in einer ewigen blauen Ruhe in der Ätherhöhe dieses Gartens Tag und Nacht mit ihrem Mann unsichtbar zu verkehren, als gäbe es keine Nähe und keine Ferne im Weltall bei dem trunkenen Liebesbewußtsein ihrer Seele.

Ein halbes Jahr verging. Da sagte die Frau des englischen Verwalters zu Talora: „Ich reise hinunter, um mir im englischen Basar von Colombo Kleider und Hüte zu kaufen. Ich kann dich mitnehmen. Vielleicht kundschaften wir Frauen mit mehr Glück aus, was aus Bulram geworden ist." Die Dame reiste am nächsten Morgen mit Talora zusammen hinab an die Küste.

Die Singhalesenfrau war niemals im Tal gewesen. Aber auf sie wirkte die Talluft anders als auf ihren Mann Bulram. Sie, die stets Stille, Abwesende, Traumwandelnde, wurde nicht noch stiller, sondern wurde gesprächig, lebte auf. Sie zeigte auf der Reise ihre Zahnreihen und ihr rotes Zahnfleisch mit breitestem Lachen. Sie schmatzte mit den Lippen, sie schnalzte mit der Zunge, und ihre Augen hingen ihr mit vielen Blicken nach allen Seiten wie die Beeren von dunkeln Trauben in dem Kopf. Ihr Mund schien alle Früchte der fruchtreifen Luft zu schmecken, und ihre Backen wurden vom hitzigen Atem der Talwälder aufgebläht und dick. Sie trug eine weiße Bluse mit bauschigen kurzen Ärmeln. Je näher der Zug aus der Berghöhe hinunter in die Colombohitze des Tropennachmittags kam, desto unruhiger wurde Talora. Ihre nackten Unterarme schoben ungeduldig die lockeren Brüste hinter dem Blusenstoff hin und her, als wären das ein paar reife, unbequeme Früchte, die sie ablegen wolle, sobald der Zug hielt.

Auch Talora war bald aus dem Hotel verschwunden. Ihre englische Herrin glaubte, sie suche ihren Mann in der Stadt. Man wartete drei Tage, suchte Talora, wie man Bulram gesucht hatte, aber die Singhalesin blieb unauffindbar. –

Ein Jahr verging.

Die Meeresbrandung vor dem Galle-Face-Hotel donnert unausgesetzt, die Tropensonne rollt im Land über die Zimmetgärten, und wie eine riesige Spiritusflamme brennt das rotviolette Morgenmeer.

Weit draußen im Hafenwasser steht ein großer Dampfer mit hohen weißgetünchten Wänden. Er wirft seit Stunden gelben Qualm aus vier Schornsteinen und ist zur Abfahrt bereit. Breite, schaukelnde Jollen und ein kleines, spitziges Motorboot bringen Kofferladungen und Ladungen von weißgekleideten Tropenreisenden an die Schiffswand. Jetzt wird die weiße Landungsstiege an der Schiffswand hochgezogen, und Ankerketten kreischen markerschütternde Schreie. Der Dampfer liegt noch immer still, umgeben von dem kurzen und ruckweisen Gehüpf der Morgenwellen.

Viele Köpfe von Reisenden biegen sich über die weißgestrichenen Eisengeländer der Schiffsstockwerke. Drunten reiten nackte, arme braune Singhalesen auf langen gelben Holzbalken in der Flut um das Schiff. Statt eines Ruders hat jeder Wasserreiter einen Kistendeckel oder ein Brett in der Hand. Manchmal wirft ein Passagier eine kleine Silbermünze über Bord. Dann schlüpfen alle die nackten jungen Kerle wie glatte Seehunde von ihren schwimmenden Balken und fahren in das durchsichtige, gläserne Meer hinunter, wie auf einer grün angestrichenen Rutschbahn in die Tiefe. Drunten werden ihre Gliedmaßen gespenstisch wie Froschglieder, scheinen sich aufzulösen und verschwinden. Nach einer Weile erscheinen sie im Flaschengrün der Tiefe wieder, zappelnd und wie braunrote Schatten. Schwarzglänzende, triefende Köpfe tauchen aus dem Wasser, und einer zeigt das silberne Geldstück lachend zwischen seinen Zähnen.
Dann schwingt sich jeder auf seinen Baumstamm, und alle reiten wieder um die Schiffswand. Mit viel Geschrei winken sie hinauf und ermuntern die Passagiere des abfahrenden Orientdampfers; und sobald ein Geldstück aufs Wasser klatscht, verschwinden wieder alle Balkenreiter lautlos im Meer. Bis zur Abfahrt des Dampfers vertreiben sich so die Reisenden die Zeit mit Geldwerfen.
Bulram ist seit Monaten hier jeden Morgen auf einem Balkenstamm um die ausländischen Dampfer geschwommen. Er holt sich durch gewandtes Tauchen sein Geld aus dem Meer, das eilig verdiente Geld, das er nachts ebenso eilig in Spielhöllen bei braunen Dirnen und Reisbranntwein wieder ausgibt. Seitdem Bulram die Zimmetluft von Colombo riecht, ist in ihm der Gedanke an seine Berge, an Talora und an den Edengarten auf den Bergen tiefer versunken als je ein Geldstück im Meer. Er lebt in Colombo wie eine Fliege, die sich auf dem Zucker eines Fliegenpapiers berauscht und vollsaugt. Wie ein samtner Panther streicht er sich nachts an den nelkenölduftenden kleinen Dirnen in den Freudenhäusern, und am Tag springt er nackt und blank in die Meerestiefe nach den blitzenden Münzen. Er sticht unzählige Male in den

Meeresgrund hinunter, rudert seinen schwimmenden Balken abends mit einem Brett an Land, rollt sich dann wieder bei einem Nautsch-Girl auf einem Teppich wie ein Igel zusammen und läßt das armselige Geschöpf, das er sich für die Nacht gekauft, nicht mehr aus seinen Griffen, bis ihn die Frühluft weckt.

Heute ist wieder eine backofenwarme Nacht. Vanille- und Kampferbäume pressen ihren Duft aus den Gärten über der Stadt. Am großen, granitnen Wellenbrecher entlang der Seeseite moussiert die Brandung und wirft hohe weiße Geiser in die Dunkelheit. Sterne hängen gleich glitzernden Wasserblasen an der Nachtdecke. Die Front des Galle-Face-Hotels ist beleuchtet wie ein großes Transparent. Unter den elektrischen Bogenlampen der Strandpromenade tauchen vom Hotelportal her weiße Punkte auf: die weißen Hemdbrüste vieler Herren im schwarzen Abendanzug, Engländer und andere Europäer. Jeder Herr läßt sich von einem nackten Kuli in einem kleinen Rikschawagen ziehen. Die Herren sind ohne Hut. Sie machen vom Hotel nur einen kleinen Abendausflug in das Freudenviertel von Colombo. Die Reihen der kleinen Wagen verschwinden schnell am Ende des Strandweges hinter den Tenniswiesen in dunklen Eingeborenengassen.

Bulram drückt sich hier in einer der Gassen still an den Wänden hin. Er ist in allen Häusern der Gasse wie der Mond bekannt. Die Wagenreihen mit den ausländischen Herren im Abendfrack sind an ihm vorübergerollt und halten jetzt vor ihm in der Straße.

Er sieht die Herren, von einem Hauseigentümer auf dem Straßenpflaster empfangen, in einer Haustür verschwinden. Alle Läden der Häuser sind geschlossen, und man hört nur gedämpft Kastagnetten, Geigen, Tamburine, einförmig wie die Musik summender Wasserkessel. Männer, welche kommen und gehen, verschwinden wie die Katzen lautlos in den Haustüren und um die Straßenecken.

Neben Bulram öffnet sich ein Erdgeschoßladen. Ein Frauenarm langt heraus, und zwei Finger schnalzen. Bulram sieht

im Halbdunkel unter dem hellen Sternhimmel zwei große Reihen blendender Zähne und ein Paar nackte Brüste, die sich wie zwei kleine Säcke über das Fenstergesims quetschen. Bulram kennt die Frau nicht, aber er fragt in das dunkle Fenster: „Bist du frei?" Die Frau schnalzt mit der Zunge, und bei diesem Laut beginnen vor Bulram alle Steine der Straße, alle Sternflecken am Nachthimmel zu schaukeln.
Der Singhalese will in das Haus eintreten. Aber der Hauseigentümer sagt ihm, er sei um eine Minute zu spät gekommen. Die an der Fensterecke sei eben drinnen von einem englischen Kapitän gerufen worden. Bulram stellte sich wieder unter das Fenster und wartete. Aber das Mädchen mit den lachenden Zähnen und der schnalzenden Zunge öffnete nicht mehr den Fensterladen und rief ihn nicht mehr. Acht Tage hielten Seeoffiziere und Matrosen ausländischer Kriegsschiffe ihre nächtlichen Gelage in dem Haus, und acht Tage lang wurde der armselige Singhalese vom Hauseigentümer abgewiesen; er schlief acht Nächte unter dem Fenster und blieb acht Nächte nüchtern. In der neunten Nacht, als die Dampfer den Hafen verlassen hatten, öffnete sich wieder der Fensterladen. Zwei nackte Brüste drückten sich über die Fensterbank, und helle Zähne glitzerten in einem lachenden Mund; dem Singhalesen schoß sein hitziges Blut wie Sternschnuppen vor die Augen. Bulram ging in das Haus, drückte das Mädchen an sich und schloß dabei die Augen, wie es alle Orientalen tun, wenn sie ernstlich glücklich sind. Er blieb dann Tag und Nacht bei geschlossenen Fensterläden im Haus der Dirne.
Am vierten Abend saß der Hauseigentümer mit seinen Freunden wie immer draußen auf den Steinstufen vor der Haustür. Es wetterleuchtete hinter dem Hausdach. Da kam einer seiner Buben heraus und sagte ihm: „Herr, das Zimmer des Mädchens, welches hinter dem Eckfenster wohnt, ist wie leergefegt. Das Mädchen, das sich dort seit ein paar Tagen mit einem Singhalesen eingeschlossen hielt, ist verschwunden. Die Tür steht weit offen, aber niemand hat weder sie noch den Singhalesen fortgehen sehen. Vielleicht ist

der Bursch ein Bergsinghalese gewesen und hat sich in einen Nachtblitz verwandelt und hat das Mädchen auf einer glühenden Wolke fort in die Berge geholt!"

In demselben Augenblick kreischte der Fensterladen an der Straßenecke in den Eisenangeln, und der Hauseigentümer rief: „Verflucht! Sie sind sicher miteinander durch das Fenster fortgesprungen. Verflucht! Sie ist verschwunden, wie sie gekommen ist! Eines Abends stand sie mit ausländischen Matrosen hier unter meiner Tür und trat ein und war viel begehrt und nannte sich mit dem lockenden Namen ‚Talora'. Da auf den Stufen stand sie damals vor mir. Es wetterleuchtete wie heute; als werfe sie Feuer um sich und Feuer ins Haus, so kam sie. Nun sprang sie wie ein Blitz wieder fort."

Nach Monaten klingelte abends die elektrische Glocke der Gartentür des Edengartens, und als man öffnete, standen Bulram und Talora draußen. Beide vergnügt, lautlos und sanft wie immer.

Der Verwalter fragte, und die Frau des Verwalters fragte, und alle Gartenaufseher fragten, wo die beiden nach zwei Jahren herkämen. Sie aber lächelten nur und deuteten in den wolkenlosen Himmel.

„Herr, er war im Himmel", lächelte Talora, und Bulram nickte immer wieder stumm Beifall, wenn seine Frau auf ihr Herz deutete und auf alle Fragen nichts andres antwortete als: „Herr, er war im Himmel!"

Dann saßen beide wieder in dem Garten, knieten über den Blumenbeeten, arbeiteten mit der Rasenschere und mit dem Rechen. – Sie beugen sich noch heute wolkenlos wie der Ätherhimmel von Nuwara-Eliya über die Blumenreihen, dort oben in dem Garten ohne Jahreszeiten.

Der Knabe auf dem Kopf des Elefanten

Der Maharadscha von Jaipur, der heute noch unabhängigste Fürst von Indien, hat einst zu Ehren des Besuches des Prinzen von Wales alle Häuser, alle Straßen, alle Wände, Treppen und Türmchen seiner kleinen Hauptstadt Jaipur mit rosa Kalkfarbe anstreichen lassen, alle Gesimse und Geländer mit purem Indigoblau, so daß die Stadt jetzt den ganzen Tag über und über in einem ewigen Morgenrot schimmert und die rosarote Stadt genannt ist.
Keiner geht durch diese Stadt, der nicht von der unendlichen rosaroten Farbe begeistert gestimmt wird. In alle Straßenfluchten hinein begleitet dich vom Morgen bis zum Abend der zuckersüße Rosenton. Er übertüncht deine Sorgen und deinen Kummer und verzärtelt deine Gedanken. Die helle Stadt scheint aus rosa Zuckerguß und rosa Schlagsahne aufgebaut. Süß und süßlich wird dir vor dem rosa Häuserschaum zumut.
In der Straße der Reitbahn steht ein goldner Minaretturm, der einzig gelbe Fleck in den rosa Mauern. Diese Straße ist sehr breit und führt nach dem Marktplatz und nach den Elefantenställen des Fürsten. In der Mitte über einem Straßenaltar ragt ein Trompetenbaum mit weißen Armen. Zu beiden Seiten der Straße sind in den Erdgeschossen der rosaroten Häuser offene Verkaufsgelasse, wie kleine dunkle Höhlen; darinnen hocken die Inder auf den erhöhten Dielen und arbeiten. Ein starrsinniger blauer Himmel ist immer über der rosaroten Stadt, es hat jetzt seit zwei Jahren nicht geregnet.
Weiße Zebustiere und Zebukälber tummeln sich vor den Läden, Affen purzeln von den Dächern in grauen Scharen über die rosa Straßen. Jeden Morgen um eine bestimmte Stunde kommt der Lieblingselefant des Fürsten von seinem Morgenspaziergang durch das rosa Tor in die Stadt zurück in die Rennbahnstraße, torkelt wie eine Kuh gemütlich und watschelt die breite Straße hin nach dem Elefantenstall. Vor-

aus geht ein Wächter mit weißem Turban, der eine Riesenglocke schwingt, damit Vieh und Menschen dem fürstlichen Tier ausweichen. Auf dem sich wiegenden breiten Elefantenschädel hockt ein indischer Knabe mit einem Stachelstab in der Hand. Der Elefant bewegt die großen, rot und blau tätowierten Ohrlappen, daß sie mit ihren bunten Arabesken wie große Tapetenfetzen in der Luft wehen.

Der Knabe auf dem Kopf ist dreizehn Jahre alt und sehr schmächtig, er sitzt auf dem Schädelknochen des Elefanten wie auf einer wandernden Schaukel. Der nickende Koloßkopf schwingt mit dem leichten Knaben mühelos auf und ab, als trüge das Tier keinen Menschen, sondern nur einen gewichtlosen Straußenfedernschmuck. Des Knaben Vater wurde kürzlich im Stalle des Fürsten von einem wahnsinnigen Elefantenungeheuer zerstampft, und seine Mutter verlor der Knabe vor zwei Tagen. Sie saß tagaus, tagein in einem Mehlladen an der Rennbahnstraße, über einen Mahlstein gebückt, den sie mit der Hand drehen mußte. Neben ihr schwangen noch sechs Frauen sechs Mahlsteine. Weißglühend zieht heute wie immer die Morgensonne in die rosa Straßen, brennt auf dem goldenen Minaretturm und in dem weißen Trompetenbaum, dessen große Blätter senkrecht schlaff herabhängen wie aufgereihte grüne Teller. Der Elefant hebt wie jeden Morgen, wenn er durchs Stadttor tritt, seinen Rüssel in die Luft, und die vergoldeten Kugeln seiner beiden Stoßzähne blitzen. Er stößt einen Fanfarenlaut aus, da er sich dem Stall nähert.

Yawlor, der Knabe auf dem Elefantenkopf, rührt sich nicht. Er zieht heute ernst wie ein Fürst in die Morgenstadt ein. Mit seinem schwarzen Blick sieht er nach dem Laden, in dem sonst die Mutter an dem Mühlstein hockte. Dort sang sie mit den Weibern näselnd den Mehlsang, daß der Sohn den Singsang am Morgen schon weithin hörte. In der Nähe des Ladens ließ stets der Glockenträger, der vor dem Elefanten schreitet, die Glocke in seiner Hand schweigen, aus Respekt vor dem Sang, denn das Mahllied ist ein uraltes, heiliges Lied.

Aber heute stand die Hälfte der Mühlen leer, nur drei Frauen sangen halblaut einförmig auf der erhöhten Diele des mehlweißen Ladens. Als sie die Elefantenglocke hörten und wußten, daß der junge Yawlor auf dem Kopf des Elefanten vorüberritt, stellten sie zum Zeichen der Trauer für seine Mutter das Lied ein. Statt der sechs Mahlsteine sausten nur drei unter den braunen, abgearbeiteten Händen der Weiber; die drei anderen Handmühlen standen still und verlassen. Wegen anhaltender Dürre und Teuerung hatte der Mehlhändler vor kurzem die Hälfte der Weiber entlassen müssen. Yawlors Mutter war danach in ihrem Lehmhaus an der Landstraße vor Nahrungssorgen und vor Bekümmernis um den toten Mann, den ihr der wahnsinnige Elefant umgebracht hatte, halb verhungert und halb verdurstet eines Morgens tot umgefallen. Am Abend fand ihr heimkehrender Sohn ihren zusammengeschrumpften kleinen Körper wie einen ausgemergelten Hanfstrick an der Türschwelle der Hütte liegen. Yawlor schichtete mit einigen Kulis aus dem Elefantenstall einen niedrigen Holzstoß, legte die Leiche darauf und verbrannte sie. Seine Hände hatten die tote Mutter in Asche verwandelt, aber nicht sein Herz. Seine Gedanken hielten die Tote immer noch wie ein lebendes Geschöpf umarmt. Wenn er morgens den Elefanten des Fürsten vom Stall hin- und zurückritt, setzte er im Geiste seine kleine tote Mutter neben sich auf den großen Elefantenkopf, und sein Herz redete mit ihr.

Der große Elefant schaukelte jetzt mit Yawlor am Mehlladen vorüber, wo nur die drei Mühlen kreischten, aber kein Lied ertönte. Draußen am Marktplatz saßen die Purpurfärber und Leinwandverkäufer unter ihren Zeltstangen vor ihren roten und blumigen Warenstücken. Alle legten heute die Hand an die Stirn und grüßten den Knaben auf dem Elefantenkopf wie einen Herrn, zum Zeichen des Mitgefühls.

„Sie grüßen die Tote, die neben mir auf dem Elefanten sitzt", sagte der Knabe zu sich. Als er an der stillstehenden Mühle des Ladens vorübergeritten war, an der seine Mutter sonst immer gearbeitet hatte, redete er in die Luft: „Mutter, ich will dich am Durst und am Hunger, die dich umgebracht haben, rächen. Ich will den Durst und den Hunger in dieser Stadt umbringen." Des Knaben Auge flog die Straße hinauf und hinunter, wild, als wollten seine Lippen einen Schrei ausstoßen, wilder als der Schrei der Elefanten. Niemand hörte den Knaben auf der Straße laut mit sich sprechen, denn der Glockenläuter, der vorausging, übertönte alle Geräusche. Der Elefant torkelte jetzt behäbig über den Marktplatz. Die Leute sahen nur, daß Yawlor fortgesetzt die Lippen bewegte.

„Ich werde schreien", rief Yawlor zum Geist seiner Mutter, „daß der Himmel über dem Marktplatz zittert, Mutter. Und der Fürst und alle Leute in der Stadt müssen fragen, wer schreit? ‚Das ist Yawlor, der den Regen vom Himmel rufen kann', muß man dann antworten. Hunger und Durst müssen vor Yawlor sterben. Mit beiden Armen werde ich den Himmel wie einen vollen Wasserschlauch an mich pressen, daß der Starrsinnige zerplatzt und die Felder von der Stadt Jaipur bis zum Schloß Amber draußen überschwemmt werden von seinen Regenfluten." Der Fluß mußte wieder im ausgedörrten Kiesbett erscheinen, und sein Spiegel mußte wieder auftauchen, der Fluß, der jetzt mit versteintem und verdorrtem Gesicht dalag, wie Yawlors tote Mutter auf dem Scheiterhaufen. Unterm lebenden Regen würde auch die Asche der Mutter wieder zu Fleisch werden und aufstehen. Die Mutter würde wieder an ihrem Mahlstein niedersitzen und jeden Morgen wie sonst singen, wenn Yawlor auf dem nickenden Kopf des Elefanten Talim am Mehlladen vorüberritt. – Yawlor sah vom Kopf des Elefanten herab über dem Marktplatz deutlich die Stunde seiner Größe kommen. – Der Fürst würde zu Pferd mit allen Frauen in den Sänften und in den Zebuwagen und mit allen tätowierten und purpurgeschmückten Elefanten auf dem Marktplatz in den Palast der vier Winde ziehen; alle Fenster wären dann voll von Frauengesichtern mit plattgescheiteltem Haar. Die Rubine in allen Ohrmuscheln und die weißen Ringe in den Nasenflügeln müßten funkeln und glitzern und alle Goldspangen an

MA

den Armgelenken klirren, wenn sich die Frauen über die Geländer bögen und mit großer Erregung Yawlors Stimme lauschten. Yawlor stünde dann mitten auf dem Marktpflaster zwischen den tausend heiligen grauen Tauben, die dort pikken und die nie ein Arm verscheuchen darf, und Yawlor schriee zum Himmel vor den Reihen der Fenster, den Elefantenreihen, den Wagenreihen und vor den Reihen der ungeduldigen Pferde. Wie voll von Haufen Käfern und Waldameisen würden alle Dächer und Türmchen voll von Turbanen und Gesichtern sitzen, die auf Yawlor sähen, wenn er den Regen aus den Wolken herabschriee, wenn er die Dürre vom Himmel risse und der Sonne ins Gesicht schlüge. Dann in der atemlosen Stille müßten die ersten Tropfen, rund und gequollen wie Gewichte schwer, auf die Köpfe schlagen, tausend Hände sich nach den Tropfen ausstrecken und Tausende mit den nassen Händen jubelnd Beifall klatschen. Alle grauen Tauben auf dem Marktplatz flögen rauschend dem Regen entgegen, alle Pferdenüstern wieherten, die Elefanten trompeteten, und der Fürst und seine Frauen ließen Yawlor durch die Eunuchen vom Markt hinauf in den rosigen Windpalast rufen. –

Der Knabe Yawlor mußte sich jetzt unter dem kühlen und dunklen Tor des Elefantenstalles bücken. Das breite Elefantentier trampelte mit dem Knaben auf dem Kopfe in den Elefantenhof. Hühner, schwarze Böcke, Truthähne, Kulis, Affen, Wasserträger und Elefantenwärter trieben sich hier um die offenen Lehmställe und um die offenen fürstlichen Wagenschuppen herum. Der Dunst des gedörrten Elefantenmistes, der auf den Rändern der Hofmauer in Fladen als Dung getrocknet wurde, und die Staubwolken füllten die Luft. Die begeisternden rosaroten Straßen von Jaipur aber waren hinter Yawlor verschwunden.

Zwischen dem Dunst des Viehes, der Taglöhner und des Mistes verwandelte sich die straffe Gesichtshaut des Knaben, sein Ausdruck wurde müde, welk und alltäglich. Sein Geist, der unter dem feierlichen Beileidsgruß der Kaufleute auf dem rosaroten Marktplatz aufgeleuchtet hatte, wurde kleinmütig. Als er vom Kopfe des erhabenen Elefanten zur Erde glitt und im Staub bei den Staubigen stand, hatte er den heldenhaften Blick in die Ferne verloren. Er stellte seinen Stachelstab in die Mauerecke, rieb sich die Gedankenreste wie Staubkörner aus den Augen und war auf seinen abgemagerten Beinen wieder der Sohn eines Kulis und nicht mehr der Herr über Durst und Hunger, wie auf dem Kopf des Elefanten.

Ein schwarzer Widder im Hof, welcher spielen wollte, kam von rückwärts angerannt, hob den Knaben auf seine gedrehten Hörner und kehrte ihn wie eine überflüssige Sache zur Seite, daß er in der Mauerecke bei einem Haufen dörrender Mistfladen hinfiel und liegenblieb. Der ganze Hof voll Kulis lachte lautlos, und alle zeigten dem Gestürzten die gelben Zahnreihen. Und mit dem Hingepurzelten lag auch der Gedanke, den Hunger und Durst zu beschwören, verrunzelt wie ein Mistfladen in der Mauerecke.

Unter den Totentürmen

Auf dem Abendkorso von Bombay kreisten die hohen Räder der Staatskarossen. Die Kutscher klingelten mit silbernen Glocken. Schmal wie Gazellen saßen oft sechs bis acht Indierinnen in den Wagen auf den Polstern und streckten die schlanken, braunen Hälse. Vorortzüge rasselten neben dem Korso am Meere entlang, Automobile und englische Cabs. Die Parsen hatten die reichsten Equipagen, denn sie stellten in Bombay die Finanzwelt dar.

In einem ungeheuren schwarzpolierten Wagen, mit vier Fliegenwedlern in grüner Livree und rotem Turban hintenauf, mit zwei braunen Kutschern auf dem Bock, kam der steinreiche Parse Rama mit seinem Sohne Elifar zum Korso. Die beiden Herren trugen dunkelblaue Kaftanröcke bis an die Hüften, ein weißes Schleierhemd hing unter der dunkelblauen Weste hervor bis an die Knie, die Waden waren nackt, und die Füße steckten in Goldpantoffeln. Auf dem Haupt jedes Parsen thronte die schwarze, polierte Lacktiara, welche den beiden Bankiers das Aussehen von Hohenpriestern gab. Die englisch geschirrten Pferde griffen scharf aus. Die vielen Fußgänger sahen die Abendsonne tief am Boden unter den Pferdehufen und unter den Rädern der Equipagen, als ließen die Reichen die Sonne zu ihren Füßen zerstampfen.

Wie blaugraue Kreisel tanzten die langgezogenen Schatten des Korsos über die abendlichen kupferroten Rasenplätze der englischen Klubhäuser. Weißgekleidete Tennisspieler standen wie helle Gipsfiguren unter den papageienfarbigen Palmen. Das Meer lag neben der Wagenkette wie ein riesiger Silberteich, und die Sonnenkugel war aus dem grünlichen Abendäther wie eine geschälte Blutorange auf die weiße Meeresplatte hingerollt. Hunderte von Indiern wanderten am Strand. Indische Frauen, sieben und zehn, hielten sich an den Händen und gingen über die gebleichten, kalkigen Muschelwiesen am flachen Meeresrand entlang. Die feinen nack-

ten Mädchen- und Frauenkörper sind in smaragdgrüne, karmoisinrote und azurblaue Schleier gewickelt. Die Abendluft preßt die wasserdünnen Schleier an die Linien jedes nackten Leibes. Die Frauenscharen in ihren glitzernden Schleiern stehen wie aus blauem, rotem und grünem Glas gegossen am Meer. Junge Männer mit riesigen weißen und gelben Turbanpaketen auf dem Kopf wandeln, gleichfalls Hand in Hand, die Wasserlinie entlang. Manche Gruppen spielen Ball, andere liegen neben ihrem blauen Schatten auf dem weißen Muschelboden.
Große Schreie verbreiten sich in der Luft, und mächtige schwarze Aasgeier fegen über die Köpfe des Korsos. Niemand achtet auf sie. Die unheimlichen, fürchterlichen Vögel jagen wie schwarze Tücher durch die Luft, die Erde und das Meer anschreiend. Die finstern Vögel stürzen fort, ihr Flug ist wie ein Umsichhauen großer schwarzer Sensen.
Die Aasgeier kommen und gehen und pflügen die Luft mit ihrer Unruhe über den Palmenspitzen der Prachtgärten des Malabarhügels. Die Rücken dieses Hügels ziehen sich draußen vor Bombay an der Strandbucht ins Meer. Dort oben sind, versteckt im Blaugrün hinter den Villen und den Gärten, die Totentürme der Parsen. Dort werden die Gestorbenen auf die platten Dächer der weißen runden Türme den Aasgeiern hingelegt; ein Leichnam wird in einer Stunde von den wilden Vögeln gefressen. Der Parsentote darf weder Luft, Wasser, Feuer noch Erde verunreinigen und bekommt deshalb kein anderes Begräbnis als das im Magen eines Geiers.
Dort oben in den Prunkgärten um die Totentürme stehen jetzt im Abendlicht die Palmschäfte wie rote, verrostete Eisenschrauben in der Luft, und die Schreie der Geier fahren hervor gleich wild ausgestoßenen Flüchen, wie die Sprache des ewig zankenden Hungers. Die feiernden Menschen am Abendmeer sind mit den häßlichen Geierlauten vertraut wie mit ihren eigenen Sorgen. Männer und Frauen schauen ungestört in den wollüstigen Sonnenuntergang, zu dem jeden Abend die schwarzen Aasvögel gehören wie die vielen

Schatten der Menschen, der Pferde und Equipagen zum Korsoweg.

Am Wegrand stehen einige Equipagen und warten auf die Spaziergänger. Rama ließ gleichfalls seine Pferde halten, und sein Sohn Elifar stieg aus. Sobald die Sonnenscheibe die Meerfläche anrührt und die Meerluft sich dreht, Wasserkühle und Landwärme zu kreisen beginnen und die Schleierenden der spazierenden Damen und Mädchen sich im Luftzug kräuseln, eilen die wandelnden Gruppen auf ihre Wagen zu; Wagen und Spaziergänger kehren zur Stadt zurück.

Der Vater Rama sah seinem Sohne nach, welcher zum Wagenschlag der nächsten leeren Equipage getreten war und auf eine Mädchengruppe wartete, die vom Meere her kam. Ehe noch Elifar und die Mädchen sich begrüßten, hörte der alte Herr, im tiefen Wagenfond verborgen, eine Stimme aus einem Trupp vorübergehender Menschen neben seinem Wagen sprechen: „Nie wird der Sohn des Rama mit Aloi glücklich werden. Sie ist das gelehrteste von allen Parsenmädchen in Bombay und liebt nur Bücher und keine Menschen."

Der alte Rama seufzte und spielte mit seiner dicken Uhrkette, die war aus goldenen Skarabäen zusammengesetzt, in jedem Käferkopf steckte eine echte schwarze Perle. Durch den offenen Wagenschlag spiegelte sich die Sonne mehr als fünfzigmal in der kostbaren Kette, und mehr als fünfzig kleine blutrote Sonnen rollten durch Ramas Finger. Dann verloschen alle Perlen, und die Kette lag dunkel in Ramas Hand. Er sah in demselben Augenblick, als er die Stimme aus dem Volke gehört hatte und die Sonne im Meer unterging, wie Aloi seinem Sohne Elifar drüben am Wagen kaum die Fingerspitzen reichte und sich dann mit allen ihren Freundinnen in die Wagenpolster setzte. Der Alte dachte: Aloi ist nicht gekommen, den alten Parsen Rama zu begrüßen. Aloi liebt keinen Menschen; ihr Herz ist ernst und farblos wie die schwarzen Perlen, die in die Sonne sehen wie Brillengläser und farblos wie schwarze Brillen sind. Die Stimme im Volk vorhin hatte recht, Aloi liebt nur ihre Bücher; nicht einmal

am Abend vor ihrem Hochzeitstag mit Elifar konnte sie herzlich werden.
Rama hörte Alois Wagenschlag zufallen, die Kutscher klingelten mit ihren silbernen Signalglocken, die sie statt der Peitsche neben sich am Bock hatten, und Alois offene Equipage, gefüllt mit den Köpfen von sieben jungen Parsenmädchen, welche fast alle sieben Brillen trugen, fuhr an Ramas stillstehendem Wagen vorüber. Die Mädchen nickten dem alten vornehmen Parsen Rama zu, aber ihr Gruß war nebensächlich und flüchtig, als wären alle sieben kluge Ameisen, die nie Zeit haben vor Fleiß und Eile.
Elifar kam in den Wagen seines Vaters zurück; dieser sah, daß sein Sohn die Lippen eitel aufwarf und mit seinen schwarzen hochmütigen Augen selbstgefällig Aloi nachsah.
Rama dachte: Mein Sohn Elifar ist nicht klug, und seine Eitelkeit ist seine ganze Weisheit. Er ist ein schön gewachsener Junge, ist reich, liebenswürdig, wohlgenährt und könnte darum Aloi gefallen. Aber Aloi strotzt von Wissen und Gelehrsamkeit. Sie ist hochmütig wie keine, und ich wundere mich nur, warum sie meinem Sohne das Jawort gab, als wir bei ihrem Vater um sie anhielten. –
Der Alte und Elifar fuhren eine Weile schweigend, und die Fensterreihen der Klubhäuser glänzten wie weiße Zettel, die in der Dämmerung angeklebt waren und von denen die beiden Herren ungeschriebene Gedanken ablasen.
Das Meer lag jetzt grau und tot unter einem Netz einförmiger Dämmerungswellen, wie ein weißer, gefangener Riesenleib unter einem Drahtgitter.
„Dein Hochzeitstag hat mit dem Sonnenuntergang jetzt begonnen", sagte der Vater, als der Wagen an der Schranke des Vorortgeleises auf einen vorübersausenden Zug warten mußte. Rama verstand im Eisenlärm nicht, was Elifar ihm antwortete, aber er sah die Gedanken dem Sohne aus dem Gesicht.
Elifar dachte nur an seine Eitelkeit. Er war überaus stolz darauf, daß er, der reiche, stattliche, junge Mann, gleichsam wie einen unbezahlbaren Schmuck, gleich wie einen hochtra-

benden Titel, morgen zu seinem Hochzeitstag vom Schicksal eine Frau bekam, welche die gelehrteste von allen brillentragenden Mädchen war. Aloi hatte ihm nach einiger Bedenkzeit ihr Jawort gegeben, und er war damit zufrieden, daß sie sich lieben lassen wollte, aber nicht wieder lieben konnte.

Elifar wickelte aus einem kleinen gelben Seidentuch einen Ring. Derselbe stellte zwei goldene Pferdchen dar, welche, nebeneinander langgestreckt, scheinbar um die Wette liefen. Steckte man den Ring an die Hand, so schienen die Pferde rings um den Ringfinger zu laufen. Elifar hatte auf den Ring gedeutet und seinem Vater geantwortet, als der Eisenbahnzug vorüberrasselte und die Worte zerstreute. Rama verstand, daß sein Sohn diesen Ring Aloi zum Hochzeitstag schenken wollte, und er begriff, daß die beiden Pferde die Seelen der beiden Menschen vorstellten. Elifars Eitelkeit rannte wie ein Pferd mit dem Verstand von Aloi um die Wette.

Elifars Augen betrachteten wohlgefällig den Ring und sagten stumm zum Vater: Morgen werden mich viele beneiden um Aloi.

„Man heiratet nicht, um sich beneiden zu lassen, Elifar; laß die Sonne morgen wie heute untergehen, mein Sohn, und gib diese Heirat auf; gib nicht deinen Ring dem Mädchen mit der Brille, ich suche dir eine andere."

Elifar steckte seinen Ring in die Westentasche und antwortete dem alten Rama. Aber auch diesmal wurden die Worte von der Luft mit fortgerissen, ohne daß sie der Vater hören konnte.

Einer der mächtigsten Aasgeier war vor den Gärten der Totentürme herab mit großem und lautem Gekrächze über die beiden Herren geflogen und hatte Elifars Worte überschrieen. Nur Elifars Achselzucken sprach stumm zu Rama: Frauen ohne Brillen sind mir langweilig, weil sie so eitel sind wie ich, Vater.

Der Wagen hielt vor Ramas Villa zwischen den hohen Mauern der Gärten des Malabarhügels. Die beiden Herren wollten aussteigen, im gleichen Augenblick kehrte derselbe große Aasgeier im Fluge um und stob dicht vor dem alten Herrn über die Rücken der Pferde. Rama duckte sich unter dem Luftzug des Flügelschlages.

Die unruhigen Pferde zerrten den Wagen ein paar Schritte vorwärts, Ramas prachtvolle Uhrkette blieb an der Türklinke des Wagenschlages hängen und zerriß.

Der alte Parse erschrak über den Totenvogel und über seine zerrissene Skarabäenkette. Er betrachtete dieses kleine Unglück am Vorabend der Hochzeit als den Vorboten eines größeren. Er hätte gerne seinen Sohn noch einmal gebeten, die Hochzeit aufzuschieben, aber die eitlen Augen Elifars hinderten ihn am Sprechen, und der Alte sagte nur, als er ins Haus trat: „Menschen, die sich nicht im Blut lieben, lernen sich niemals kennen, nicht einmal der Tod kann ihre kühlen Gedanken einigen."

Am nächsten Abend um dieselbe Stunde saßen bei dem weitoffenen Gartentor des Hauses Rama die Hochzeitsgäste, die reichsten Parsen von Bombay, alle mit schneeweißen Togas bekleidet, und zeigten sich den Vorübergehenden der Straße. Tiefer im Garten gingen die Mütter und die älteren Frauen, gleichfalls in weiße wohlgeordnete Togas gehüllt.

Auf dem dämmerigen blauen Rasen deckten viele Diener eine lange Abendtafel mit weißen Seidentüchern, die Hochzeit neigte sich ihrem Ende zu.

Aloi, umgeben von fünfzig jungen Freundinnen, saß in einer offenen weißen Pfeilerhalle des Gartens. Braut und Brautmädchen trugen fast alle Brillen und waren alle in weiße silbergestickte Togas gewickelt. Die rosa Orchideen in den schwarz gescheitelten Haaren steckten gedankenvoll wie die Brillen an den jungen Mädchenköpfen. Die jungen Damen saßen im großen Kreis auf Stühlen und spielten Pfänderspiele und waren wie Kinder fröhlich, trotz aller Belesenheit.

Ein Zug von Dienern trat jetzt in den Kreis der Mädchen. Sie stellten einen großen vergoldeten Kuchen in die Mitte auf einen Schemel, und auf silbernen Platten wurden kleine parfümierte Blumensträuße gereicht.

Elifar erschien auf der Hallentreppe, mit ihm eine Schar junger Männer, alle in weiße Togas gehüllt, wie wandelnde Marmorbilder. Der Bräutigam hatte die Braut zu sich hinaus in den Garten bitten lassen, aber sie war nicht gekommen. Nun trat er selbst in den Mädchenkreis und lachte, weil Aloi nicht aufstand und nicht zu ihm kam.

Das Brautpaar sollte sich verabschieden und im Brautzug nach Elifars Wohnung ziehen. Aber Aloi lehnte sich in ihrem Stuhl zurück, sah Elifar über ihre Brille an, schmollte mit ihrem hübschen Kindermund, und ihr Gesicht war blaß und leuchtete auf ihrem Hals wie die Kelche der Kallablumen an den Spiegeln der Gartenteiche.

„Laß mich noch eine Stunde junges Mädchen bleiben", rief sie scherzend, „ich weiß nicht, warum ich mich plötzlich vor dir fürchte, Elifar. Ach, Freundinnen, seht mich an, ich fürchte mich, glaube ich, davor, Kinder zu bekommen. Ich hatte ganz vergessen, daß man beim Heiraten nicht bloß eine Freundschaft schließt, sondern daß man auch Kinder gebären muß. Ich bin keine Frau, die ungestraft gebären kann, das sagt mir mein Verstand; ich glaube, ihr Herren und Damen, ihr müßt mich dann auf die Totentürme tragen. Wenn ich ein Kind bekommen sollte, überlebe ich es nicht." Aloi sagte das laut und ohne Scham, sie meinte jedes Wort ernst, wenn sie auch lachte. Ihre Brillengläser liefen an und standen bläulich und gedankenvoll wie große Mondsteine im Gesicht, als ob ihre Augen jedem und keinem gehörten, und ihre Blicke verschwanden grau in einer Wolke hinter der Brille.

Elifar stand hinter ihrem Stuhl und lächelte; er nahm ihre Hand und steckte ihr den Ring mit den goldenen Pferden an den Finger.

Aloi schüttelte leicht die Hand, und der Ring fiel in ihren Schoß. „An meine Hände paßt kein Schmuck und kein Ring. Meinen Fingern, die nur gerne in Büchern blättern, sind Ringe zu schwer."

Elifar lächelte, und sein eitles Lächeln meinte: Du wirst dich an den Ring gewöhnen, Aloi. So wie du dich an die Liebe

gewöhnen wirst und an das Gebären von Kindern, so wirst du dich an meinen Ring gewöhnen.
Aloi schüttelte ihren Kopf, und ihr Kopfschütteln sagte stumm: Nein, nein, nein! Laut sagte sie:
„Elifar Rama, ich werde mich nicht an die Liebe gewöhnen, nicht an das Kindergebären, nicht an dein Gold und an deinen goldenen Ring. Wir heiraten uns, weil wir Menschenkinder sind, die nicht wissen, was das Leben von ihnen will. Ich heirate dich, weil ich den Eltern den Willen tue, weil du eitel auf die Heirat bist und weil du nicht forderst, daß ich Liebe heucheln soll."
Alle Parsenmädchen klatschten laut Beifall.
Elifar nickte, steckte den Ring in seine Tasche und sagte, ohne zu sprechen: Eines Tages wirst du dich an alles gewöhnen, Aloi. Ich werde dir den Ring heimlich anstecken, und du wirst es gar nicht merken, daß du meinen Ring trägst.
Aloi schüttelte heftig den Kopf: Niemals, niemals.

Dreiviertel Jahr nach dieser Stunde starb Aloi bei der Geburt eines toten Kindes. Ihre Leiche wurde in weiße Seide gehüllt und in den Garten der Totentürme getragen, in diesen farbigsten und schauerlichsten Garten der Welt. Achtzig weiße Stufen führen darinnen den Hügel hinauf. Oben auf den Terrassen empfangen die weißgekleideten Parsenpriester den Leichenzug und tragen die Toten über den Purpursand der Gartenwege. Blaue, goldgelbe und scharlachblühende Blumentische stehen an den Rändern der Wege. Graue Kakteen und Palmenbestände verdecken halb die kesselartigen, weißen Steintürme. Wie zusammengekauerte Männer in schwarzen Röcken hocken die Aasgeier Schulter an Schulter mit kahlen Hälsen und kahlen Schädeln um den Turmrand. Sie stoßen sich mit den eckigen Schulterblättern und rucken mit den hackigen Schnäbeln und schleudern sich, aufkreischend, durch die Luft und sehen im Flug aus, als ob von Totenbahren große, schwarze Tücher davonfliegen.
Nachdem man Aloi zu den Geiern auf die Totentürme getragen hatte, stand Elifar abends in seinem leeren Hause in

der Gartenhalle. Sein Besitztum lag neben vielen anderen Gärten am Malabarhügel unterhalb der Totentürme. Die Diener trugen vor ihm auf dem Rasen die von Aloi hinterlassenen Bücher und Schriften auf einen Haufen und warfen sie in ein Reisigfeuer.

Elifar trat in den Garten; der Abendhimmel lag über ihm bleigrau wie eine Panzerplatte. „Warum bedrückt mich keine Trauer?" sagte der eitle Mann zu sich. „Ich fühle nicht mehr Trauer über Alois Tod als über die untergegangene Sonne irgendeines Tages. Sie hat sich nicht an meine Liebe gewöhnt und hat mir auch kein Kind geboren und ist gestorben, um mir zu zeigen, daß sie sich nicht an die Liebe gewöhnte. Aber als Tote gehört sie mir jetzt ganz und trägt jetzt endlich meinen Ring. Ich habe keine Trauer um sie im Herzen, weil sie mir im Tode näher ist als im Leben." –

Der schon dämmrige Park wurde von einem letzten roten Sonnenblick hell, und rote Streifen schossen wie rote Goldfische über die wasserblauen Rasen. Ein paar Riesenschatten vorüberfliegender Aasvögel fuhren über Elifars Kopf und wischten die roten Lichtstreifen aus.

Nach einer Weile kam einer der indischen Gärtner. Sich demütig vor Elifar verbeugend, reichte er ihm auf einem Brotfruchtblatt einen abgerissenen Menschenfinger, daran ein goldener Ring steckte. Der junge Parse fuhr erschrocken zurück und wurde blaß und grau.

Der Gärtner erzählte, einer der Aasgeier hätte diesen Totenfinger in ein Blumenbeet fallen lassen.

Elifar zog den Ring, der zwei goldene Pferdchen vorstellte, von dem toten Fingergliede. Dann ließ er den Finger in Seide wickeln und zurück zu den Totentürmen tragen. Den Ring aber steckte er in seine Tasche. Und seine Hand spielte tagelang mit dem Ring in der Tasche, und seine Eitelkeit weinte.

Im blauen Licht von Penang

Die malaiische Kurtisane Gabriela Tatoto, die in der Frühlingszeit auf englischen Dampfern in der Malakkastraße und im Chinesischen Meer von Penang bis Hongkong reiste, lebte im Sommer ausruhend in ihrer Villa in Penang. Ihr Haus lag wie ein einziger weißer Saal in einem tiefen Rosengarten. Statt der Blumenbeete standen mannshohe bläuliche Porzellanvasen in langen Reihen am Gartengitter entlang, gelb- und rotgefleckte Tigernelken wuchsen in Sträußen aus den Vasen. Schlanke Wandererpalmen mit pechschwarzen Fächerblättern brüsteten sich wie finstere Pfauen rund um die weiße Villa. Ein scharlachblühender Elektrinenbaum spreizte sich am Garteneingang. Das rote Gekröse der Blüten in der Luft leuchtete blutig wie die Schlachtbank eines Metzgers. Der Garten schien das Seelenleben der Kurtisane in seinen Farben zu spiegeln. Mit der Künstlichkeit der Porzellanvasen, mit der Düsterkeit der Wandererpalmen und mit der rücksichtslosen, lüsternen Röte der Elektrinenbäume erinnerte er an seine Besitzerin.

In Penang herrscht über allen Dingen, über den Kalkwänden der Häuser, über den breiten Blattflächen der Palmen und über der Haut der Menschen ein ewiges blaues Licht. Immer ist eine Blässe dort über allem, wie ein beständiger Mondschein mitten im Sonnenschein. Das blaue Licht von Penang ist wie der bläuliche Schimmer einer unsichtbaren elektrischen Bogenlampe, ist über den Springbrunnen der Gärten, über den Pflastersteinen, über den Wasserspiegeln des Meeres und selbst über den Panzerplatten der vorüberfahrenden Kriegsschiffe gleichwie ein Phosphorleuchten mitten am Tage. Und die Bläue macht den Muschelkalk der Häuser transparent, als könnten die Menschenschritte hier durch die geisterhaften Wände gehen, als wäre die Stadt nur ein bläuliches unwirkliches Schlafbild mitten unter der wachen Tropensonne. Niemand hat das bläuliche Licht von Penang jemals erklärt, aber es ist immer da, und die eingebo-

renen Photographen malen selbst auf die Ansichtskarten, auf Gesichter und Landschaften diesen Mondschein im Sonnenschein.

Auch Gabriela Tatotos weißes Landhaus lag im Gartengrün mitten am Tag mit mondblauen Wänden, die wie zu stark geblaute Wäsche leuchteten.

Der malaiische Photograph Fuluo Holongku in Penang hatte dieses Haus schon dutzendfach auf Ansichtskarten mit zarter Bläue bemalt, denn die Kurtisane schenkte gern ihr Hausbild mit Gartenansicht an ihre Freunde. Aber niemals verschenkte sie ihr eigenes Bild. Sie fürchtete sich, abergläubisch wie alle Asiaten, vor dem bösen Blick fremder Augen – vor bösen Augen, die ihr Schaden bringen würden, und vor bösen Wünschen, die sich auf ihr Bild richten könnten. Nur einmal hatte sich Gabriela von Holongku photographieren lassen. Aber als er die Bilder ablieferte und sie ihr Gesicht dutzendweise vor sich sah, erschrak sie, geriet in Angst und verbrannte noch am Abend alle Bilder mit eigener Hand. Der Photograph Holongku besaß trotzdem ein Bild von der Tatoto, ein Bild, das die Kurtisane nackt zeigte und das sie selbst noch niemals gesehen hatte. Holongku trug dieses heimliche Bild in das Futter seines Hausrockes eingenäht; denn es soll Glück bringen, das nackte Bild einer Kurtisane stets bei sich zu tragen. Der Photograph war auf leichte Weise in den Besitz dieses Bildes gekommen.

Gabriela hatte damals Holongku zu sich in die Villa gerufen, um sich photographieren zu lassen. Es war zu Beginn der heißen Zeit, die Kurtisane war schläfrig und von ihrer Hongkongreise eben erst zurückgekehrt.

Die Tatoto lag in einem langen Strohsessel im schattigsten Zimmer des Hauses. Die grünen Schutzdächer an den langen Fenstern waren herabgeklappt, die Scheiben bis zur Diele geöffnet, aber die Kalkdecke im Zimmer strahlte wie immer ihr bläuliches, intensives Licht aus. Gabrielas chinesischer orangefarbener Seidenmantel war weit geöffnet und zeigte den schmalen Leib der Kurtisane wie das Fleisch einer geschlitzten Mangofrucht in rotgelber Schale. Über den nackten Arm der schönen Frau stieg behutsam mit den langsamsten Schritten der Welt ihr Spielzeug, ein kleines Chamäleon, das wie ein winziges graues Gespenst im Zimmer umging.

Der Photograph wurde in das Haus eingelassen, und da er bestellt war, folgte ihm niemand von der Dienerschaft durch den Vorsaal. Er hob die Strohmatte von der Tür und sah die nackte Kurtisane eingeschlafen. Blitzschnell vereinigten sich in dem Malaien Gedanke und Wunsch, das Bild der nackten Frau zu besitzen, um es bei sich zu tragen. Unhörbar klappte er das Aluminiumgestell seiner kleinen Straßenkamera auf und photographierte rasch, von der Türschwelle aus, die Schlafende. Er hätte gern vorher von Gabrielas Oberarm das kleine häßliche Chamäleon verscheucht, das dort auf drei Beinen stillstand und das vierte Bein wie ein Jagdhund abwartend in die Luft streckte. Aber das kleine graue Tier sah unter seinen Augenklappen regungslos in das blaue Licht der Zimmerdecke und rührte sich nicht auf dem Arm der Schläferin.

Der malaiische Photograph kauerte nach einer Weile im Vorzimmer auf der Diele und schien mit orientalischer Ruhe auf das Erwachen der Dame zu warten.

Holongkus Herz pochte heftig, als er später zu Hause in seiner Dunkelkammer das kleine Bild der nackten Kurtisane auf der Platte hervorrief. Am nächsten Morgen nähte er einen Papierabdruck davon in seinen Hausrock und wußte jetzt, daß er zeitlebens Glück haben werde. Nur durfte er von dem Bilde zu niemandem sprechen. Aber das Glück kam in wahnwitziger Gestalt. Wollüstige, hitzige Träume bedrängten den armen Mann. Die nackte Tatoto kam nachts, wie in einem gelben Feuermantel, an das Bett des Malaien und legte sich in seinem Schlaf zwischen ihn und seine junge Frau. Und wenn er zugriff und die Kurtisane umarmen wollte, hing ihm das steife, grinsende Chamäleon am Herzen. Bei Tag ging die nackte Tatoto vor ihm her über das bläuliche Pflaster von Penang. Stundenlang starrte der junge Photograph geistesabwesend in das blaue Licht von Penang und stand

wie ein Träumer im Mondschein mitten im Sonnenschein. Nur wenn er seinen Hausrock ablegte, darinnen Gabrielas Bild eingenäht war, atmete er leichter. Öfters geschah es, daß Holongku seinen europäischen Anzug anzog, seinen europäischen Strohhut aufsetzte und zum Hafen ging, wenn ein ausländisches Postschiff signalisiert wurde. Dann verkaufte er auf dem Promenadendeck des angekommenen Dampfers bemalte Photographien und Postkarten von Penang an die Weltreisenden. Für eine kurze Stunde legte er dann mit seinem Hausrock seine unruhige Leidenschaft zu der Kurtisane ab.

Wenn Holongku im Hafen auf einem Dampfer war, saß seine junge, sechzehnjährige Frau vor dem Atelierhaus auf dem Treppenabsatz unter dem Schlingpflanzendach. Die weißen Treppensteine leuchteten bläulich, und Marmies weiße Augäpfel schimmerten ebenso bläulich. Die junge Frau stellte jeden Nachmittag einen kleinen Tisch auf die schattige Haustreppe und saß dort stundenlang und bemalte Dutzende von Ansichtskarten, bis ihr Mann wiederkehrte. Marmie saß heute wieder an ihrem gewohnten Platz, und hinter ihr funkelten die Atelierscheiben im Gartengrün wie die Fenster eines Aquariums. Marmie saß getreulich und emsig über ihre Postkarten gebeugt. Ihr schwarzes, glattgescheiteltes Haar spiegelte bläuliche Glanzlichter. Dieses lackschwarze Haar wurde oft drüben über der Straße von dem chinesischen Korbflechter Ling-Sung beträumt.

Der Chinese hatte seine offene Korbflechterei dem Photographenhaus gegenüber. Dort wurden aus weißem Rohr von vielen halbnackten Chinesen große verschnörkelte Strohsessel und Strohsofas kunstvoll nach englischen Vorlagen gearbeitet. Ling-Sung, der reiche Besitzer dieses Geschäftes, saß nachmittags in der Straße in einem großen Schaukelstuhl. Er war stets nur mit einer schwarzen Kalikohose bekleidet. Sein Oberkörper war nackt. Er zeigte seine gelbe, glänzende Bauchkugel der Sonne und schlief unter einem getrockneten Palmfächerblatt, das er sich über die Stirn gelegt hatte. Seine beiden vom Fett angeschwollenen nackten Arme hingen zu beiden Seiten des Schaukelstuhls vom feisten Leib herab. Die schwarze Kalikohose glühte wie schwarzer kochender Asphalt in der Sonne, und die gelbe Leibkugel stand voll glitzernder Schweißperlen und glänzte wie eine fette, geblähte Pastete.

Wenn Ling-Sung nicht schlief, schaukelte er, und sein langer Zopf hing hinter der Stuhllehne bis auf das Pflaster und bewegte sich wie ein Perpendikel. Um ihn arbeiteten seine Leute, über das Strohgeflecht gebückt, teils in der offenen Haushalle, teils auf der leeren, breiten Straße. Ling-Sung konnte stundenlang in seiner liegenden Stellung schaukeln und zur Photographin hinüberstarren.

Er träumte sich dann nach China hin, in seine Heimatstadt, von dort wollte er sich später eine Chinesin zur Frau holen, schwarzhaarig wie die Photographin drüben. Halb schlafend, halb träumend beging er in erhitzten Gedanken, sorglos und unschuldig wie alle Schlafenden, manchen Ehebruch mit der Photographin. Aber wenn er wieder erwachte, dachte er nur nüchtern an seine Korbflechterei und kassierte emsig in der Stadt ausstehende Gelder ein.

Auch der malaiische Photograph schuldete dem Chinesen einiges Geld, aber Ling-Sung wartete großmütig, teils weil er Holongkus Nachbar war, teils weil ihm die Frau des Photographen angenehme Träume umsonst gab.

Marmie, die Photographenfrau, saß jeden Nachmittag völlig ahnungslos auf ihrer Treppe vor dem Tisch und bemalte ihre Ansichtskarten von Penang mit bläulicher Farbe. Sie dachte mit keinem Gedanken an den Chinesen und wartete nur auf die Heimkehr ihres Mannes, in den sie treu verliebt war.

Täglich ist in Penang eine schwüle Gewitterluft wie in einem Brutkasten, und wie mit blauer Elektrizität geladen glühen alle Erdkörper. Stundenlang über das Vergrößerungsglas einer Lupe gebückt, hatte Marmie sich heute müde gemalt. Sie ging in den Hausgang und holte den Hausrock ihres Mannes, legte ihn auf ihr Knie und wollte einen abgerissenen Knopf annähen.

Die Zisternen im Garten rochen dumpf, und die glatten Blattflächen der Fächerpalmen warfen grelle Glanzlichter, wie große weiße Brennspiegel. Marmies Stirn schmerzte, und sie schloß nach dem Einfädeln der Nadel einen Augenblick die Augen.
Dieser Augenblick aber wurde schnell zu einem Schlafbild von einigen Sekunden, zu einem blitzschnellen Traum, der die Scheinzeit von Jahren annahm.
Marmie träumte, der Chinese Ling-Sung verlangte plötzlich sein Geld. Er stand vor ihr und klopfte auf den Tisch und forderte energisch die Zahlung, weil er nach China reisen und sich verheiraten wollte. Marmie bettelte für ihren Mann um Aufschub, aber Ling-Sung war unerbittlich. Dreihundert Yen für Korbstühle und Sofas, die Ateliereinrichtung, sollten sofort bezahlt werden. Sonst würde der Chinese heute abend den Photographen schlachten lassen und ihn rösten, wie die Menschenfresser in Sumatra drüben es tun, und mit seinen Verwandten zusammen Holongku als Hochzeitsschmaus verzehren. Marmie sah schnell im Traum die finsterbewaldete Küste von Sumatra über der Malakkastraße, wo Menschenfresser heute noch Freunde und Verwandte schlachten, wie man sich in Penang erzählt. Marmie schauderte und verwechselte im Traum China mit Sumatra und glaubte fest, daß der Chinese dort hinüberreisen würde und ihren Mann als Hochzeitsschmaus mitschleppen wollte, wenn er nicht bezahlen sollte.
Rasch fiel ihr ein Vermächtnis ihres Vaters ein. Dieser, ein Malaie, hatte manchmal erzählt, daß man Menschen töten könne, wenn man ihr Bild oder ihre Photographie mit einer Nadel durchsteche. Der Stich muß die Brust treffen, und dabei soll man das malaiische Wort „Lulauû" laut und deutlich aussprechen. Die Hand darf nicht zittern. Man muß die Nadel auf der Photographie in die Herzgegend der betreffenden Person ansetzen und beim Wort „Lulauû" durch das Bild stechen, aber die Nadel darf nicht abbrechen.
Marmie beschloß im Schlaf, den Chinesen Ling-Sung auf diese Weise zu töten. Sie suchte in der Tischschublade nach

seiner Photographie, denn der Chinese hatte sich für seine Braut photographieren lassen. Und Marmie versprach sich mit ihrer raschen Tat für ihren Mann schnelle Hilfe vor dem chinesischen Menschenfresser. – Sie sah noch einmal Ling-Sung starr ins Auge und sagte: „Also, du gibst meinem Mann keine längere Frist mehr, Ling-Sung?"
„Nein, die Hochzeit ist morgen", sagte der Chinese, und sein gelber Wanst glänzte feist in der Sonne, wie die gelben Tonnen, die im Hafen von Penang im Meerwasser schwimmen.
„Gut", sagte Marmie entschlossen, nahm ihre Nähnadel und stach sie in das Brustbild des Chinesen und rief laut: „Lulauû!"
Der Chinese wurde blauweiß wie die Luft von Penang und fiel steif vor Marmie auf den Erdboden.
Tief seufzend und wie mit einer schweren Bürde beladen, erwachte Marmie. Sie hörte noch deutlich ihre Lippen „Lulauû" sagen. Ihr Ohr hörte noch das Papier der Photographie unter dem Nadelstich knistern. Der Chinese war umgefallen und ermordet von Marmie. Marmie erwachte jetzt vollständig und lächelte über den seltsamen Traum. Über der Straße lag wie immer friedlich atmend der feiste Chinese Ling-Sung im Schaukelstuhl. Er ließ seinen Pastetenbauch braten, und um ihn arbeiteten die Korbflechter mit ihren weißen Bambusrohren.
Marmie suchte noch ihre Nadel, die sie im Schlaf verloren hatte. Sie fand sie im Hausrock ihres Mannes stecken, als ob ihre Hand im Schlaf genäht hätte.
Marmie erinnerte sich, daß ihr Mann gerade heute die Rechnung bei dem Chinesen drüben bezahlt hatte, und es konnte keine Rede mehr von einer Schuld sein. Sie nähte, erleichtert aufatmend, den Knopf an den Hausrock, ging dann hinein und hängte den Rock im Hausflur an seinen Platz. Danach malte sie wieder emsig an ihren Postkarten weiter.
Nach einer Weile kam Holongku vom Hafen zurück. Die Ehegatten nickten sich zu. Der Mann trat ins Haus, wechselte seinen Rock und ging in das kleine dunkle Laborato-

rium zu seinen Chemikalien. Die Frau draußen hörte ihn eine halbe Stunde mit Glasplatten und Flaschen hantieren. Dann kam er wieder heraus auf die Treppe. Er stand sehr bleich vor Marmie, strich sich mit den Händen über das Gesicht und sagte zu seiner Frau, er fühle Übelkeit im Leibe. Ihm war, als röche das ganze Haus nach einem ekelhaften Leichengeruch.
Marmie stand bestürzt auf und ging mit ihrem Mann durch die Zimmer und durch den Garten. Sie suchten beide, ob nicht irgendwo eine verreckte Eidechse oder ein toter Papagei in Verwesung hingeworfen sei. Sie fanden nichts im Garten und gingen noch einmal durch die Zimmer im Haus. Die Frau roch nirgends etwas, aber Holongku beruhigte sich nicht. Er fand, daß der Leichengeruch in seinen Kleidern säße, und als sie gerade in der Küche standen, schleuderte er den Hausrock ab und warf ihn auf den kalten Herd. Da mußte Marmie lachen und lachte ihren Mann aus, und dieser ging ohne Rock zurück an seine Arbeit.
Aber es dauerte nicht lange, da kam Marmie zu Holongku in das Laboratorium und klagte über einen Brandgeruch im Hause.
Beide machten sich wieder auf die Suche, und als sie die Tür zur Küche öffneten, schlug eine große Flamme vom Herd in die Luft, und der Hausrock flog ihnen, verbrannt zu einem flachen schwarzen Aschenlappen, vom Herd entgegen.
Sie stellten fest, daß noch etwas Glut im Aschenkasten war und daß der Hausrock, getränkt mit chemischen Dünsten, einen Funken geweckt hatte und verglimmt war.
Am nächsten Nachmittag, ehe der Photograph zum Hafen ging, kam der Chinese Ling-Sung von drüben aus seinem Haus, kam herüber über die Straße und blieb an den weißen Stufen des Treppenabsatzes stehen, wo Marmie wie immer ihre Postkarten malte.
Die junge Frau sah erstaunt von ihrer Arbeit auf und dachte einen Augenblick: „Der Chinese steht da wie gestern nachmittag, als ich von ihm träumte und mit der Nadel sein Bild durchstach."

Ling-Sung winkte dem Photographen und flüsterte ihm ins Ohr: „Die Gabriela Tatoto ist gestern nachmittag in ihrem Landhaus gestorben. Eine Schlange kam aus ihrem Garten und hat sie in die nackte Brust gebissen, als sie auf ihrem Stuhle lag und schlief. Die Schlange wollte Jagd auf das Chamäleon machen, das immer auf Gabrielas Arm saß. Aber die Kurtisane erwachte und schlug im Schreck nach der giftigen Schlange, die dann wütend zubiß. Die Tatoto ist kurz danach am Giftbiß gestorben. Alle Leute machen heute Jagd auf die Schlangen in ihren Gärten. Ich möchte gern Ihr Mungo heute abend leihen, um auch meinen Garten absuchen zu lassen."

Der Photograph versprach Ling-Sung das Mungo für den Abend, und der Chinese ging dankend und grüßend wieder hinüber.

Marmie lief in die Küche und holte das kleine Mungo von der Kette, lockte es in den Garten und ließ das Tierchen, das der beste Schlangenwächter ist, die Büsche absuchen. Aber ihr Mann griff sich, als er allein war, an die Brust und atmete erleichtert auf, da er das Bild der verführerischen Kurtisane nicht mehr im Futter seines neuen Rockes fühlte, das Bild, das Marmie gestern im Schlaf durchstochen hatte und welches mit dem Rock am Herd verbrannt war.

Holongku war von jetzt ab nie mehr abwesend und vergeistert und starrte nicht mehr stundenlang in das blaue Licht von Penang, das wie Mondschein im Sonnenschein ist.

Der unbeerdigte Vater

Die Jadestraße von Kanton, die so genannt ist nach den Juwelenläden voll von kostbarem Jadestein, ist die prachtstrotzendste Straße der Stadt. Trittst du in diese Straße, die wie alle durch ein Holzgitter von der Sargstraße, Metzgerstraße, Möbelstraße getrennt ist, glaubst du zuerst, du seist in eine übersinnliche Welt geraten. Die Jadeläden sind über und über vergoldet und von künstlichem vergoldetem Holzgitterwerk umrankt. Keine Glasscheiben trennen die Ladenräume von der Straße. Waldäste, vergoldete, und vergoldetes Blattgewirr, verschlungen in phantastischer Figurenwelt, hängen wie goldene Gardinen die Läden halb zu. Die Straße ist wie alle Kantonstraßen kaum für drei Menschen breit. Bei Regenwetter feucht und halbdunkel wie ein langer Kanal; dann grinsen die goldenen Ladenreihen wie spukhafte, goldene Scheiterhaufen, und smaragdgrün, indigoblau und purpurrot leuchten die senkrechten Ladenschilder wie unzählige Kulissen in der Straße. Drinnen laufen, lautlos gleich weißen Mäusen, die Chinesen in weißen, lila und hellblauen Harlekinkleidern, und ihre Köpfe erscheinen und verschwinden wie gelbe Vollmonde hinter den goldenen Ranken und bunten Kulissenschildern. – In dieser Gasse hatte Hei-Hee seinen Laden, hier hatte er sein ganzes Leben lang gelebt und war kaum je aus den Holzgittern der Straße hinausgekommen; erst jetzt, wo er starb, verließ er seit Jahren zum ersten- und letztenmal den Jadeladen. Sein Leichnam wurde zu den Grabkammern gebracht; das sind kleine Häuser in einem besonderen Stadtviertel an den Mauern von Kanton, wo die Toten auf die Beerdigung warten müssen.

Als Hei-Hees fünf Söhne die drei Särge des Vaters bestellt hatten, den silbernen, den elfenbeinernen und den Sandelsarg, die genau ineinanderpaßten, und man darinnen den reichen Jadehändler in der Grabkammer aufgestellt hatte und ein Bonze den Tag prophezeien sollte, welcher der günstigste für die Beerdigung war, da fanden die Söhne inzwischen, daß ihr Vater nicht der reiche Mann gewesen, für den ihn die Leute bei Lebzeiten gehalten hatten. Nur Schuldscheine und kein Geld fanden sich im Laden, und alle Jadekunstschätze des toten Händlers reichten knapp, um die Schulden zu decken, aber nicht um die drei kostbaren Särge zu bezahlen. Die fünf Söhne überlegten eine ganze Nacht und wachten im Sarghause bei der einbalsamierten Leiche des Vaters. Die Sarghändler kamen am dritten Tag und sagten: „Wir geben euch unbegrenzten Kredit auf die drei Särge, nur darf euer Vater nicht mit den unbezahlten Särgen begraben werden und muß in der Grabkammer bleiben, bis ihr die Sargkosten bezahlt habt."

Das war nichts Außergewöhnliches in Kanton, und es ereignete sich öfters, daß die einbalsamierten Toten jahrelang liegen mußten, bis die Angehörigen die teuern Sargkosten bezahlen konnten.

Hei-Hees Söhne fanden darum die Rede der Sarghändler recht und billig und murrten nicht dagegen.

Die fünf Söhne berieten von neuem, und der älteste sagte: „Ich werde nach Japan reisen und will dort versuchen, alten chinesischen Jadestein billig aufzukaufen und ihn dann in China, wo es jetzt immer weniger Jade gibt, teuer zu verkaufen, und will mir bald ein Vermögen machen, um den Vater zu beerdigen."

Der zweite der Brüder sagte: „Du wirst mit Jade nicht viel verdienen; ich werde nach Hongkong reisen und einen großen Opiumhandel anfangen. Mit meinem so erworbenen Vermögen werde ich die Särge eher bezahlen können als du."

Der dritte sagte: „Jade und Opium stehen schlecht heute; ich werde nach Shanghai reisen und dort an der ausländischen Börse Geldmakler werden. Dort lehren uns die Fremden, deren Kriegsschiffe den Shanghaihafen füllen, daß man ohne Waren schneller ein Vermögen an der Börse machen kann als mit einem Lager von Jade und Opium. Ich werde mit schnellerworbenem Geld den Vater früher beerdigen lassen können als ihr."

Der vierte der Brüder weinte und seufzte: „Ich werde hier am Sarge wachen, bis ihr drei wiederkommt, und werde jeden Morgen in die Opfertassen frischen Tee auffüllen und Wachskerzen kaufen und Sandelräucherwerk. Und der fünfte Bruder soll inzwischen den Laden hüten und mit den Jaderesten handeln, die wir noch besitzen, um wenigstens das Geld für die täglichen Ahnenopfer zu verdienen."

So verabredeten es alle fünf und kehrten aus der Grabkammer zurück, um den letzten Nachmittag im Jadeladen zusammen zu verbringen.

Keiner der fünf hatte an die einzige Schwester gedacht, an das junge Mädchen, das ohne Vater und Mutter allein hinter dem Laden in den Wohnzimmern zurückgeblieben war. Sie saß dort unbeachtet im hintersten Zimmer, in der kreisrunden Tür, hinter dem Topfpflanzengarten und weinte in ihren seidenen Ärmel.

„Die Mädchen dürfen weinen und wünschen, die Männer müssen handeln", hatten die Brüder einmal verächtlich zu ihr gesagt. Geweint hatte sie schon viel; aber was sollte sie sich wünschen? Sie schaute in das leere Haus, darinnen nur die dunklen Perlmuttermöbel glitzerten. Verzweifelt nahm sie ihren grünen Jadepfeil aus dem schwarzen Haar und wollte ihn sich ins Herz stechen. Aber der glatte Pfeil sprang ihr aus den Händen, fiel hinaus auf das Porzellanpflaster des Gartens und zerbrach.

„Ich wünsche also nicht zu sterben", sagte sie zu sich, „ich wünsche also weiter zu leben, sonst wäre der Pfeil nicht in meinen Händen zerbrochen. Der Pfeil ist vor meinem Lebenswunsch ausgewichen." Und das Mädchen war froh, denn eigentlich starb sie nicht gern. „Aber was soll ich mit dem Lebenswunsch anfangen", dachte sie; „den Vater kann ich nicht begraben lassen, wie die Brüder können, also ist mein Leben unnütz. Wenn ich doch den Vater begraben lassen könnte, weil die Brüder jetzt kein Geld haben!"

Wie die junge Chinesin noch grübelte, was sie tun sollte, begann der Fußboden zu zittern, die bunten Glasscheibenwände, welche die Wohnzimmer voneinander trennten, begannen laut zu klirren, und im kleinen Gartenhof ertönte ein hohler Metallklang. Das junge Mädchen blinzelte erstaunt. In der Mitte des Hofes stand ein Silberbecken, darin sonst auf einer Metallspitze eine kleine Silberkugel balancierte; die Kugel war mit weithin tönendem Laut in das Bekken gefallen. Das bedeutete Erdbeben, und bei dem Metallton mußten alle Hausbewohner flüchten.

Das Mädchen hörte Geschrei an allen Enden, es sah die Leute und die Dienerinnen kreischend durch das Haus fortstürzen. Die Wände schienen plötzlich zu wandern, die Zimmerdecke hob und senkte sich, die Blumentöpfe im Garten drehten sich alle im Kreis, die gelben und blauen Porzellanpflastersteine tanzten auf den Wegen. Das junge Mädchen sprang auf, aber wagte sich nicht vor und nicht zurück. Sie stand unter der Tür und klatschte in die Hände, um sich die Furcht zu vertreiben. Dann wurde die Luft grau voll Staub, daß sie nichts mehr sah. Die Ratten aus dem Haus liefen an ihr hoch, und eine blieb auf ihrem Kopf fest sitzen. Da rannte das Mädchen mit der Ratte auf dem Kopf geradeaus, durch die zerbrochenen Glaswände der Wohnzimmer; sie mußte über gestürzte Stühle und große rollende Blumenvasen klettern. Sie lief blind durch die dicken Staubwolken, darinnen Hunderte von unsichtbaren Gegenständen krachten und stürzten. Sie wagte nicht mit den kleinen Händen nach der großen Ratte auf ihrem Kopf zu greifen. Aus dem Jadeladen waren ihre fünf Brüder in alle Winde fortgelaufen. Der rote Ahnenaltar am Eingang war eingestürzt, das junge Mädchen sprang über die Trümmer und wäre längst liegengeblieben, hätte sie nicht noch immer die Ratte auf ihrem Kopfe gefühlt. Sie stürzte durch die staubgefüllten Straßen, wie von der Ratte an den Haaren durch die Luft gezogen. Sie wußte nicht, daß sie durch brennende Häuser, über Tote und Verwundete hinweglief, bis es totenstill um sie wurde und sie sich auf einmal in der Grabkammer ihres Vaters sah. Dort sprang die Ratte mit einem Quietschlaut von dem Kopf des jungen Mädchens und grub sich vor ihr in die vom Erdbeben aufgewühlte Erde.

Das Mädchen kauerte am Boden und bemerkte gar nicht, daß der Leichnam ihres Vaters samt den drei Särgen verschwunden war. Als der Staub sich gelegt hatte, erschienen nach Stunden ihre fünf Brüder, einer nach dem andern, um nach dem toten Vater zu sehen. Aber wie erstaunten sie, als der Tote nicht zu finden war und als sie am aufgebrochenen Fußboden entdeckten, daß die Erde ihren Vater samt seinen drei Särgen in die Tiefe gerissen und begraben hatte.
Das junge Mädchen sah auf und sagte: „Ihr sollt nicht staunen, ich habe als unnützes Mädchen gewünscht, den Vater zu begraben. Verzeiht mir, daß mein Wunsch für mich gehandelt hat; ich weiß, daß ich als Mädchen kein Recht zu handeln hatte."
Da freuten sich die fünf Brüder und antworteten ihr: „Die Sarghändler dürfen keinen Toten mehr ausgraben, der einmal unter der Erde ist. Wenn du den Vater mit deinem stillen Wunsch begraben konntest, Schwester, dann bist du als schwaches Mädchen stärker mit deinem Weinen und Wünschen gewesen als wir Männer mit allem Handeln."

Die acht Gesichter am Biwasee

Japanische Liebesgeschichten

Am Biwasee, der hinter den Bergen, nahe der uralten Kaiserstadt Kioto, liegt, haben die Japaner acht Landschaftsgesichter von unsterblicher Leidenschaft entdeckt.
Die acht Gesichter am Biwasee heißen:
Erstens: Die Segelboote von Yabase im Abend heimkehren sehen.
Die Dichter vergleichen die Seele dieses Landschaftsgesichtes mit dem Herannahen einer liebesseligen Schicksalswende...
Drittens: Die Abendglocke des Miideratempels hören.
Dieses Gesicht singt das Lachen einer liebenden Frauenstimme, das weiser macht als alle Weisheit...
Fünftens: Dem Flug der Wildgänse nachsehen in Katata.
Dieses Gesicht spricht von der Geheimschrift der Liebeserklärung...

Die Segelboote von Yabase im Abend heimkehren sehen

Hanake hatte allen Körperschmuck, den ein japanisches Mädchen sitzend, trippelnd und liegend zeigen muß, um zu den göttlichen Schönheiten der Vergänglichkeit gezählt zu werden. Ihr Hals war biegsam wie eine Reiherfeder, ihre Arme kurz wie die Flügel eines noch nicht flüggen Sperlings. Saß sie auf der Matte und bereitete ihren Tee, so arbeitete sie vorsichtig wie unter einer Glasglocke. Ging sie abends mit ihrer Dienerin auf den hohen Holzschuhen zum Theater, so war sie unauffällig, als hätte sich ihr Körper mit der Sonne zur Ruhe gelegt und als ginge nur ihr Schatten mit der Dienerin und der Papierlaterne den Weg zu den Schatten. Lag sie in der Nacht hinter den geschlossenen Papierwänden ihres Hauses mit frisiertem Kopf auf der Schlummerrolle und zog mit den Fingerspitzen den seidenen Schlafsack ans Kinn, so war ihr feines, vom Mond beschienenes Gesicht vornehm, als wäre es aus Jadestein geschnitten, und erschien unzerbrechlich und unvergänglich.

Hanake war das reichste Mädchen am Biwasee, nicht bloß reich an der äußeren Schönheit, welche die Frauen ruhig und wunschlos macht, — auch reich an Besitz. Die Götter der Vergänglichkeit hatten sie mit ihren glänzendsten Geschenken, mit Schönheit und Geld, verwöhnt. Aber auch die Göttin der Unendlichkeit hatte ihr eine Seele in die Augen gegeben, so daß ihre Augen weinen konnten, denn die Wollust der Träne ist das höchste Geschenk dieser Göttin.

Lange ehe der Krieg Japans mit Rußland begann, hörte Hanake in ihrem Hause am Biwasee von Freunden und Freundinnen, die im Sommer über die Berge von Kioto zum Besuch zu ihr an den See kamen, daß die Fremden vom Westen wie böse Heuschreckenschwärme in Japan erwartet würden, um die Männer zu töten, die Frauen zu verschleppen und sich in das Land zu teilen. Auf dem Biwasee würde man dann bald Schiffe sehen, die Rauch ausstießen und die Seetiefe mit

Schrauben aufwühlten. Auf Eisen würden bald Eisenwagen, rasselnd wie Gewitterwolken, täglich durch Japan eilen. Diese Wagen würden die Fremden in Massen nach Kioto und an die Ufer des Biwasees bringen. Die leichten Vogelkäfige der Bambushäuser würden verschwinden, und Steinhäuser, wie man sie im Westen der Erde baut, würden zum Himmel wachsen, und überall würde dann Rauch und Eisenlärm sein.

Denn die Fremden lieben das Eisenrasseln und können ohne die betäubende Stimme des Eisens nicht leben: sie lieben, das Leben als einen ewigen Krieg anzusehen. Sie sind wie Donnergötter ungeduldig und aufstampfend, und sie werden schlimmer als Wolkenbrüche und schlimmer als Taifune Japan verheeren, so sagte man.

Hanake, die keine Eltern hatte und nur mit ein paar Dienerinnen und Dienern noch das Haus ihres Vaters bewohnte, hörte gruselnd die Berichte ihrer Freunde und erfand mit ihren Freundinnen kleine Spottlieder, welche die Dämonen des Westens verhöhnten, Lieder, die sie abends bei den Bootsfahrten in lampenerleuchteten Booten auf dem Biwasee sangen.

Eines Abends – die Sonne war eben untergegangen, der See war hell, als wäre er aus Porzellan, weiß und glänzend, der Himmel war golden, als hätte Hanake eine ihrer Truhen geöffnet, die aus Goldlack waren und die Geheimfächer enthielten – trat Hanake auf den Landungssteg, der vor ihrem Haus in den See reichte und den links und rechts hohes Schilf umwiegte.

In der Richtung nach Yabase erschienen drei Segelboote. Die drei Segel glitten wie senkrechte Papierwände über das abendglatte Wasser. Man sah keine Menschen; denn jedes Segel reichte so tief, daß es das Boot verdeckte. Die aufgepflanzten Segel wurden größer und kamen näher: Hanake fühlte eine Bangigkeit, als kämen mit den drei Segeln drei weiße, unbeschriebene Blätter aus ihrem Schicksalsbuch geschwommen, und plötzlich las sie, als eine Sekunde von Windstille die Segel schlaff werden ließ, ein japanisches Schriftzeichen, zufällig entstanden aus den Falten jeder Segelleinwand. Das erste Boot sagte: „Ich grüße dich.“ Das zweite Boot sagte: „Ich liebe dich.“ Das dritte Boot sagte: „Ich töte dich.“

Nach der kurzen Windstille, die knappe Sekunden dauerte, wechselte der See seine Farbe; wie vergossene schwarze Tusche über weißes Papier lief eine Finsternis über die Seefläche, und ganz unvermittelt setzte ein trompetender Seesturm ein, der alle drei Segel flach auf das Wasser legte, als müßte die Leinwand den Seeschaum reiben; Hanake tat einen Schrei vor Entsetzen, da sie glaubte, die Segelboote müßten unter dem plötzlichen Wind und in den kreiselnden Wellen versinken.

Aber die drei Boote hoben sich wieder. Geschickte Hände regierten die Segel. Doch diese sah Hanake nicht mehr. Sie hatte zugleich mit dem Schrei, als das aufgeregte Schilf ihr um den Nacken schlug, einen Sprung in die Luft gemacht wie eine elektrisierte Katze und war in das Wasser gefallen; und als sie die Augen öffnete, sah sie ein Rudel Fische und wußte, daß sie unter dem Wasser war, als wäre sie selbst ein Fisch. Dann verlor sie das Bewußtsein.

Als sie aufwachte, lag sie in ihrem Zimmer. Es war Nacht, eine Kerze brannte, und ihre Lieblingsmagd, welche „Singende Seemuschel“ hieß, kniete neben ihr und weinte in beide Hände. Man hatte sie umgekleidet, aber sie roch noch das Seewasser, von dem ihr Haar naß war, und sie besann sich sofort wieder auf die drei Schiffe, und ihre erste Frage war: „Sind die drei Segelboote, die aus Yabase kamen, untergegangen?“

Die Magd antwortete nicht, hörte auf zu weinen und streichelte die Hände ihrer Herrin, entzückt, sie wieder lebend zu sehen.

„Sind die drei Segelboote untergegangen?“ fragte Hanake beharrlich.

Aber die Singende Seemuschel hatte keine Segelboote gesehen. Die Magd hatte die Herrin auf dem Kies im Schilf gefunden und geglaubt, das junge Mädchen sei von der Landungsbrücke ins Wasser gefallen und habe sich durch einen Zufall selbst gerettet.

„Schiebe die Seefenster auf", sagte Hanake zur Magd. Diese tat, wie ihr befohlen. Draußen lagen der See und der Himmel wie ein einziges schwarzes Loch: kein Stern, kein Mond, kein Licht auf dem See. Hanakes Fenster schienen in einen Abgrund zu schauen, und dem jungen Mädchen war, als müsse sie zum zweitenmal ertrinken, so schmerzhaft wurde ihr die Finsternis draußen. Und in ihrer Brust war eine Leere, so unendlich wie die Nacht über dem Biwasee, als habe sie einen großen Verlust erlitten, als wäre mit den drei Booten ihr Herz fortgezogen; und totenstill war das kleine Bambushaus.

„Schließe die Fenster und hole mir den grauen Papagei, nicht den grünen und nicht den gelben, — den grauen, Singende Seemuschel, den mein Vetter mir vor ein paar Wochen mitgebracht hat aus Nagasaki."

Die Magd gehorchte, brachte den grauen Papagei und wurde dann von ihrer Herrin schlafen geschickt. Aber sie hörte in der Nacht bis zum Morgen, wie Hanake ihren grauen Papagei drei Sätze lehrte: Ich grüße dich! Ich liebe dich! Ich töte dich! Und sie sah an der weißen Papierwand den Schatten ihrer Herrin aufrecht neben dem Schatten des Vogels sitzen. Und immer, wenn der Vogel sagen sollte: Ich liebe dich!, lachte er so unheimlich knarrend, daß es der Magd gruselte.

Während der ganzen Nacht lachten und sprachen Hanake und ihr Vogel zusammen. Und ganz früh rief Hanake zwei Dienerinnen, die sie frisierten, und Seemuschel, die Lieblingsmagd, die alle Verstecke des Hauses kannte, mußte aus dem ältesten Lackkasten zwei winzige kostbare Satsumavasen holen, die sich in der Familie seit Hunderten von Jahren vererbt hatten, und mußte am Seeufer zwei Schwertlilien abschneiden, eine blaue und eine gelbe. Die Vasen mit je einer Lilie wurden von Hanake in eine Nische gestellt und ein auf weiße Seide geschriebenes Gedicht eigenhändig an die Wand gehängt. Das Gedicht hieß:

Auf dem See ein weißes segelndes Boot.
Mein Herz, mein leises,
Mein Auge, mein heißes, –
Die Menschen, die einsam sind,
Sind wie die Boote von Yabase,
Die blaß hintreiben im Abendwind.

Hanake hatte an diesem Tag allen ihren Freunden und Freundinnen absagen lassen und saß drei Stunden vor Sonnenuntergang schon am Fenster, das auf den See sah. Auf dem Seespiegel brannte die Sonne wie ein helles Herdfeuer, und Hanake hielt einen Fächer zwischen sich und das grelle Licht. Aber von Zeit zu Zeit strengte sie sich an, dem Licht zu trotzen, und suchte mit aufmerksamen Augen die funkelnde Seefläche ab und wünschte die drei Segel herbei, die gestern abend ihre Ruhe mit fortgenommen hatten. Auf Hanakes Kleid waren Schwertlilien gewebt, blaue und gelbe auf silbrigem Grund, und ihr Kopf sah aus der silbrigen Seide, als schaute er aus dem Kamm einer hellen Welle.

Sie hatte seit gestern abend noch nicht geschlafen, und das Schauen auf die sonnenfeurige Seefläche brannte ihr fast die Augen aus, so daß sie für einen Augenblick die Augenlider schloß und, ohne es zu wissen, einschlief.

Sie hatte vielleicht eine kleine Stunde geschlafen, da weckte sie der graue Papagei, der ihr auf die Schulter kletterte und ihr ins Ohr krächzte: „Ich liebe dich!“ und dazu schnarrend lachte. Hanake hob das Köpfchen aus der silbrigen Seide und sah am Landungssteg ein großes gerafftes Segel. Das war so nah an ihrem Fenster, daß sie die Segelleinwand an die Maststange klatschen hörte. Sie bog sich vorsichtig aus dem Fenster und sah, daß das Segelboot festgebunden war. Aber im Boot war kein Mensch zu sehen.

Das ist eines der drei Boote, sagte atemstockend ihr heimkehrendes Herz. Aber sie wußte nicht: war es das erste, das zweite oder das dritte Boot?

Da trat ihre Lieblingsmagd, die Singende Seemuschel, herein und brachte einen zusammengerollten Brief.

„O Herrin, diesen Brief sollt Ihr lesen und Euch für einen hohen Besuch bereithalten", flüsterte die Magd.
Im Brief stand: „Gestern, als wir nach Sonnenuntergang bei Deinem Hause kreuzten, schöne Hanake, hatten wir das Unglück, Dich zu erschrecken, aber auch das Glück, Dir das Leben zu retten. Und das allergrößte Glück, Dich zu sehen, um Dich nie mehr zu vergessen, wurde mir zuteil. Ich sende Dir heute meinen treuesten Freund, der Dich gestern rettete, der Dich heute zu mir über den See bringen soll und in meine Arme, die Dich sehnsüchtig erwarten. Ich grüße Dich, Hanake."
Der Brief war unterschrieben mit dem Namen eines jungen Prinzen aus dem kaiserlichen Hause. Und Hanake wußte als guterzogene Japanerin, daß es eine ungeheure Ehre bedeutet, daß ein kaiserlicher Prinz sie seiner Liebe würdigte, und sie ließ den Freund des Prinzen sogleich zu sich herein ins Zimmer bitten.
Die Diele zitterte, und ein prächtiger junger Mann trat ein. Hanake fiel vor ihm auf die Knie und berührte mit der Stirn die Diele, wie es die japanische Begrüßungssitte vorschreibt. Aber es war nicht, als ob ein Mensch, sondern als ob ein stürmisches kleines Pferd ins Zimmer gekommen sei. Sie hörte den Mann mit beiden Füßen mehrmals kräftig aufstampfen, und aus seiner Brust drangen ein paar hohle seufzende Laute.
Hanake wartete mit gesenktem Angesicht lange Zeit auf die Anrede des kaiserlichen Gesandten, denn sie durfte sich erst erheben, wenn der Begrüßte sie dazu aufforderte.
Nach einer Weile, als immer noch keine Anrede erfolgte, hob Hanake leicht ihr Gesicht von der Diele, die noch unter den stampfenden Füßen des Mannes zitterte. Wie zwei Steine aus einer Schleuder geworfen, fielen des jungen Mannes starke Augen in des Mädchens blinzelnden Blick. „Ich liebe dich!" schrieen ihr diese ungeduldigen Augen entgegen, und Hanake senkte von neuem ihr Gesicht, das abwechselnd weiß und rot wurde von Blutfülle und Blutschwäche.
„Antworte!" sagte plötzlich der Mann laut.

„Ich liebe dich!“ sagte Hanake, tief auf die Diele gebeugt, als wäre die Diele ein Ohr, in das sie hineinflüsterte. Zugleich fiel ihr ein, daß der Befehl „Antworte!“ sich wahrscheinlich auf den Brief des Prinzen bezogen habe. Aber es war nicht mehr zurückzunehmen. Ihre Lippen hatten deutlich gesprochen: „Ich liebe dich!“ und den zwei Männeraugen geantwortet, die sie gefragt hatten.
Dann fühlte sich das junge Mädchen von zwei hastigen Händen um den Leib gefaßt. Wie ein Häufchen Seide hob sie der ungeduldige Mann hoch und trug sie aus dem Hause, den Landungssteg entlang. In demselben Augenblick hatte sich der Abendwind erhoben, und der seidene Ärmel von Hanakes Kleid bauschte sich und fiel wie eine Kapuze über den Kopf des Mannes, der sie auf den Armen trug. Und als Hanake aufsah, und ehe sie noch den Ärmel zurückziehen konnte, erblickte sie ein zweites großes Segel, das eben an der Landungsbrücke vorbeizog. Ein Schauder, kälter als der Wind, rieselte ihr über die Haut. Denn in dem Boot stand ein Mann, der war kein Japaner. Er hatte keine schöne gelbe Elfenbeinhaut. Er war grau im Gesicht wie Moder, wie ein Stein, der lange auf dem Seegrund gelegen hat, und seine Haut war runzlig wie die Haut der Kröten. Er hatte ein erschreckend gelbes Haar. Das war hell wie Hobelspäne, und seine Augen waren fischblau, und eine unordentliche Seele blickte Hanake wirr an, als stürze ein surrendes häßliches Insekt auf Hanake los und wolle sie stechen. Sie wußte: es war der Amerikaner, der abends hier am Biwasee im Uferschilf Wildenten jagte. Morgens und abends hatte sie oft den Knall aus seiner Jagdbüchse gehört, und dann waren, zu Tode geängstigt, kreischend und entsetzt, Scharen von Wildenten über Hanakes Haus fortgeflogen.
Das junge Mädchen wartete eine Sekunde; es ließ das Boot des häßlichen Fremden vorübergleiten und zog dann erst den Ärmel vom Kopf des Geliebten. Denn daß der Mann, der sie trug, ihr Geliebter war, sagten ihr seine Hände, die beim Tragen Hanakes Blut anredeten und ihr von großen Zärtlichkeiten erzählten, die sie ihr glühend versprachen.

Nach einer Weile ging das Boot vor dem Wind, und drinnen lag Hanake mit dem Kopf zwischen den Knien des Mannes, der wie ein Feuerdrache in Hanakes Haus gestürzt war und der wie ein großer Zauberer den Biwasee jetzt in ein riesiges Seidenbett verwandelt hatte, darinnen die beiden eingebettet lagen. Und Hanake sah das Wasser ohne Grenzen, den Himmel ohne Grenzen und die Liebe zu dem plötzlich erschienenen Mann ohne Grenzen.
Sie fragte nicht: „Wie heißt du?" Sein Name war ohne Namen. Sie fragte nicht: „Wohin fahren wir?" Ihre Fahrt war ohne Fahrt. Das Segel stand senkrecht zwischen Wasser und Himmel, und sie wußte, das Segel hatte ein Spiegelbild unten im See, so wie ihr Gesicht im Schoß des Mannes das Spiegelbild des geliebten Gesichtes geworden war.
Das Segelboot glitt nah am Schilfufer hin. Das Mädchen verstand: der Mann vermied es, auf die Höhe des Sees zu segeln, damit nicht Boote, die von Yabase kämen, ihnen begegneten.
Da knallte ein Schuß im Röhricht, und braune Wildenten strichen aus dem Schilf heraus aufkreischend über die Seefläche. Ein zweiter Schuß schallt, und Hanakes Geliebter wirft die Arme in die Luft, springt auf, wie von einem Strick in die Höhe gerissen, und stürzt kopfüber in den abenddunkeln See. Kein Schrei; nur das Aufklatschen des Wassers und der Hall der Schüsse am Ufer des Biwasees entlang springt durch die Stille. Hanake greift unwillkürlich mit beiden Händen über den Bootsrand in das Wasser, wohin der Geliebte verschwand, und als sie die Hände aus dem Wasser zieht, sind sie blutig. Sie fällt lautlos auf den Boden des Bootes, das im Winde weitertreibt.
Hanakes Diener sehen vom Fenster, daß das Boot, in dem die Herrin fortfuhr, draußen nicht weit vom Ufer steuerlos im Kreise treibt und daß ein anderes Boot aus dem Schilf heraus die Seewölbung ersteigt und hinter dem Wasser verschwindet. Ein paar der Diener schwimmen hinaus und bringen das Boot mit der ohnmächtigen Hanake an den Landungssteg.

Zur gleichen Stunde wie am vorhergehenden Abend liegt Hanake ohnmächtig in dem Zimmer, das auf den See geht, bei derselben Kerze, die gestern brannte, sitzt ihre Lieblingsmagd, die Singende Seemuschel, und wartet auf das Erwachen ihrer Herrin.
Als diese gar nicht zu sich kommen will, kommt die Magd auf den Einfall, den grauen Papagei zu holen, der von den drei Sätzen immer nur den einen gelernt hat: Ich liebe dich! Als sie den Vogel neben die Kerze in das Gemach bringt, schreit er sofort: „Ich liebe dich!“ Da zuckt das Gesicht der ohnmächtigen Hanake zusammen, als habe ihr einer einen unendlichen Schmerz angetan. Ihre Lippen seufzen tief auf, ihr Gesicht verändert die Farbe und wird wie Asche im Aschentopf, der neben der Kerze steht. Die Magd beugt sich erschrocken über ihre Herrin, und wie sie noch zweifelt: Ist das der Tod, der Hanake so entfärbt?, da schüttelt der Papagei sein Gefieder, schlägt mit den Flügeln um sich und schreit plötzlich und unvermittelt: „Ich töte dich!“
Die Singende Seemuschel starrt entsetzt den Vogel an, dessen großer Schatten vor der Kerze wie der Schatten eines mächtigen, schwarzen Segels über die Wände des Gemaches fliegt.
Die Magd greift mit beiden Händen nach dem um sich schlagenden Papagei. Der Vogel schreit zum zweitenmal: „Ich töte dich!“ Die Hände der Magd packen das Tier und drükken dem Papagei den Hals zu, damit er nicht zum drittenmal das schauerliche „Ich töte dich!“ schreien kann. Der Vogel verdreht seine Augen, läßt mit einem Ruck die Flügel schlaff hängen, spreizt die Krallen und hängt als lebloser Vogelbalg in den Händen der Magd.
Hanake schlägt die Augen auf. Die Magd wirft die Vogelleiche auf die Diele und ruft:
„O Herrin, Ihr kommt wieder! Ihr wart weit fort!“
Hanake richtet sich auf, sitzt auf der Diele und sagt in Gedanken:
„Ich glaube, ich komme von den Toten.“
Dann sprach sie lange nicht mehr. Sie sah nicht den toten

Papagei. Sie weinte nicht über den Tod ihres Geliebten. Sie ließ sich von der Magd umkleiden, und als ihr diese ein Hauskleid bringen wollte, sagte sie, und ihre Augen sahen durchdringend durch die geschlossenen Wände des Hauses:
„Ich sehe im Abend Boote von Yabase kommen. Ich sehe, man bringt mir ein rotes Scharlachkleid, wie es die Hofdamen tragen. Aber die hundert Segel, die jetzt von Yabase kommen, zeigen in den Segelfalten keine Schriftzeichen mehr. Jedes Segel ist glatt wie eine leere Hand. Hundert leere Hände kommen in mein Haus.
Bringe mir ein weißseidenes Unterkleid, Singende Seemuschel, damit ich das rote Scharlachkleid, das man mitbringt, darüberziehen kann."
Die Magd widersprach ihrer Herrin nicht. Sie öffnete nur ein wenig die Schiebewand nach dem See. Aber sie sah keine Lichter von Booten in der Nacht draußen, kein Bootskiel rauschte im Wasser, nur das Schilf zischte unten um das Haus und in der Ferne um den Landungssteg.
Hanake ist hellsehend geworden, dachte die Magd. Dann ging sie durch die Kammern des Hauses nach den Wandschränken, wo die Kleider gefaltet in großen Lacktruhen lagen. Sie ließ sich von zwei Mägden leuchten. Und die eine Magd erzählte halblaut:
„Wißt ihr schon, unsere Männer, die zur Nachtzeit aus Yabase herüberkamen, sagten, man erzähle sich in allen Teehäusern, daß der Freund eines kaiserlichen Prinzen von einem Europäer auf dem See erschossen worden sei. Der blutige Körper des Toten wurde in Yabase auf den Kies gespült, und keimkehrende Boote haben gesehen, wie der fliehende Europäer, der Wildenten im Schilf gejagt hat, durch einen Fehlschuß den Freund des Prinzen tötete. Der Prinz selbst kam dann an das Ufer, wo die Leiche seines Freundes lag. Der Prinz hat seinen Freund lange angesehen, aber nicht geweint, sagen die Leute. Er hat gefragt, ob in der Nacht noch jemand über den See fährt; und als er hörte, daß unsere Männer noch über den See fuhren, sandte er eine kleine Kleidertruhe und ließ sie in das Boot unserer Männer stel-

len. Die Truhe ist für Hanake. Morgen, ehe die Sonne im Mittag steht, wird der Prinz selbst zu Hanake kommen, sagte ein kaiserlicher Diener heimlich zu unseren Männern."

„In der Truhe ist ein rotes Scharlachkleid für Hanake", sagte die Singende Seemuschel zu den Mägden.

„Woher weißt du das?" fragten beide Mägde erstaunt. „Niemand durfte bis jetzt in die Truhe sehen."

„Wir wissen das bestimmt", nickte die Gefragte.

Sie nahm das weißseidene Unterkleid über den Arm und schickte die Mägde in die Küche. –

Am nächsten Tag um die Mittagsstunde kam ein Segel auf Hanakes Haus zu.

Die Singende Seemuschel sagte zu Hanake, die im Purpurkleid auf der Altane saß und weiß und rosa geschminkt war, so dick gepudert und geschminkt, als verbärge sie das Gesicht hinter einer rot und weißen Maske:

„Das ist nicht der Prinz, der da kommt. Denn ich sehe nur ein Segel, Herrin, und Ihr sagtet gestern nacht voraus, es würden hundert Segel kommen. Alles, was Ihr sagtet, als Ihr von den Toten erwachtet, ist eingetroffen. Wenn aber der Prinz nur in einem Boot kommt, dann habt Ihr Euch geirrt, weil Ihr von hundert Booten gestern redetet."

„Schweig und empfange den Prinzen", sagte Hanake mit einer fast männlichen Stimme, die die Magd nie an ihr gehört hatte. „Geh mit allen Mägden und allen Dienern dem Prinzen zur Landungsbrücke entgegen, denn ich kann noch nicht gehen, meine Füße zittern noch. Ich kann den Prinzen nur hier im Hause empfangen.

Als ich im Tode lag unter den Toten, aber mit meinem Geliebten nicht vereinigt war, fragte meine Seele alle Toten:

‚Was habe ich getan, daß ich meinen Geliebten nicht unter den Toten finde?'

‚Du hast noch dem Leben verweigerten Gehorsam zu geben', sagten die Toten, und ich erwachte wieder.

Ich weiß es, ich habe gefrevelt. Ich habe meinen Leib einem Prinzen, einem Sohn des Himmels, entziehen wollen und

habe einen anderen Mann umarmt. Aber der Geliebte konnte meinen Leib nicht mit in den Tod nehmen, weil ich erst lernen mußte, dem Leben zu gehorchen."
Die Magd weinte über Hanakes Worte, aber Hanake verbot es ihr und sagte:
„Wir wollen nicht neuen Ungehorsam auf dies Haus laden. Ich darf nicht weinen, wenn ich auch bis an die Augen voll Trauer bin. Meine Füße aber zittern, und ich kann dem Prinzen nicht entgegengehen. Ich kann meine Füße noch nicht zum Gehorsam zwingen.
Wenn der Prinz dich fragt: ‚Wo ist Hanake?', sage, und laß dir nichts merken, sage: ‚Verzeihung, Sohn des Himmels, meine Herrin trauert um ihren toten Lieblingspapagei. Aber wenn meine Herrin des Prinzen Angesicht sieht, wie ihre Trauer zur Freude werden und doppelt glänzen, wie dein weißes Segelboot, o Herr, im Biwasee.' " –
Und wie der Schiller auf starrem, poliertem Porzellan glänzte Hanake bis zum Abend, solange der Prinz in ihrem Hause war und mit ihr spielte. Und auch als sie ihr Scharlachkleid öffnete und ihren kleinen weißgepuderten Leib nackt in die Arme des Prinzen legte, sang sie Lieder und zwitscherte mit den Lippen.
Der Prinz sagte am Abend:
„Dein Leib ist mir lieb, weil er kühl ist wie die Schneeflokken und mich aufweckt wie die Kälte am Wintermorgen.
Und nun singe mir noch zum Abschied das Lied vom Biwasee, das nur auf weiße Seide geschrieben werden darf."
Die Singende Seemuschel saß hinter der Papierwand im Nebenzimmer, wo sie die Gitarre spielen mußte, solange der Prinz die nackte Hanake umarmte. Aber als die treue Magd hörte, daß der Prinz das Lied von ihrer Herrin verlangte, das nur eine sehnsüchtig Liebende singen darf, da konnte sie sich nicht mehr des Schluchzens erwehren. Und während die Hände der Singenden Seemuschel auf der Gitarre spielten, wimmerte ihre schluchzende Brust.
Hanake, die in ihr Scharlachkleid schlüpfte, raschelte mit der Seide, damit der Prinz das Wimmern der Magd nicht höre.

Dann wollte sie singen. Aber der Prinz fragte, ehe sie begann: „Weint jemand hinter der Wand?"
„O nein", lächelte Hanake, „das sind nur Brieftauben, die ich in einem Käfig halte, und ihre Kröpfe glucksen, weil sie zuviel gefüttert wurden."
„Singe jetzt!" sagte der Prinz.
Das Wimmern hinter der Papierwand verstummte, und Hanake sang das Lied:

„Auf dem See steht ein weißes segelndes Boot.
Mein Herz, mein leises,
Mein Auge, mein heißes, –
Die Menschen, die einsam sind,
Sind wie die Boote von Yabase,
Die blaß hintreiben im Abendwind."

Hanake hatte während des Singens ihren Kopf in den Schoß des Prinzen gelegt und mit offenen Augen zur Decke gestarrt. Ihr Körper war in dieser Stellung wie an jenem Abend auf dem Biwasee im Boot, als sie mit dem Kopf im Schoß ihres Geliebten gelegen.
Plötzlich fährt Hanake, wie von einem Schuß getroffen, auf. Sie wirft die Arme in die Luft und fällt ohne Aufschrei auf die Diele, wo sie in tiefer Ohnmacht liegenbleibt.
Der Prinz wird blaß. Auf seinen Ruf kommt die Magd hinter der Papierwand vor. Der Prinz sieht die verweinten Augen derselben und denkt, daß Magd und Herrin wirklich in Trauer seien über den toten Papagei. Er ist erstaunt darüber und sagt: „Deine Herrin ist noch schwach von Trauer über ihren toten Papagei. Pflege deine Herrin; und wenn sie aufwacht, sage ihr, ich käme morgen abend und hundertmal wieder."
Die Magd verneigt sich vor dem Prinzen, sie verbirgt ihre verweinten Augen und lügt:
„Sohn des Himmels, verzeiht meiner Herrin! Aber der Tod ihres Papageis ging ihr nicht so sehr zu Herzen wie jetzt der Abschied von Euch. Die Trauer darüber hat sie gleich einer Ohnmacht überfallen." –

Als Hanake wieder zu sich kommt, sieht sie fern im Abend über dem Biwasee das verschwindende Segel des kaiserlichen Bootes, und das Kielwasser treibt eine lange schwarzlinige Welle von der Mitte des Sees bis an Hanakes Haus.
Hanake murmelt: „Die Magd sagt: hundertmal wird er wiederkommen! Ich will lieber hundert verschiedene Männer umarmen, ihr Götter! Erlaßt es mir, einem Mann Liebe heucheln zu müssen hundertmal hintereinander. Ich schwöre euch: ich will mich lieber auf dem Liebesmarkt in Tokio hingeben, wo fünftausend Mädchen sich jede Nacht einem andern Mann anbieten. Aber erlaßt mir, o Gott, die Qual und bindet mich nicht hundert Nächte an den einen Mann, der sich einredet, daß ich ihn liebe."
Die untergehende Sonne schminkte den Himmel wie das Gesicht eines Freudenmädchens. Karminrosig und violettsilbrig färbten sich alle Wolken über dem Biwasee, wie die fünftausend Mädchengesichter auf dem Liebesmarkt zu Tokio.
Dann hörte Hanake lautes Gelächter, laute Männer- und Frauenstimmen, das Räderrasseln von kleinen Rikschawagen und das Geschrei von Kulis. Eine Schar ihrer Freunde und Freundinnen war in Wagen und Tragsesseln von der Landstraße hergekommen und rief jetzt von draußen ins Haus nach Hanake. Dann drängten die Gesichter ihrer Freunde und Freundinnen in das Nebenzimmer, und Hanakes Gesicht wurde wieder höflich und freundlich und unbeschrieben wie eine weiße Eierschale.
Sie warf noch rasch einen Blick aus dem Fenster. Das Segel des kaiserlichen Bootes war hinter der Seehöhe verschwunden. Der See lag gradlinig, und nur wie eine kleine schwarze Schnur zog sich am Horizont das Kielwasser des verschwundenen Bootes hin. Die Kielwelle erreichte nicht mehr Hanakes Haus und verlor sich wie ein abgerissenes Band draußen auf der Seefläche.
Hanakes Herz war leichter. Sie trat aus dem Seegemach in das nebenanliegende Gemach, in das die Freunde hereindrängten. Das Haus war jetzt voll von zwitschernden

Frauenstimmen und gurgelnden Männerkehlen, die den Atem auf japanische Sitte laut und achtungbezeugend einzogen.

Nachdem alle eine Weile voreinander auf den Knien gelegen hatten und sich verbeugt hatten, rutschten alle zusammen, bildeten einen Halbkreis um Hanake und hockten auf den Seidenkissen am Boden, und das Zimmer war laut wie ein Baum, in dem eine Sperlingsschar plaudert.

Gerüchte, daß ein kaiserlicher Prinz sich nach Hanake umsähe, hatte sich bei den Freunden verbreitet; aber niemand wußte Genaues, und niemand wußte vom Besuch des Prinzen. Alle waren des Mordes wegen gekommen, der sich auf dem See in der Nähe von Hanakes Haus ereignet haben sollte. Sie wollten wissen, ob Hanake den Schluß gehört habe. Ob der Europäer fehlgeschossen oder auf den Japaner gezielt habe. Ob Hanake damals am Fenster gestanden habe. Und ob nach dem Schuß das Seewasser rot vom Blut gewesen sei. –

Hanakes Gesicht verlor keinen Augenblick die starre Politur. Die Magd hatte ihr, als sie aus der Ohnmacht aufgewacht war, das Scharlachgewand ausgezogen und ihr ein blaues Gewand gereicht, auf dem nur Seewellen und Wolken eingewebt waren, und hatte die Schminke und den Puder erneuert und den klingenden Haarschmuck in ihrem Haar fester gesteckt, als man das Herannahen der Freunde hörte.

Jetzt reichten die Singende Seemuschel und die anderen Mägde den Gästen Tee und Pfefferminzzucker herum und kleine, winzige Kuchenwürfel.

Als die Schar der Fragen sich wie eine Dornenhecke um Hanake aufbaute, suchte die Singende Seemuschel nach einem rettenden Gedanken, um ihrer Herrin zu helfen. Sie lief fort, holte den toten Papagei, kam wehklagend herein und sagte:

„Ach, Herrin, seht, der Papagei liegt im Sterben!"

Aber wie war sie verblüfft, als Hanake sie abwies und lächelnd zu den Gästen sagte:

„Ich glaube, meine Magd ist irrsinnig geworden von der Ehre, die uns heute widerfuhr. Sie zeigt mir den Papagei, der seit gestern tot ist und der uns heute schon helfen mußte, einen kaiserlichen Prinzen zu belügen."

Im Zimmer wurde es still, wie wenn alle Spatzen aus einem Baum fortgeflogen sind.

Alle Gäste verstanden, daß der Prinz dagewesen war, alle verstanden, daß Hanake ihn nicht liebte; und daß man einen Prinzen belügen könnte, war ihnen auch noch verständlich. Aber welch ein Frevel, laut über den Sohn des Himmels zu spotten und einzugestehen, daß man ihn belogen hatte!

Als wären allen Gästen die Teetassen aus den Händen gefallen und als wäre der Tee vergossen, so erschrocken saßen alle und starr. Keiner rührte mehr einen Teeschluck an. Und als Hanake mit kalten, glitzernden Augen sagte: „Der Prinz wird nicht von dieser Lüge sterben. Ich bin auch nicht an seiner Liebe gestorben", – da schlossen die Freundinnen vor Schreck ihre Augen. Die Männer richteten sich auf, und wie eine Schar Krebse, die nach rückwärts krabbelt, verließ die Freundesschar das Gemach, teils aus Furcht, weil in diesem Haus gegen den Sohn des Himmels gefrevelt wurde, teils erschrocken, vor Hochachtung, weil die Luft hier noch voll sein mußte von der Leidenschaft und der Nähe des kaiserlichen Prinzen.

Unter kaum hörbar gewisperten Entschuldigungen verließen die letzten das Haus, bestürzt und eilfertig, als wären die Zimmer des Hauses voll Feuer, das sie alle verbrennen könnte.

Hanake aber ließ das Zimmer aufräumen, ließ sich von der Singenden Seemuschel eine Schlummerrolle unter das Genick schieben, streckte sich auf der Diele aus und schlief fest ein.

Am nächsten Abend erschien ein Segel auf der Seehöhe. Es kam wie ein selbstbewußter Schwan lautlos auf Hanakes Haus zugeschwommen.

Aber die Landungsbrücke bei dem Haus blieb leer. Nur die Köpfe der Schilfblüten bewegten sich und verneigten sich vor dem kaiserlichen Boot und vor dem Prinzen, der ans Land stieg.

Die Papierfenster und die Bambustüren von Hanakes Haus waren geschlossen und öffneten sich nicht, als der Prinz klopfen ließ. Wie eine Laterne ohne Licht lag am See das gegitterte Holzhaus mit den weißen Papierscheiben. Ein vorüberfahrender Schiffer in seinem Boot sagte den Leuten des Prinzen, daß Hanake am Morgen alle ihre Dienstboten entlassen habe. Sie habe ihr Haus zugeschlossen und sei nur mit einer Magd auf ihrem Segelboot in den See hinausgefahren; aber niemand wußte, wohin die Fahrt gegangen.

Das kaiserliche Boot kreuzte die ganze Nacht auf der Seefläche in der Nähe von Hanakes Haus. Aber die Papierfenster des Hauses blieben dunkel, und das lautlose kaiserliche Boot verschwand gegen Morgen hinter der Seehöhe.

Am nächsten Abend kamen hundert kaiserliche Segelboote von Yabase. Sie kamen an wie hundert weiße Fächer, die sich über den See spannten. Sie kreuzten über den ganzen Biwasee, während der ganzen Nacht, von Ozu bis Yabase, von Karasaki bis Katata, von Seta bis Amazu. Und als leuchteten sie in die Unterwelt des Sees, so zogen sie die hellen Scheinbilder der hundert weißen Segel durch die Seetiefe nach sich.

Die nächsten Abende wiederholte sich das Schauspiel der hundert Segelboote, die Hanake suchen sollten und die sich durch den Seenebel verteilten wie hundert weiße Seidenspinnerschmetterlinge, die in einem grauen, riesigen Spinnenwebnetz hängengeblieben wären. –

Jede kleine japanische Stadt eröffnet abends einen Liebesmarkt, der sich Yoshiwara nennt. Der Yoshiwara in Tokio ist einer der größten Liebesmärkte in Japan, wo die schönsten Mädchen vom Inland und aus allen Provinzen zusammenkommen, wo sich verwaiste Mädchen vom Ertrag der Liebe zu ernähren suchen, wo verarmte Mädchen mit dem Erlös der Liebe ihre alten Eltern zu erhalten suchen. Auf diesen Liebesmärkten verkauft sich die Liebe natürlich und schandlos.

Unschuldig und feurig, wie die Sterne der Milchstraße nachts am Himmel, beleuchten sich nach Sonnenuntergang die schön gepflegten, sauberen und breiten Straßen des Liebesmarktes. Das große eiserne Gitter, das den Stadtteil des Liebesmarktes von der Stadt trennt, steht, von Polizisten bewacht, weit offen. Hinter dem offenen Tor, in der Mitte der Eingangsstraße, zieht sich im Frühlingsabend eine rosige Wolke hin durch die Luft: die rosigen Blüten blühender Kirschbäume, welche in der Mitte der Straßenlinie eingehegt stehen.
Links und rechts von der Straße beleuchten die kleinen, einstöckigen Häuser mit milden, weißen, langen Lampionketten ihre Balkone.
Lautlos und feierlich und ruhig beleuchtet, liegt hier der Weg offen zu den fünftausend Mädchenschönheiten. In den weiten Seitenstraßen, welche die Eingangsstraße kreuzen, beginnt der Liebesmarkt.
Hier stehen saubere, ebenfalls mit weißen Lampenketten erleuchtete Häuser. Die Erdgeschosse aller dieser Häuser zu beiden Seiten der Straße zeigen große, offene, vergoldete Gemächer. Die sind durch hölzerne Gitterstäbe wie goldene Käfige von der Straße getrennt und innen beleuchtet von elektrischen Glühbirnen.
In jedem langen Gemach sitzen in einer Reihe der Straße entlang dreißig bis fünfzig junge, schmalschultrige Mädchen, in blumige kostbare Seidengewänder gehüllt. Jede sitzt auf einem kleinen Seidenkissen wie ein Schaustück in einem Schaufenster.
Die langen Reihen der weißgepuderten und rosageschminkten Gesichter unter schwarzen, hohen Frisuren, die mit goldenen Nadeln bedeckt sind, enden nicht. Und Viertelstunde um Viertelstunde kannst du durch die Straßen gehen, vorüber an den Heeren der Tausende von jungen Mädchen.
Die Wände jedes Gittergemaches sind schwer geschnitzt. Aus Goldlack und rotem Lack stehen lebensgroße Bäume darin, springen lebensgroße Tiger und Drachen an den Lackwänden entlang, fliegen lebensgroße Kraniche und Paradiesvögel,

größer als die kleinen Mädchen, an den Wänden der Gemächer hin.

Wie dreißig weiße Perlen, in einer Reihe aufbewahrt in einer goldenen oder roten Truhe, leuchten perlenweiß die eirunden gepuderten Mädchengesichter in jedem Gemach. Mal sitzen da dreißig in eisvogelblauen Gewändern, mit scharlachnen Blumen bestickt, mal dreißig in smaragdgrünen Gewändern, mit karmesinroten Blumen bestickt, mal fünfzig in weißen Gewändern, mit regenbogenfarbigen Schmetterlingen bestickt, mal fünfzig in schwarzen Gewändern, darunter die Schleppen von rosa-, grün- und blauseidenen Gewändern abgestuft vorschauen.

Jedes Mädchen hat neben sich einen großen Porzellantopf, darin Holzasche um Kohlenglut liegt. Sie rauchen kleine silberne Pfeifen, in die nur eine Prise Tabak geht, nicht mehr, als Daumen und Zeigefinger zu einer kleinen Tabakkugel drehen können, und zünden diese mit einem Stückchen Kohle in feiner, silberner Zange an. Die eine frisiert sich vor ihrem kleinen Spiegel; die andere schreibt mit einem Tuschepinsel auf ihrem Schoß auf einem langen Reispapierstreifen einen Brief; die nächste trinkt Tee aus einer fingerhutgroßen Tasse; und wieder eine fächelt sich, und wieder eine andere liest in einem kleinen Büchlein einen Roman. Eine zupft eine Mandoline, und eine andere wispert ein Lied dazu. Eine kommt an das Gitter getrippelt, hebt vorsichtig ihre drei Schleppen, winkt vorsichtig ein paar Fremden; eine andere kommt an das Gitter und plaudert mit Mutter und Geschwistern, die zum Besuch auf der Straße stehen, freundlich und bescheiden.

Eine vielhundertköpfige Menschenmenge, Männer, Soldaten, Frauen und Kinder, zieht gesittet, flüsternd und lächelnd, mit hell beschienenen Gesichtern, durch die erleuchteten Straßen, vorüber an den vergitterten Gemächern der Erdgeschosse. Und stundenlang, bis nach Mitternacht, wandern die Volksmengen jeden Abend vor den fünftausend Mädchen auf und ab, stehen als Besucher an den Gittern, treten als Besucher in die Häuser, kaufen sich Gesang, Musik, Tanz

und Liebe, nachdem jeder Mann auf der Straße unter den Dreißig seines Gemaches seine Wahl getroffen hat.
Hier in eines der Häuser des Tokioyoshiwara trat Hanake mit ihrer Magd ein und blieb hundert Nächte, um hundertmal ihren Leib zu verkaufen, wie sie es den Göttern versprochen hatte, um sich dadurch freizukaufen von dem Gehorsam gegen den Sohn des Himmels.
Sie verkaufte sich jungen Männern, welche die Liebe kennenlernen wollten, und alten, von der Lebenssorge abgetöteten einsamen Männern, welche die Liebe noch einmal erleben wollten, ehe sie starben; sie verkaufte sich den in den Krieg gehenden Soldaten und den aus Schlachten heimgeschickten Invaliden; sie verkaufte sich Studenten, Handwerkern, Adeligen und Kulis. Nur den Ausländern, den Europäern und Amerikanern, verweigerte Hanake ihren Leib.
Aber eines Abends kam ein junger Amerikaner, ein hübscher Marineoffizier, in das Haus und forderte für sein gutes Geld vom Hausbesitzer Hanake. Es war in den Tagen, da die amerikanische Flotte im Hafen von Yokohama lag und die Amerikaner der japanischen Nation einen Ehrenbesuch machten. Vom Stadtgouverneur war der Befehl ergangen und an den Straßenecken angeschlagen: „Japaner! Ihr dürft nicht vor den Europäern ausspucken! Ihr dürft ihnen auch keine Stöcke in den Weg werfen, daß sie stolpern. Auf den Straßen sollt ihr nicht zu dicht neben den Europäern gehen, immer drei Schritte von ihnen weg. Ihr sollt alle europäischen Barbaren überhaupt höflich behandeln, als wenn sie gesittete Asiaten wären. In den Besuchstagen der amerikanischen Flotte soll kein Mädchen in den Yoshiwaras sich einem Ausländer verweigern dürfen."
Hanake verweigerte sich trotzdem. Und da es gerade die hundertste Nacht war, in der sie den Göttern abgedient hatte, floh sie mitten in der Nacht samt ihrer Magd durch eine Hintertür aus dem Yoshiwarahause, ließ ihre Kleidung und ihren Schmuck zurück und eilte in ihren Alltagskleidern aus dem Yoshiwara. Verhüllt und unbemerkt entkam sie im Gedränge der vielhundertköpfigen Menge.

Sie trug nichts bei sich als einen kleinen Vogel in einem winzigen Käfig.
Eines der Mädchen in dem Yoshiwara hatte ihr eine Stunde vor der Flucht den Vogel verkauft, eben als der amerikanische Offizier in das Haus trat. Im Schreck der Flucht hatte Hanake den Vogelkäfig krampfhaft in der Hand behalten, ohne ihn loszulassen.
Der Vogel war ein Nachtigallenmännchen und saß verblüfft in dem kleinen Käfig, denn er war eben erst von seinem Weibchen, mit dem er einen anderen Käfig geteilt hatte, getrennt worden.
Die beiden Frauen wollten den Vogel unterwegs füttern, aber er fraß nicht. Sie reisten beide mit dem wunderlichen Vogel in der Nacht mit dem nächsten Zug nach dem Biwasee und kamen am nächsten Mittag wieder in Hanakes Haus am See an.
Die Magd öffnete die Fenster und ließ frische Luft durch die Kammern streichen. Es war Herbst geworden, und mit jedem Luftzug flogen welke Blätter von den Uferbäumen herein.
Das Seewasser zeigte nicht mehr die blaue Sommerfarbe, es war tiefgrün. Die Sonne stand schräg und warf gespenstige Schatten. Das lebhafte Schilf war abgemäht, und die Stoppeln standen lautlos und tot.
Aber Hanake wurde von der Herbstwelt nicht traurig gestimmt. Das Leben im Yoshiwara ging noch in lauten Bildern durch ihr Blut. Sie war täglich hundertmal bewundert worden, hatte hundertmal gefallen, hatte hunderttausendmal lachen müssen, ohne lachen zu wollen, war hundertmal umarmt worden, ohne eine Umarmung zu ersehnen. Die Bewunderung war ihrem Körper zur Gewohnheit geworden. Hanake wußte jetzt fast nicht mehr, warum sie einst aus diesem Hause hier am See fortgegangen war. Sie hatte den Tag mit dem Prinzen beinahe ganz vergessen, sie hatte kaum noch den Abend mit dem Geliebten in Erinnerung. Sie hörte nur noch den Schuß im Ohr und sah sich noch im Boot auf dem Schoße des Geliebten liegen, wenn sie wollte. Aber sie

konnte sich nicht mehr des Gesichts ihres toten Geliebten erinnern, nicht mehr seine Stimme erinnernd zurückrufen. Die Hunderte von Gesichtern und Stimmen, die im Yoshiwara Hanake bewunderten, hatten das Gesicht und die Stimme des Geliebten aus ihrer Erinnerung verdrängt. Hanake war auch darüber nicht traurig, nur verwundert.

Es wurde Abend. Die Magd hatte das Haus bestellt. Da bemerkte Hanake das kleine halbtote Nachtigallenmännchen im Käfig und dachte: „Ich will dich fliegen lassen, kleiner Vogelmann. Vielleicht fliegst du zurück ins Yoshiwara nach Tokio zu deinem Weibchen."

Sie öffnete den Käfig. Da schoß der kleine Vogel heraus. Anstatt aber aus dem offenen Fenster zu fliegen, warf er sich wie ein Wütender in Hanakes Frisur und riß wie wahnsinnig geworden mit den beiden kleinen Krallenfüßen in den Haaren des erschrockenen Mädchens und fiel dann wie tot an Hanake herunter auf die Diele.

Hanake zitterte vor Schreck und sank in die Knie. Sie verstand, daß das Vogelmännchen, das sie von dem Weibchen getrennt hatte, sich an ihr rächen wollte und vor wütender Aufregung gestorben war.

Hanake hielt die Finger an ihr schmerzendes Haar. Aber es war, als sei der Liebesschmerz des Vogels in ihr Herz gedrungen und habe auch in ihrer Seele wieder alle Liebeserinnerungen geweckt.

In der Ferne auf dem See tauchten drei Segel auf. Sie zogen der Seelinie entlang, langsam, und verschwanden. Hanake erkannte, als sie vom See weg auf die weiße Wand ihres Zimmers sah, plötzlich wieder in der Erinnerung das Gesicht ihres Geliebten. Sie schauderte vor Entzücken.

Sie wollte das Gesicht des Geliebten mit ihren Augen auf der weißen Wand festhalten. Aber die Gesichtszüge verschwanden, und die Erinnerung erlahmte wieder, und Hanake wurde verstört und tief traurig.

„Kleiner Vogel", seufzte Hanake, „zeige mir den Weg zu meinem Geliebten!"

Der kleine Vogelkörper zuckte plötzlich auf der Diele zusammen und flatterte taumelnd an die Papierwand. Dort stand in einer Nische neben einer Blumenvase ein winziger Lackkasten. Der um sich schlagende Vogel warf das Lackkästchen aus der Nische. Die winzige perlmutterbeschlagene Schublade des Kästchens fiel heraus, und der Vogel stürzte dann tot zur Diele. Aus der offenen Schublade aber flatterten im Windzug ein paar Seidenpapiere zu Hanake hin.

Zwischen den Seidenpapieren lagen kleine Stückchen des platten Schaumgoldes, womit die Japaner ihr Briefpapier schmücken. Aber Hanake verstand auch den tödlichen Wert, den das Schaumgold für den Lebensmüden hat. Rasch entschlossen legte sie sich ein paar Blättchen des dünngewalzten Rauschgoldes auf die Lippen, tat ein paar Atemzüge und hüllte ihr Gesicht in die Ärmel ihres Kleides. Dann sank sie erstickt auf die Diele am offenen Fenster hin.

Die Abendglocke des Miideratempels hören

Der älteste Baum Japans steht am Biwasee, nicht weit von der Stadt Ozu, nicht weit von den Tempelterrassen des Miideratempels, der auf grünem Hügel über einem Kryptomerienwalde liegt.
Als dieser vieltausend Jahre alte Baum nicht höher als ein Grashalm war, leuchtete der harfenförmige Biwasee dicht bei dem Baumschößling ebenso wie heute noch unverändert bei der alten, zerklüfteten Baumruine.
Dieser älteste Baum Japans stützt sich jetzt wie ein gealterter Gott, der Hunderte von Armen vom Himmel über die Erde ausbreitet, auf Hunderte von Stangen, die gleich Hunderten von Krücken und Stelzen sein morsches Dasein tragen.
Damals, als der Baum jung wie ein Halm war, war aber der Miideratempel noch nicht gebaut, und niemand hörte noch den wunderbaren Klang der Miideraglocke, die abends beruhigend wie eine singende Frau ihre Stimme von den Tempelterrassen an dem alten Uferbaum vorüber zur Harfe des Biwasees schickt.
Dieser Baum wurde in ferner Vorzeit aus China nach Japan herübergebracht, als winziges Würzelein zuerst; und in Japan erfuhr man erst sehr spät seine chinesische Geschichte.
Als der Baum so groß wie ein Menschenkind wurde, hatte er noch nicht mal einen Japaner gesehen. Und als die ersten japanischen Menschen zu ihm kamen, war er schon in den kräftigsten Mannesjahren und fast so hoch wie die Kryptomerienbäume des nahen Bergwaldes.
So ein Baum, der nie von der Stelle rückt und dessen Umgebung gleichfalls nie fortreist und der nur die Bewegungen der Jahreszeiten kennt, hat ein vorzügliches Gedächtnis. Dieses drückt sich aber nicht darin aus, daß sich sein Mark Gedanken macht über das, was gewesen ist oder was kommen wird, sondern das Gedächtnis eines Baumes liegt immer offen an seiner Außenseite. Die Furchen und Rinden haben sich jeden Tag mit Linien, Eingrabungen, Knorpeln,

Schürfungen die kleinsten Erlebnisse wie mit einer stenographischen Schrift in Zeichenschrift notiert. Wie der Baum sich dehnte, wenn ihm in der Welt wohl war, und sich verborkte und sich verpanzerte, wenn ihn die Welt bedrohte, vergrübelte sich seine Rinde und faltete sich zu einer Zeichenschrift.

Die Schriftgelehrten der Bäume sind die Ameisen, die Libellen, die Bienen, die Vögel. Die Borkenkäfer und Borkenwürmer sind untergeordnetere Schriftsetzer, die an der Schicksalssprache des Baumes, an der Rindenschrift, mitarbeiten.

Diese Sprache der Bäume entdeckte eines Tages, als die Japaner noch vorzeitliche Bastkleider, Blättergewänder und verwildertes Kopfhaar trugen, nicht in Japan, sondern in China, ein weiser Einsiedler. Der hieß Ata-Mono.

Die Geschichte Ata-Monos liegt weit zurück; sie fällt vor die Entdeckung des alten Baumes am Biwasee.

Als Ata-Mono die ersten Schriftzeichen in einem chinesischen Weidenbaum entdeckte, las er auch in der Baumrinde das Mittel, seinen Leib unsterblich zu erhalten. In den Bast jenes Weidenbaumes in China stand geschrieben, daß jeder Mensch, ob groß oder niedrig, ob klug oder beschränkt, ob schwach oder stark, alt oder jung, sich die Unsterblichkeit des Lebensfadens und auch des Leibes erhalten könne, wenn er einmal im Leben beim Laut einer bestimmten Harfe einschlafe. Diese Harfe, sagte der chinesische Weidenbaum, sei nicht in China, aber nicht weit über dem Meer in einem kleinen Inselland, das damals in China noch keinen Namen hatte und nur von einigen „das Land des ewigen Feuers" genannt wurde, weil der Feuerkrater Fushiyama dort immer rauchte.

Ata-Mono suchte den Weg dorthin und las von Baum zu Baum die Rindensprache, bis er ans Meer kam; aber niemand konnte ihn hinüberführen, denn nur Schiffe, die durch Zufall nach dem Inselland verschlagen wurden, alle hundert Jahre einmal, hatten Kunde von dem Feuerland gebracht, in dem Ata-Monos Harfe liegen sollte.

Ata-Mono saß jetzt jahraus, jahrein am Meer und schmachtete nach seiner Unsterblichkeit, kehrte seinem Vaterlande den Rücken und sah mit seinem Angesicht Tag für Tag nach Osten, wo hinter den Wellenbergen das kleine Land des ewigen Feuers war, darin die fremde Harfe liegen sollte.

Eines Tages kam ein Oststurm. Ata-Mono zog sich etwas weiter vom Strand zurück. Da sah er in der Ferne über dem aufgerüttelten Meer ein vielarmiges Wesen. Das kam mit senkrechtem Leib und dunkeln Krallen wie ein mächtiger belaubter Baum über das Meer geschossen.

Ata-Mono hielt die Erscheinung zuerst für ein Gespenst, dann für einen Drachen, und dann erkannte er, daß der vielarmige, riesige aufgerichtete Körper wirklich ein Baum war, ein grüner, frischer Kryptomerienbaum mit feuerrotem Stamm; denn die Rinden der Kryptomerienbäume leuchten rot, wenn sie naß werden. Dieser Baum troff von Seewasser, schoß an den kiesigen Strand; und als wandere er leibhaftig auf seinen Wurzeln, eilte er, vom Wind getrieben, eine Viertelstunde tiefer in das Land hinein, bis er andere Bäume fand, in deren Nähe er windgeschützt stehenblieb und sich mit seinen Wurzeln, wie mit riesigen Adlerkrallen, fest stellte.

Ata-Mono kannte keine Furcht; und als der wunderbare Baum wie eine rote Fackel über das Wellengewühl des Meeres aufrecht daherkam und seine finsteren Zweige wie schwarzen Rauch in die Luft streckte, da wich der sehnsüchtige Träumer nicht zurück, denn er war ja der erste Vertraute, den die Bäume sich unter den Menschen auserwählt und dem sie ihre Rindenschrift in einer guten Stunde zu erkennen gegeben hatten; und er kannte keine Furcht vor den Bäumen, auch nicht vor diesem seltsamen, übers Meer gewanderten Baumriesen.

Ata-Mono legte sich in dieser Nacht unter den neuangekommenen Baum, nachdem er Wurzeln und Rinde von Tang, Seeschlamm und Seemuscheln gereinigt hatte; und er schlief ein mit dem Bewußtsein, daß dieser Baum zu ihm allein nach China und sonst zu keinem andern gesendet war. Und er freute sich, am nächsten Morgen aus der Rinde dieses Baumes Schicksale und Gedanken und Wünsche dieser Kryptomerie zu lesen und vielleicht zu erfahren, wie er nach dem kleinen Land des ewigen Feuers zu jener Harfe gelangen könne.

Der Morgen kam, und Ata-Mono studierte bis zur untergehenden Sonne, ohne zu essen, ohne zu trinken, ohne aufzuschauen, die Gruben, Windungen und Furchen in der Rinde seines Baumkameraden. Aber es war ihm unmöglich, die Zeichen der Rinde zu entziffern, er verstand nichts von der Sprache dieses Baumes. Die Zeichensprache aller chinesischen Bäume konnte er lesen, an diesem Baum aber blieb sie für ihn unleserlich. Und Ata-Mono weinte, als die Sonne untergegangen war und er unter dem unbegreiflichen Baum saß, unwissend und einsam.

„Wenn ich dich nicht lesen kann, so sprich!“ schrie er den Baum ungeduldig an, als die Sonne zum letzten Male aufleuchtete und den Stamm rot bestrich.

„Herrlicher, herrlicher Baum!“ schrie Ata-Mono voll Entzücken, weil der Baum von der Wurzel bis zur Krone wie eine feurige Kohle leuchtete.

Der Baum schwieg. Die Sonne ging unter.

Ata-Mono schrie: „Ich schwöre, daß ich nichts mehr essen und nichts mehr trinken werde, bis du mich deine Rindenschrift lesen läßt oder bis du mir jemanden sendest, der mich deine Schrift lehrt.“

Und Ata-Mono lief zum Strand und stopfte sich den Mund mit Kieseln voll, weil er nicht mehr essen, nicht mehr reden, nicht mehr schreien und nicht mehr atmen wollte.

Halb erstickt lag er am Strande und haßte den neuen Baum und haßte China und haßte seine Sehnsucht nach der Unsterblichkeit.

„Ich will die Harfe vergessen“, dachte er und lag in den letzten Atemzügen. Dann wurde ihm wohler. Wie beruhigend ist es doch, wenn man einen wilden Wunsch aufgibt! Man steigt herab, wie von einem wilden Pferd, und hat wieder festen Boden unter den Füßen.

Nach dieser beruhigenden Betrachtung richtete er sich gedankenlos auf, nahm die Steine gedankenlos aus dem Munde und schöpfte frischen Atem. Dann sprang er auf seine beiden Beine, streckte die Arme aus und lachte wieder zum ersten Male seit vielen Jahren. Und seine Stirn, die immer gegrübelt hatte, wurde blank und jung wie die aufgehende Mondscheibe.

„Ach, Mond, lebst du noch? Ich habe dich lange nicht gesehen." Und Ata-Mono bewunderte die kleinste Muschel im Mondschein, die Grübchen im Sand und die Wölklein, die mit dem Mond zogen, denn er hatte seit Jahren nur Bäume und Baumrinden gesehen und alles andere vergessen. Und nun ließ er auch sein Gehör wieder zu sich kommen. Er, der nur mit den Augen an den Baumrinden gelebt hatte, horchte, wie das Dünengras raschelte, wie die Dünenmäuse miteinander wisperten, wie die Füchse hinter den Baumwurzeln bellten, wie die Eulen sich zuriefen und wie die Fische im Mondschein plätscherten. Und nachdem er sein Gehör befriedigt hatte, sagten seine Zunge und sein Gaumen zu ihm, seine Zähne und sein Magen und sein gekühltes Blut: „Weißt du, es gibt ganz andere Dinge zu essen als Baumsaft und Baumrinde, wovon du dich jahrelang genährt hast. Hörst du nicht? In der Ferne gackern Truthühner im Schlaf. Und Schweine grunzen im Schlaf, weil ihnen der Mond auf die Rüssel scheint. Und Bauernhöfe sind in der Nähe, wo du Eier, Schweinespeck, gebackene Fische und Reis essen kannst. Und sehnst du dich nicht nach Wärme am ganzen Leib? Und hast du nicht dort, wo den andern Menschen ein verliebtes Herz sitzt, einen bitterkalten Fleck in der Brust?"

Ata-Mono seufzte tief auf, weil alles ihm wahr schien, was seine Sinne zu ihm sagten. Er stand auf und erinnerte sich, daß die Menschen Kleider trugen. Und er flocht sich noch in der Nacht ein langes Hemd aus gedörrtem Tang, und er war eitel genug und flocht sich Ketten aus Muscheln daran und Ketten aus Muscheln ins Haar, weil er den Dirnen, denen er begegnen sollte, zu gefallen wünschte.

Ata-Mono ging dann, als es kaum Tag war, unter den letzten Sternen fort vom Meere, wieder mit dem Gesicht in das chinesische Land hinein.

Bei dem ersten Bauernhaus standen drei Weiber an einem Brunnen. Die sagten freundlich: „Guten Morgen, Ata-Mono!" Und Ata-Mono dankte und war verwundert, daß man seinen Namen kannte, und er bat um etwas süßes Wasser.

Und während er noch wartete, bis der Eimer aus dem Brunnen stiege, ging eines der drei Weiber grüßend fort.

Der erste Becher süßen Wassers, den er seit Jahren trank, schien ihm so nahrhaft und so wohltuend, daß er glaubte, es würde ihn nie mehr dürsten. Und er sagte zu den Frauen: „Ich werde euch später danken, wenn ich einmal reich werde."

Die Frauen verneigten sich vor Ata-Mono wie vor einem adligen Herrn und sagten: „Du bist der Reichste im Lande!" Und ihr Gruß und ihre Ehrerbietung machten, daß er sein Herz sich wieder erwärmen fühlte, als schiene ihm die Sonne in den offenen Mund.

Ata-Mono ging, gesättigt durch den Wassertrunk, von dem Bauernhof fort, tiefer in das Land, bewunderte die Reisfelder und die Maulbeerbäume und kam zu einer Ortschaft. Die bestand nur aus zehn Häusern. Aber nahezu dreißig Frauen standen am Eingang des Ortes. Und alle dreißig verneigten sich vor Ata-Mono.

Er erkannte unter den Frauen jene, welche die dritte gewesen an dem Brunnen, an dem er vorher getrunken hatte, und die fortgegangen war und hier seine Ankunft angesagt hatte. Er staunte darüber, daß das geschehen war, und er wußte nicht, warum die Leute so viel Wesens aus ihm, dem Unbekannten, machten.

Eine Frau wurde rot und trat vor und sagte: „Unsere Männer sind bei der Feldarbeit und wissen nicht, daß du kommst. Nur wir haben es eben erst durch eine Frau erfahren, daß du nach China zurückkehrst."

Er konnte vor Staunen nicht antworten und kaum denken – so tief verfiel er in Betrachtungen und erriet nicht, warum

alle die Frauen Zeit und Lust hätten, sich um ihn zu kümmern.
Ata-Mono hatte noch nicht den Ort mit den zehn Häusern verlassen, da kamen ihm auf der Landstraße über den nächsten Hügel und über den zweiten Hügel und über den dritten und vierten Hügel schon neue Frauen und Mädchen entgegen. Immer empfing er dieselben Grüße, und immer wieder mußte er hören, daß die Männer bei der Arbeit seien.
Ata-Mono ging über den fünften Hügel. Dort standen schon Reihen von Frauen zu beiden Seiten des Weges. Die hatten sich gelagert und standen auf und verneigten sich. Ihre Reihen waren dicht gedrängt. Aber kurz vor Sonnenuntergang, am sechsten Hügel, dahinter die Hauptstadt der Provinz lag, standen die Frauen nicht nur am Wege, sondern saßen auch in den Zweigen der Bäume, und ihre Gesichter waren glänzend wie Lampen am Abend. Die oben in den Bäumen klatschten Beifall, und die, die unten standen, verneigten sich und murmelten Beifall.
Hundert Schritte vor dem Tor und den vier Türmen der Provinzhauptstadt, wo das Frauengedränge am Wege am dichtesten war, hörte Ata-Mono plötzlich einen allgemeinen Schrei des Entsetzens. Ein surrender Laut traf sein Ohr, und ein langer, schwirrender Pfeil sauste vor ihm in den Boden und stand senkrecht und zitternd fest vor seinem Fuß.
Er staunte, aber er ließ sich nicht in seinem Weg stören und tat drei Schritte weiter. Da stürzten schnell drei Speere vor ihm nieder. Der eine zerschellte an einem Baum, der zweite durchbohrte ein Weib am Wegrand, der dritte fuhr durch Ata-Monos Haar und riß die Muschelkette aus seinem Haar mit sich.
Gleich darauf sah Ata-Mono, daß die Frauen auf den vier Türmen des Stadttores in Aufruhr gerieten und von jedem Turm einen Mann hinunterstürzten.
„Was bedeutet das?" fragte Ata-Mono die zwei Frauen, die ihm zunächst standen.

„O Herr, ein paar eifersüchtige Männer wollen Euch töten“, sagte die eine der beiden Frauen eifrig; die andere lachte.
„Warum sehe ich nur Frauen und keinen Mann, der mich begrüßt?“ fragte er weiter.
„O Herr, der Regent hat befohlen: am Tage, wo Ihr vom Meere wieder nach China zurückkehren würdet, dürfe kein Mann sein Haus verlassen und kein Mann die Straße betreten, da die Eifersucht der Männer grenzenlos ist und weil Euch alle Männer hier hassen.“
Ata-Mono sagte verwundert: „Ich habe seit Jahren keine Männer gesprochen. Warum hassen sie mich, und warum sind sie eifersüchtig auf mich?“
„Herr, Ihr wißt nicht, daß der Regent tief betrübt war, weil Ihr, der Ihr der erste seid, der die Sprache der Bäume verstand – weil Ihr China den Rücken kehren wolltet.“
Ata-Mono staunte:
„Ich habe es niemand erzählt. Woher weiß der Regent, daß ich die Schrift der Baumrinden lesen kann?“
„Herr, man sah Euch ja täglich in Eurem Heimatort an allen Wegen, in allen Wäldern, wie Ihr laut die Sprache der Bäume entziffert habt. Die Menschen standen in Scharen um Euch und lernten von Euch das Lesen der Rinden. Und jetzt lesen alle unsere Männer und verstehen die Sprache der Bäume wie Ihr.“
„Sind sie deswegen eifersüchtig, eure Männer, weil ich der erste war, der die Sprache der Bäume verstand?“
„O nein, Herr, sie sind eifersüchtig, weil der Regent am Tag, da Ihr China den Rücken wendetet und ans Meer gingt, geschworen hat, daß Ihr an dem Tag, an dem Ihr umkehren würdet und unter sein Volk zurückkehren – daß Ihr dann die Wahl haben würdet unter allen Frauen, ob verheiratet oder unverheiratet, ob hoch oder niedrig; ja die Regentin selbst dürft Ihr als Frau Euch erwählen. Aber Ihr müßt Euch entscheiden, ehe die Sonne dieses Tages untergeht. Habt Ihr dann nicht gewählt, wird man Euch morgen töten. Der Regent will, daß Ihr, tot oder lebendig, jetzt im Lande bleibt

und daß Ihr nicht den Ruhm des Landes gefährdet, daß Ihr nicht auswandert oder eine Frau aus einem andern Volke wählt als aus dem unsern.
Die Männer, die vorhin von den Türmen gestürzt wurden, waren die Männer von den vier schönen Töchtern des Regenten; diese vier Männer wollten Euch töten, ehe Ihr die Stadt betreten hättet, weil sie bei Eurer Brautschau für ihre Frauen fürchteten."
Ata-Mono sagte: „Alle hunderttausend Frauen des Landes sind mir willkommen. So wenig, wie ich jetzt mehr den Willen zur Unsterblichkeit habe, so wenig Willen habe ich zur Liebeswahl. Ich werde also morgen sterben. Warum bin ich nicht schon vorhin gestorben, als der Pfeil zielte und die Speere eine Frau töteten, statt mich zu töten?"
„Komm!" sagte das Weib, das ihm geantwortet hatte. „Lege deinen Arm um mich und verkündige mich als deine Frau. Dann wirst du nicht sterben müssen. Und ich will dir helfen, dir die Unsterblichkeit zu sichern, die du am Meer vergeblich erwartet hast."
Ata-Mono fragte rasch:
„Kennst du die Rindensprache der roten Kryptomerienbäume?"
„Natürlich", sagte die Frau ebenso rasch. „Ich habe zwar nie einen solchen Baum gesehen, ich kenne aber seine Rindenschrift wie die Linien meiner Hand."
Ata-Mono fragte noch rascher:
„Weißt du, wo die Harfe liegt, die ich suche?"
„Natürlich", antwortete ebenso rasch die Frau. „Alle Bäume erzählen es, daß die Harfe im kleinen, ewigen Feuerland liegt."
„Weib, weißt du den Weg dorthin?"
„Natürlich. Ich werde ihn dir schon zeigen. Wenn du mich zu deiner Frau gemacht hast, werde ich ihn in Erfahrung bringen. Alles wird mir gelingen, wenn du mich liebst."
„Wirst du mir treu bleiben, wenn ich dich heirate, und willst du die Unsterblichkeit mit mir teilen?"
„Treu bleiben?" fragte das Weib und schmollte. „Das ist das

Natürlichste von der Welt. Das verspreche ich dir gar nicht. Aber die Unsterblichkeit werde ich natürlich mit dir teilen." – –

Ata-Mono betrat die Stadt nicht. Siebenundneunzig Schritte vor der Stadt, heißt es in den chinesischen und japanischen Chroniken, legte er seinen Arm um ein Weib. Aber nicht um das Weib, das er ausgefragt hatte und welches immer so geläufig „Natürlich" geantwortet hatte, sondern um eines, das danebengestanden und zu allem gelacht hatte, melodisch und freundlich wie eine singende Glocke.

Diese Frau hatte Ata-Mono nichts versprochen, und die Länder ehren heute noch ihr Andenken und ihr singendes Lachen.

Als der große chinesische Weise und Wissende und sein lieblich lachendes Weib nach glücklichster Ehe hochbetagt starben, begrub man beide am Meeresstrande unter dem rätselhaften Baum, dessen Rinde Ata-Mono niemals entziffert hat. –

Hundert Jahre nachher, als die Chinesen Japan entdeckten und den harfenförmigen Biwasee als die große Harfe im Lande des ewigen Feuers liegen fanden, brachte man dorthin ein Reis jenes unerklärlichen Baumes, zu einer Zeit, wo die Japaner noch in Blätterkleidern und mit ungekämmten Haaren das kleine Feuerland bewohnten und die Chinesen dort die ersten Apostel höherer Bildung und Gesittung wurden.

Und wieder einige Jahrhunderte später, als die ersten chinesischen Buddhistenmönche die Religion des Pflanzen-, des Tierreiches und des Menschenreiches den Japanern gaben und sie die Verbrüderung aller Weltallwesen lehrten und Mönche den Miideratempel mit seinen Terrassen am Biwasee bauten, da erinnerte man sich wieder des rätselhaften Baumes, der nun durch die Jahrhunderte stark und mächtig geworden war. Und jeder, der zu dem Baum am Biwasee kam, sprach von Ata-Monos Geschichte, bis eines Tages ein japanischer Mönch geboren wurde. Dieser war der erste, der die Rinde des alten, rätselhaften Baumes am Biwasee entziffern

lernte, die bis dahin unleserlich geblieben war. Und er las zu seinem Erstaunen von der Baumrinde den Satz:
„O wisse, Mensch, und höre mich, der ich alt werde wie die Erdrinde! Mir und allen, welche so alt werden auf der Erde, steht die Liebe höher als die Unsterblichkeit."
Und diesen Spruch las der japanische Mönch milliarden- und milliardenmal in die Kronenäste, in den Stamm und in die Wurzelrinden gegraben; bis zur tiefsten Wurzel drunten in der Erde sprach der Baum keinen anderen Satz.
Nun erinnerte man sich auch, daß Ata-Mono, seitdem er glücklich mit dem lachenden Weibe lebte, nie mehr von der Unsterblichkeit gesprochen, daß er sein Weib niemals nach dem Wege zur Unsterblichkeit gefragt hatte. Und aus der Vergangenheit stieg das Lachen jenes Weibes wie aus einem Grab, als Mönche eine Glocke gegossen hatten, die noch heute abends im Miideratempel geläutet wird, und deren Stimme wie die sanft gewordene Stimme von Jahrtausenden klingt, und die den singenden Ton eines glücklichen Weibes hat.
Der alte Baum ist heute nur noch ein Stummel, von Stelzen und Krücken gestützt. Zu dem Platze, wo er am See steht, führt ein hölzernes Tempeltor. Seine Zweige sind mit Tausenden von weißen Gebetszetteln behangen. Tausende von Pilgern aus Japan und China besuchen ihn, den Unsterblichen, der verkündet: „Die Liebe ist größer als die Unsterblichkeit", und nennen ihn „den Glücklichen", weil er Abend um Abend die kostbare Frauenstimme der Abendglocke des Miideratempels belauschen darf, die jenem weiblichen Lachen gleicht, bei welchem einst Ata-Mono den Wunsch nach Unsterblichkeit vergaß.

Der Wildgänse Flug in Katata nachschauen

In der alten Hauptstadt Kioto, in der ältesten Künstler-, Tempel- und Kaiserstadt Japans, hatten im Mittelalter viele Maler den Auftrag erhalten, die Gemächer eines Bergtempels zu bemalen. In diesen Tempel zog sich die kaiserliche Familie in den Sommertagen zurück und pflegte dort einige Wochen unter der Obhut der reichen Mönche zu wohnen.
Die Maler begannen ihr Werk. Einer malte einen Saal, wo Sperlinge in Scharen über die Wände flogen und sich in Reisfeldern und Bambushainen auf Halmen und Rohren schaukelten. Ein anderer Maler malte auf Silberpapiergrund einen Saal, wo große Meereswellen aufrauschten und die vier Wände umschäumten. Wieder ein anderer Maler malte einen Saal voll von Katzenmüttern und jungen Katzen, die in Blumenkörben spielten und die Blütenköpfe großer Päonien zerzupften.
Der erste Saal wurde der Sperlingssaal genannt, der zweite der Saal der schäumenden Wellen, der dritte der Saal der spielenden Katzen.
Der Kaiser und die Kaiserin, die an der Ausschmückung viel Anteil nahmen, ließen sich jedesmal, wenn ein Saal beendet war, in Sänften und mit großem Pomp zu dem Bergtempel tragen und verbrachten eine Teestunde in dem neuen Saal. Und sie nahmen öfters ihre jungen Prinzessinnen mit, drei an der Zahl. Und der Kaiser sagte zur ältesten eines Tages, als sie den Tempel wieder besichtigten:
„Wünsche dir einen gemalten Saal, mein Kind! Vielleicht haben die Maler die Freundlichkeit und werden von glücklichen Augenblicken begünstigt, dir einen Saal zu malen nach deinem Einfall."
Die älteste Prinzessin, die einen kleinen japanischen Seidenpinscher auf ihrem Arm trug, mit dem sie spielte, wünschte sich einen Saal voll Schoßhündchen, die um sie spielen sollten.
Und die Maler malten ihr diesen Saal.

„Nun wünsche du, mein Kind, was du gemalt haben willst!" sagte der Kaiser zur zweitältesten Prinzessin.

Diese wünschte sich etwas ganz Unmögliches: einen Saal, wo der Mondschein käme und ginge, und in welchem keine Farben sein sollten.

Die Maler brachten auch diesen Saal zustande. Sie teilten einen Saal in zwei Teile. Die eine Hälfte sah nach Osten, die andere nach Westen, und jeder Saalteil hatte einen Altan. Von dem einen Altan sah man den Mond aufgehen, von dem andern Altan den Mond untergehen. Und weil das Auge der Prinzessin und das Auge des Mondes keine der sieben Regenbogenfarben dulden wollten, hatten die Maler Pflanzen und Bäume in jeden Saal mit brauner Sepia gemalt.

Nun wurde die dritte Prinzessin von dem Kaiser und der Kaiserin gefragt, was sie sich in ihren Saal von den Malern gemalt wünschte.

Oh, sagte sie, sie wünsche sich nicht viel, nur einen Zug Wildgänse, die durch die Luft flögen, graue und weiße Wildgänse, im Zickzackflug, rund um den Saal. Aber jede Gans müsse so hinter der anderen fliegen, daß sie alle zusammen ein japanisches Schriftzeichen in ihrem Flug bildeten. Dieses Zeichen würde von einem bestimmten Baum und einer bestimmten Hügellinie und der Fluglinie der Gänse gebildet. Nur in Katata am Biwasee könnten die Maler den Gänseflug, den Baum und den Hügel zusammen treffen. Nur einmal, an einem Frühlingsabend, habe die Prinzessin bei einem Ausflug in Katata die Wildgänse so fliegen sehen, daß sich das wunderbare Schriftzeichen zwischen Himmel und Erde aus der Fluglinie der Gänseschar, aus der Silhouette eines Hügels und aus einer Baumlinie bildete.

„Und das nennst du ganz einfach?" sagte der Kaiser.

„Es war ganz einfach, als ich es sah", antwortete die Prinzessin.

„Und wie hieß das Schriftzeichen?" fragte der Maler Oizo, als der Kaiser und die Kaiserin ihm den Wunsch der Prinzessin erklärten.

„Das hat die Prinzessin vergessen", wurde ihm zur Antwort.

Die Maler zogen mit Reispapier und Tusche, mit Silberpapier und Goldpapier beladen nach Katata, um den Flug der Wildgänse zu studieren. Aber da es Juli war und keine Wildgänse um diese Zeit vorüberziehen, mußten sie warten bis Oktober. Und Oizo suchte inzwischen die Hügellinie und die Baumlinie. Aber da es Sommer war und die Bäume belaubt, und da die Hügel voll hoher Gräser wehten, fand er nirgends die Linie freiliegend.

Die Maler und der Maler Oizo studierten inzwischen die Fische, die in Rudeln im klaren Wasser stehen, und Bäume am Ufer, welche wie Schriftzeichen ins Wasser tauchen und sich in der Wasserspiegelung krümmen, und Wachteln, die in den Reisfeldern brüten, und Wachtelmütter, die mit ihren Jungen unter den Reishalmen picken. Sie brachten diese Bilder nach Kioto in den Bergtempel und dachten: Vielleicht gibt sich die Prinzessin zufrieden mit einem Wachtelsaal oder mit einem Saal voll Uferbäumen und Fischen.

Aber die Prinzessin schwieg und gab keinen Beifall, und auch der Kaiser und die Kaiserin schwiegen.

Da wurde der große Maler Oizo traurig und kehrte wieder nach Katata zurück. Dort wohnte er in dem Hause eines Töpfers auf einem Hügel. Der formte aus dem Ton der Katataerde Vasen, einfache weiße Vasen, die er mit grüner und blauer Glasur überzog, so daß sie spiegelten wie das grüne und blaue Uferwasser des Biwasees in den Frühlingstagen.

Der Töpfer hatte eine Tochter. Die war so jung und lebendig wie ein Aprilwind. Sie saß am Töpferofen, darinnen die Vasen und Tonschalen ihres Vaters gebrannt wurden. Sie hatte die Glut zu schüren und die Holzkohlen aufzufüllen, und davon war sie stets schwarz im Gesicht und schwarz an den Händen, daß der Maler Oizo sie eigentlich noch niemals gesehen hatte.

Oft saß er am Ofen bei ihr, wenn sie die Flammen schürte, und er zeichnete nachher die roten Korallenäste des Feuerflackerns. Natürlich wußte ganz Katata, daß die kaiserlichen

Maler auf den Herbst warteten, bis die Wildgänse in den Oktoberabenden fortflögen. Und auch „Graswürzelein“, wie die Tochter des Töpfers hieß, wußte, daß Oizo jetzt traurig war, weil er den Wunsch der Prinzessin noch nicht befriedigen konnte.

Eines Abends, als der Mond aufging und der Altan des Töpfers zwischen dem Mondschein und dem roten Schein, der aus dem Ofen fiel, zweifarbig beleuchtet, rot und blau wurde und Graswürzelein mondblau und feuerrot, zweifarbig beschienen, vor dem Ofen im Hof bei dem Altan saß, seufzte der Maler in seiner Altanecke ärgerlich und trotzig darüber, daß der Prinzessin nicht der Wachtelsaal und nicht der Saal der Fische gefallen hatte und auch der Kaiser und die Kaiserin darüber geschwiegen hatten.

Da kam die blau und rot beschienene Tochter des Töpfers und sagte:

„Seufze nicht, Oizo! Ich will dir sagen, was die kaiserliche Prinzessin denkt und was sie will, und will dir auch das Schriftzeichen des Fluges der Wildgänse zeigen.“

Und Graswürzelein nahm eine Holzkohle, die neben dem Ofen lag, und zeichnete auf einen weißen ungebrannten Tonkrug ein paar Linien.

„Sieh her, Meister!“ sagte sie. „Was heißt das auf japanisch, was ich hier schrieb?“

„Das heißt“, sagte Oizo und betrachtete flüchtig den Krug mit dem Schriftzeichen: „Ich liebe dich, wenn ich dir nachsehe. Aber du liebst mich nicht, weil du fortsiehst.“

„Sieh, Oizo“, sagte Graswürzelein, „dies denkt die Prinzessin, denn sie ist wahrscheinlich in einen Mann verliebt, der sie nicht ansieht. Und sie will das Schriftzeichen durch den Gänseflug in ihren Saal gemalt haben und will den Mann dann in den Saal führen und ihn von den Wänden ihren Willen lesen lassen. Denn sieh: das Schriftzeichen besteht aus drei Teilen. Sieh hier die Gabel eines vielfach gewundenen Baumes. Waagerecht durch die Gabel hindurch siehst du die Brustlinie eines ansteigenden Hügels und darüber die vielfach zackige Fluglinie einer unendlich langen Reihe von

grauen und weißen Wildgänsen. Aber zugleich siehst du: die grauen Gänse verschwinden in der Dämmerung und unterbrechen die Linie, wogegen die weißen sich als Schriftzeichen vom Abendhimmel abheben."
Oizo fragte erstaunt und mit ganzem Herzen zuhörend: „Und woher weißt du, daß die Prinzessin gerade diesen Schriftzug meint: Ich liebe dich, wenn ich dir nachsehe, aber du liebst mich nicht, weil du fortsiehst?"
„Das ist ganz einfach", lachte Graswürzelein. „Mein Vater machte einmal eine Vase. Ich hatte aber den Ofen schlecht geheizt, so daß die Glasuren nicht gleichmäßig trockneten und sich seltsamerweise dieses Schriftzeichen bildete, indem der weiße Grund der Vase in Zickzacklinien durch die blaugrüne Glasur schimmerte. Flüchtig hingesehen, erschienen die weißen Linien wie ein Flug Wildgänse, die in einer Landschaft über Baum und Hügel hinflogen.
Die Vase gefiel einem Mönch, der sie sah und ausnehmend schön fand, da sie zugleich Bild und Schriftzeichen deuten ließ. Die Prinzessin hat wahrscheinlich diese Vase in einem Tempel gesehen, und man hat ihr gesagt, daß das Bild darauf den Flug der Wildgänse in Katata darstellt. Aber ich denke mir, daß das Schriftzeichen ihr mehr wert ist als der Flug der Wildgänse", lachte Graswürzelein.
Oizo schlug sich mit der Hand vor die Stirn und lachte: „Also dieser Baum und dieser Hügel sind gar nicht in Katata? Und nur die Wildgänse fliegen hier vorüber im Frühling und im Herbst?"
„O ja", sagte Graswürzelein nachdenklich. „Der Baum lebt wohl hier irgendwo und der Hügel auch irgendwo, denn nichts ist Zufall auf der Welt. Es war auch kein Zufall, daß ich das Feuer damals schlecht schürte und daß die Vase schlecht trocknete. Nichts ist Zufall, sagen die Götter hier bei uns in Katata."
Und während Graswürzelein das sagte, öffnete sie die Feuerluke, zerschlug den Krug am Boden, auf den sie das Schriftzeichen gemalt hatte, sammelte die Scherben und warf sie ins Feuer.

„Was machst du da?“ sagte Oizo verblüfft.
„Ich habe zuviel geredet, und das ärgert mich“, sagte Graswürzelein. „Deshalb zerbrach ich den Krug.“
Der Maler verstand sie nicht, reichte ihr ein Geldstück hin und sagte:
„Nimm dies einstweilen als Dank für deine Aufklärung. Ich gebe dir später mehr, wenn mir der Kaiser den Wildgänsesaal bezahlt hat.“
Und Oizo ging und packte seine Zeichnungen ein, um am nächsten Morgen nach Kioto zu reisen.
Aber Graswürzelein warf, als er sich abwandte, das Geldstück in das Feuer des Ofens, geradeso, als wäre es eine Tonscherbe. Und als ihr Oizo Lebewohl sagte und ihr nochmals dankte, sagte sie:
„Warum soll ich dir Lebewohl sagen? Ich weiß ja doch, daß du wiederkommen mußt.“
„Das wäre nur ein Zufall, wenn ich wiederkäme“, sagte Oizo.
„Die Götter von Katata kennen keinen Zufall“, murmelte Graswürzelein und blies in das Feuer. –
Der Maler ging nach Kioto und malte den Saal nach dem Gedankengang des Schriftzeichens auf silbergrauen Grund: den dämmernden Baum im Abend, die Hügellinie und grau und weiß die große Zackenschleife in der Luft, welche die fliegenden Wildgänse beschreiben.
Wie Oizo noch am Malen war, kam einer seiner Kameraden, ein anderer Maler, der auch draußen in Katata gewohnt hatte, und lachte ihn aus, weil er sich immer so geheimnisvoll in den Saal einschloß, den er malte, und die andern nicht wissen lassen wollte, wie der Schriftzug des Gänsefluges hieße.
„Du machst dich lächerlich, daß du dich hier einschließt und nichts von der Welt wissen willst als nur deine Malerei. Komm heute abend mit mir in die Theaterstraße von Kioto. Ich verspreche dir, daß ein Besuch in der Theaterstraße deiner Malerei mehr nützen wird, als du glaubst.“
Oizo, der die Aufrichtigkeit seines Freundes kannte, gab

diesem nach und ging mit ihm schweigend in der Nacht vom Bergtempel hinab über die Brücke in die Stadt zur Theaterstraße, wo erleuchtete Budenreihen und farbige Lampen waren und große Leinwandmalereien in der Nachtluft wie Fahnen flatterten und Szenen aus den Theaterstücken schilderten.
Verblüfft blieb Oizo am Eingang der Straße stehen. Da war ein Papierlaternenverkäufer. Der hatte Lampen aus ölgetränktem Pflanzenpapier, und auf jeder Lampe war das Schriftzeichen des geheimnisvollen Gänsefluges gemalt, das er aus Katata mitgebracht hatte, das Schriftzeichen der Wildgänse, des Hügels und des Baumes, von dem er geglaubt hatte, daß es nur allein ihm, der Tochter des Töpfers und der Prinzessin bekannt sei.
Oizo schwieg und verbiß sich sein Erstaunen und dachte an irgendeinen spitzbübischen Verrat.
Nun kamen sie weiter, sein Freund und er, zu dem größten Theater in der Mitte der Straße. Da zeigten auch die Theaterbilder außen an der Zeltbude rund um die Zeltwand den Flug der Wildgänse. Zugleich kam ein Straßenverkäufer zu den beiden Malern und bot ihnen ein Spielzeug an: aus Seidenwatte gearbeitete kleine Wildgänse, die an einer Seidenschnur hingen und, durch die Luft geschleudert, in Schleifenform dahinflatterten. Ein Perlmutterarbeiter zeigte ihm Lackkästchen, darauf der Flug der Wildgänse über Baum und Hügel ging, und alle diese Dinge prägten das Schriftzeichen aus, das wie eine Liebeserklärung jene Worte sagte:
Ich liebe dich, wenn ich dir nachsehe. Aber du liebst mich nicht, weil du fortsiehst.
Ganz verstört, schwieg Oizo immer noch. Seine Stirn verfinsterte sich, und er blieb im Menschengedränge stehen und wollte seinem Freund entlaufen. Dieser hielt ihn am Ärmel fest und rief ihm zu:
„Laß dir doch erklären, woher ganz Kioto den Flug der Wildgänse und das Bild, das du malen willst, kennt.
Du weißt, ich wohnte in Katata bei einem Fruchthändler.

Dessen Tochter brachte mir eines Tages in einer Porzellanschale einen kleinen Zwerggarten in mein Zimmer. Darin blühte ein ganz winziger Kirschbaum. Der Baum war nicht höher als mein halber Arm. Hinter dem Baum war ein künstlicher Hügel aus Erde. Diesen kleinen Garten stellte sie am Abend hinter einen weißen Papierschirm, auf welchem mit schwarzer Tusche kleine Wildgänse im Schleifenflug gemalt waren. Sie zündete eine Lampe hinter dem Schirm an, so daß der Schatten des Zwerggartens, des Baumes und des Hügels, auf den weißen Schirm fiel und sich darauf abzeichnete und Garten und Gänse ein einziges Schattenbild zu sein schienen. Aber zugleich konnte man das Ganze auch für ein Schriftzeichen halten.

Ich verstand sofort, daß sie mich liebte und daß dieses Bild eine Liebeserklärung sein sollte.

Ich kümmerte mich nicht um ihre Erklärung, nachdem ich den gesuchten Wildgänseflug von Katata, der eine Liebeserklärung darstellt, so deutlich gesehen hatte, daß ich ihn malen konnte.

Ich wollte am nächsten Tag abreisen, ging aber am Abend noch ins Teehaus, wo ich fünf von unseren Malern traf. Dem einen hatte eine Tänzerin den Wildgänseflug von Katata bereits erklärt, dem andern ein Fischermädchen, bei dessen Vater er wohnte, dem dritten und vierten und fünften andere Mädchen von Katata, so daß wir alle merkten: das Schriftzeichen des Gänsefluges war ein öffentliches Geheimnis der jungen Mädchen in Katata und wurde immer angewendet, als Zeichnung auf einer Vase, als Wandschirmbild und so weiter, wenn ein Mädchen von Katata einem Manne eine Liebeserklärung machen wollte.

Wir hatten das bis damals in Kioto nicht gewußt. Aber jetzt kennen das Schriftzeichen des Wildgänsefluges von Katata alle Kinder von Kioto, weil alle Maler das Geheimnis hier verbreitet haben, alle, die in Katata waren. Auch der kaiserliche Hof weiß es längst, und die junge Prinzessin ist bereits von dem ganzen Hof als lächerlich erklärt. Der Kaiser und die Kaiserin sollen sehr ärgerlich sein, und du selbst wirst deinen Kopf verlieren, wenn du den Saal fertig gemalt hast und dir einbildest, von der Prinzessin geliebt zu sein."

Oizo dachte einen Augenblick nach, dann lachte er und sagte:

„Da ich die Prinzessin nicht liebe, wird mir der Hof doch nicht böse sein, weil ich den Wildgänseflug mit Lust an meiner Malerei malen wollte und nicht mit Lust an der Liebeserklärung des Schriftzeichens."

„Doch, doch", sagte sein Freund. „Du mußt fliehen, du mußt dich verstecken, bis der Tempel eingeweiht ist. Man wird den Saal der Prinzessin verschlossen halten und gar nicht zeigen. Aber du mußt fortbleiben, bis man die Liebeserklärung der Prinzessin vergessen hat.

Ich rate dir, nimm ein Segelboot und halte dich einen Monat lang auf dem Biwasee versteckt. Auf dem weiten Wasser draußen wird dich niemand suchen, und du kannst den Booten ausweichen."

„Ich trenne mich nur schwer von meiner Malerei", sagte der Maler Oizo. „Aber du hast recht. Ich will fliehen und will mich verstecken, bis der Saal der Prinzessin vergessen ist."

Oizo verließ Kioto noch in derselben Nacht, kaufte sich ein Boot, das er mit Nahrungsmitteln versah, und zog dann hinaus auf den See.

Aber die Tage waren unfreundlich: es war Vorfrühling. Viele Tage lang lagen die Nebel wie Binden vor Oizos Augen, und er sah nichts und hörte nichts im Nebel als das Knirschen seines Bootes.

Eines Tages ließ er sein Boot treiben und sagte zu sich: „Ich will aussteigen, wo das Boot landet. Wenn ich nicht malen kann, tötet mich die Langeweile. Ich will wenigstens wieder einmal malen dürfen. Und wo jetzt das Boot landet, weiß ich auch, werde ich ein Bild finden, das mir längst in der Seele vorgeschwebt hat."

Das Boot des Malers trieb im Abend an den Strand von Katata.

„Oh, unglücklicher Ort", sagte Oizo. „Soll ich also wirklich das Bild vom Flug der Wildgänse noch einmal malen? Ich will noch abwarten und sehen, was mit mir geschieht, wenn ich ans Land steige. Die Götter haben das Boot gelenkt, die Götter werden auch meine Schritte lenken."

Der Maler stieg ans Land und ging über den leeren Strand, auf dem kein Schilf wuchs, sondern nur die gelben Schilfstoppeln vom Vorjahr standen.

„Hier sang das Schilf im Vorjahr, als ich fleißig war und Fische malte. Jetzt ist der Strand faul und tot, vom Winter verdammt, so wie man mich zur Faulheit verdammt hat."

Plötzlich bückte sich der Maler und hob eine unscheinbare Seemuschel auf, die blau irisierend und rot irisierend mit weißer Innenschale wie eine Blume hier zwischen den leeren Kieselsteinen am Strand leuchtete. Oizo wendete die Muschel in der Hand hin und her, schüttelte den Kopf, hielt die Hand an die Stirn und dachte nach und meinte zu sich:

„Wo habe ich nur diesen blau irisierenden Schein neben dem rot irisierenden Feuerschein hier in Katata schon einmal gesehen? Ich weiß gewiß, daß es in Katata war, wo ich diese beiden Farben unvergeßlich nebeneinander sah."

Wie er noch dachte und seinem Gedächtnis noch nicht auf den Grund kommen konnte, kam ein japanisches Mädchen hügelabwärts zum Seewasser hin. Sie trug auf dem Kopf einen flachen Korb und schüttete den Inhalt des Korbes, der wie Erde aussah, ungefähr zwanzig Schritte von Oizo entfernt in den See.

„Was machst du da?" rief der Maler ihr zu.

Das Mädchen sah sich nach ihm um, streckte plötzlich die Arme von sich, stieß einen zischenden Schreckenslaut aus, als ob sie einem Geist oder einem Gott ins Gesicht sähe, hüllte ihr Gesicht in ihre Ärmel, kniete am Seerand nieder und steckte ihren Kopf ins Wasser.

Oizo rief: „Haben denn die Götter dir deinen Verstand genommen, weil du dich ertränken willst, Mädchen?"

Oizo sprang hin, und als er näher kam, sah er, daß das Mädchen sich eifrig das Gesicht wusch, und er erkannte an der einen Gesichtshälfte, die noch voll Ruß war, die Tochter des

Töpfers, Graswürzelein, die aus dem Brennofen ihres Vaters die Asche in einem Korb an den See getragen hatte.
„Was machst du da?“ fragte Oizo noch einmal. „Ich hätte dich beinah nicht erkannt, Graswürzelein, weil du zur Hälfte schwarz und zur Hälfte weiß bist.“
Graswürzelein prustete das Wasser aus ihrer Nase, wusch sich die andere Gesichtshälfte rein, und während sie sich mit dem Innenfutter ihres Ärmels Gesicht und Hände trocknete, fuhr sie den Maler ärgerlich an:
„Ich wollte gar nicht, daß du mich erkennen solltest. Als ich dich hier so plötzlich am Strand stehen sah, nachdem ich die Ofenasche in den See geworfen hatte, und ich dir nicht ausweichen konnte, wollte ich mir den Ruß vom Gesicht waschen, damit ich dir ja unkenntlich bliebe. Denn du hast mich ja nur ein einziges Mal gewaschen gesehen.“
Und wirklich, Oizo konnte das weiß gewaschene Mädchen kaum erkennen.
„Du sagst, ich hätte dich einmal gewaschen gesehen? Ich habe dich immer nur schwarz gekannt.“
„Doch, doch“, nickte Graswürzelein. „Erinnerst du dich nicht, Meister, da ich dir auf einer Tonvase den Flug der Wildgänse von Katata beschrieb? Erinnerst du dich nicht? Es war im Mondschein. Du saßt auf dem Altan und ich am Ofen im Hof.“
„Du warst rot und blau beschienen“, sagte Oizo, „wie die Muschel hier, die mondblau und feuerrot in meiner Hand irisiert und leuchtet. Das ist das Bild, das ich hier malen will. Ich will dein Gesicht malen, blau vom Mond und rot vom Feuer beleuchtet. Und darum bin ich nach Katata gekommen.“
Graswürzelein lachte einen Augenblick. Dann aber wurde sie sehr ernst.
„Nein“, sagte sie und schüttelte den Kopf. „Du darfst nicht mehr in unser Haus kommen. Ich habe das Feuer zu schlecht geschürt, so lang du da warst, und ich habe meinem Vater zu viele Tonvasen verbrannt.“
„Du hast noch einen Grund, den du nicht sagst“, meinte Oizo.

„Die Tonvasen will ich deinem Vater alle bezahlen, während ich dich male. Rede und sage deinen Grund, warum ich nicht mehr in dein Haus kommen soll?“

Graswürzeleins Wangen erröteten, und sie hielt rasch ihre Hände an die Wangen, um die Wangenröte mit den Händen zu verbergen.

Oizo sah staunend, wie schön das Mädchen war, und hörte, wie ihre Stimme wisperte und rhythmisch sang, während sie sprach, als ob das Schilf vom Vorjahr wieder um ihn sänge.

„Willst du nicht eine Bootsfahrt mit mir machen, Graswürzelein? Es kommt eine lauwarme Luft über den See, und die Abende sind schon lang und hell. Ich glaube, die Wildgänse müssen bald wiederkommen.“

„Ja, bei den Göttern, das ist wahr“, seufzte das kleine Mädchen. „Die Wildgänse möchte ich dir auf dem See zeigen, Meister.“ Und ein Lachen blitzte in ihren Augen, so wie die nassen schwarzen Seekiesel blitzen. „Das ist die Luft der Wildgänse heute abend. Du hast sie nie vom See aus kommen sehen, Meister?“

„Nein, ich sah den Wildgänseflug nur vom Land, über Hügel und Baum.“

„Dann will ich ihn dir vom See aus zeigen“, nickte das Mädchen eifrig; und ihr blasses Gesicht und ihre zitternden Hände redeten schnelle Sätze, die sie nicht aussprach.

Sie kletterte vor Oizo ins Boot, ergriff die Ruder und ruderte, ohne ein Wort mehr zu sprechen, lenkte das Boot, ohne den Maler zu fragen, wohin er wolle. Oizo fühlte und verstand natürlich an der Röte und Blässe des Mädchens, daß sie eine Herzenserregung verbarg. Er blieb lautlos sitzen und horchte auf sein eigenes Herz, das ihm bis an den Hals schlug. Denn das Mädchen wurde in seinen Augen immer schöner, und er hätte es gern umarmt.

Der Biwasee lag wie Öl so glatt, und auch die Luft war wie Öl. Als legte man zwei Spiegel aufeinander, so lag der Spiegel des abendlichen Vorfrühlingshimmels auf dem Spiegel des Sees.

Graswürzelein legte plötzlich die Ruder ins Boot und sagte: „Still! Sie kommen!“ Und gleich darauf wiederholte sie: „Still! Sie kommen!“

Oizo wunderte sich, warum er denn still sein solle, da er nicht sprach. Er wußte nicht, daß seine Stimme fortwährend in den Ohren des Mädchens summte und ihr Blut unausgesetzt mit ihm redete.

Ihm selbst geschah jetzt das gleiche. Er fuhr auf und sagte: „Still! Sie kommen!“ Denn auch er hörte das Mädchen in seinem Blut reden, – sie, die kein Wort sprach.

Dann war es, als wenn Ruderkähne hoch in der Luft mit großen Ruderschlägen herbeiführen und als ob Mühlen sich drehten mit unsichtbaren Rädern. Und Laute, die nicht Musik, nicht Menschenstimmen und nicht Tierstimmen glichen, die aber feierliche Akkorde in die Stille über dem See schufen, klangen irgendwo im unermessenen Abendraum, kreiselten, waren da, wurden im Abendgrau zu weißen fliegenden Erscheinungen, bildeten dann eine Kette über den Köpfen des Mädchens und des Mannes, zogen ein Spiegelbild im Wasser nach, wie eine Reihe weißer winkender Tücher. Die weiße Geisterkette beschrieb eine weiße Schleife am Himmel und eine weiße Schleife im Wasserspiegel und verrauschte wie ein musikalischer Windton und hinterließ Atemzüge von Befremdung, von Sehnsucht, als wäre die Luft mit unerfüllten Wünschen noch lange nach dem Vorbeizug der Wildgänse von Katata angefüllt.

Es war jetzt dunkel auf dem See, als wäre die Dunkelheit wie ein zweites Wasser aus der Tiefe gestiegen und stünde über den Köpfen der beiden Menschen im Kahn. Es war nur noch ein Rest von der Tageshelle, klein wie ein durchsichtiges Ei, im Westen über dem Strand.

Oizo konnte nicht Graswürzeleins Gesicht sehen. Er tastete nach der Bank im Schiff, suchte ihre Hände, die er streicheln wollte. Aber sie hatte ihre beiden Hände in die weiten Ärmel ihres Kleides gewickelt, als hätte man ihr die Hände abgeschlagen.

„Gib mir deine Hände! Ich will sie dir wärmen, wenn du

frierst. Oder fürchtest du dich vor bösen Seegeistern, daß sie dich an der Hand nehmen könnten? Hab keine Furcht, Graswürzelein! Du bist zu schön. Alle Götter müssen dich beschützen. Auch die bösen Götter werden gute Götter, wenn du sie ansiehst."

„Was willst du von mir?" sagte das Mädchen. „Habe ich dir nicht den Flug der Wildgänse über den See gezeigt? Hast du nicht ihr Schriftzeichen lesen können, ihre Schrift aus Himmel und Wasserlinie?"

„Die Liebeserklärung?" fragte Oizo.

„Die Liebesabsage", flüsterte erregt und hastig die Tochter des Töpfers.

Und nun verstand Oizo, der Schriftzug hatte sich durch die Spiegelung, die im Seewasser dazukam, in ein anderes Schriftzeichen verwandelt; und wenn die Mädchen von Katata dieses einem Liebhaber zeigten, so war er abgewiesen. Die Fluglinie der Wildgänse im Wassser und am Himmel, vom See aus gesehen, bedeutete in Sprachzüge übersetzt:

„Ich liebe nicht, daß du dich nach mir umsiehst. Ich sehe mich auch nicht nach dir um."

Welch sonderbarer Zufall, daß der Wildgänseflug sich doppelt deuten ließ, je nachdem die Wasserspiegelungslinie sich einfügte oder nicht. Daß Graswürzelein ihn liebte und ihn nur necken wollte, als sie ihm die Absage gab, und ihn vielleicht zur Annäherung reizen wollte, begriff Oizo sofort, denn die Luft um sie und ihn war wunderbar geschwängert von Verlangen und schweigender Zuneigung.

Ohne sich zu besinnen, legte er seinen Arm um das kleine Weib und fand keine Abwehr. Graswürzelein versteckte nur beschämt ihr Gesicht in des Malers Brustgewand.

Oizo erzählte ihr rasch:

„Du weißt nicht, Graswürzelein, daß ich wie ein totes Holz draußen auf dem See seit Tagen herumtreiben mußte, daß ich es endlich nicht aushalten konnte, daß mir das Land verboten war, weil ich es vor der Liebeserklärung der Prinzessin fliehen mußte. Aber jetzt, seit ich die Doppeldeutung des Fluges der Wildgänse weiß, kann ich den Saal der Prinzes-

sin fertig malen, wenn ich die Spiegellinie im Wasser hinzufüge. Und niemand im Lande wird mehr sagen können, daß die Prinzessin sich lächerlich gemacht hätte, sondern daß sie sich unnahbar machen wollte, wie es einer Prinzessin geziemt. Alle sollen dann im Saal das Schriftzeichen lesen:
Ich liebe nicht, daß du dich nach mir umsiehst. Ich sehe mich auch nicht nach dir um.
Dann komme ich wieder und baue in Katata mein Haus. Und du sollst nicht mehr den Ofen deines Vaters schüren. Du sollst neben mir sitzen bei meinem eignen Feuer. Und ich will dich malen, immer wieder malen in dem Kleide des Vorfrühlings, am Strand, im Haus, im Mond, im Wasser, am Feuer. Und alle sollen sagen: das ist das glücklichste Mädchen von Katata. Sie ist auf allen Bildern im Vorfrühling gemalt zur warmen Abendstunde, in der man den Flug der Wildgänse erwartet und verliebt sagt, auch wenn niemand redet: Still! Sie kommen!“
Da wickelte Graswürzelein ihre Hände aus den Ärmeln und umschlang Oizo.

Das Märchenbriefbuch

der heiligen Nächte

im Javanerland

Geschrieben in Garoet im Javanerland
am Weihnachtsabend 1915

Liebe Lore!
Du hast etwas Schreckliches angestellt, und Du weißt es gar nicht. Erinnerst Du Dich noch, wie Du vor Weihnachten 1913 mich mit Mutter vom Bahnhof in Altona abholtest? Weißt Du noch, was Du da gewünscht hast, als ich Dich fragte, was Du Dir zu Weihnachten bestellt hättest? Du sagtest: „Ich habe mir ein selbstgeschriebenes Märchenbuch von Ihnen bestellt." – „Ja", sagte Deine liebe Mutter, „Lore hat sich ausgedacht, von Ihnen ein eigens für sie geschriebenes Märchenbuch zu bekommen." Ich fand das ein bißchen viel. Aber weil ich Besuchsonkel war, und weil Du so schöne braune, wilde Locken hast, und weil und weil und weil ich Deine lieben Eltern so gerne habe wie Du, sagte ich: „Ja, Lore soll das Märchenbuch bekommen." Du freutest Dich und sagtest, als ich abreiste, mit Deinen lustigen Augen, die mich süß und dunkel wie zwei Stückchen Schokolade ansahen: „Vergiß mein Märchenbuch nicht!"

Ach, ich dachte es mir so leicht. Und zu Weihnachten 1914 wollte ich schon wieder bei Dir in Altona ankommen und das Märchenbuch Deinen lieben Eltern geben, damit sie es Dir am Heiligen Abend unter dem Weihnachtsbaum mit allen Geschenken schön aufbauten.
Aber nie wird es im Leben, wie man es sich lebhaft vorstellt. Denn das Leben ist ja auch ein Märchen voll Zauberei, voll Verwandlungen, voll Wundern überall. Man weiß nie, wie das Leben einem sein Märchen weitererzählen will.

Für heute wünsche ich Dir eine so gute Nacht, wie ich sie haben werde.
Dein reisender Dichteronkel

Max

Erste heilige Nacht

Geschichte des Beovogels

Liebe Lore,
nun höre mal, was mir heute nacht geschehen ist. Es war ein richtiges Weihnachtsmärchen, das ich in der Weihnachtsnacht erlebt habe. Also, ich setzte mich auf meine Veranda und nahm ein Buch und wartete darauf, daß man mich rufen sollte, wenn im großen Saal des Gasthauses, in dem ich wohne, der Weihnachtsbaum für die Kinder des Hauses angezündet würde. Ich war nämlich gar nicht neugierig, durchs Schlüsselloch zu sehen, denn: „Das, was ich haben möchte, bekomme ich doch nicht", dachte ich mir. Ich hatte es eben gedacht, da fragte mich jemand ganz deutlich und laut: „Was hast du dir denn gewünscht?" Ich hatte ganz vergessen, daß ich allein auf der Veranda saß, und sagte: „Eine Prinzessin küssen!"
Das sagte ich aber nur so im Spaß und lachend hin. Du kannst Dir aber vorstellen, wie ich betroffen war, als jemand antwortete: „Das kannst du haben; wenn es nicht mehr ist, als nur eine Prinzessin zu küssen." – Da wollte ich sagen: „Ach, ich will ja gar keine Prinzessin küssen, ich will nach Hause nach Deutschland."
„Du hast gewünscht, eine Prinzessin zu küssen; und was man einmal gesagt hat, dabei bleibt man, wenn man kein Lump ist!"
Nun war es mir aber zu dumm. Ich gehe und sehe mich um, hinter meinen Stuhl, hinter die Türe, hinter den Tisch, unter die Tischdecke, – es war aber niemand da. „Mach mal den Käfig auf", rief mein Beo. „Bist du es, Beo, der da so laut spricht?" fragte ich. „Wer denn sonst?" antwortete der Beo, barsch wie immer, wenn er nicht zärtlich aufgelegt war. „Schrei mich nur nicht so an!" gab ich ihm zurück. Und ohne zu bedenken, was ich tat, hob ich das dunkelbraune Tuch, womit der Beokäfig jeden Abend zugedeckt wird, vom Käfig ab, nahm den Holzriegel am Gittertürchen weg

und öffnete die Tür. Aber der Beo kam nicht heraus. „Du bist dumm, Beo“, sagte ich und machte die Tür wieder zu. Ich war ärgerlich über die Störung und wollte mich eben wieder zu meinem Buch auf den Stuhl setzen. Da merke ich, daß ich statt auf dem Fußboden auf einer Stange in der Luft stehe, und daß ich auf einmal ganz sonderbare Füße habe; es waren Krallen mit langen Nägeln geworden, über die man gar keinen Strumpf hätte anziehen können. Dann sah ich an mir hin, und wie ich eben nach meinem Buch greifen will, bemerke ich, daß ich gar keine Hände mehr habe, sondern schwarze Flügel. Ich war auch nicht mehr auf meiner Veranda, ich saß in einem Käfig auf einer Stange, und – o Schreck – ich war ein Beovogel geworden. Ein Beo mit schwarzen Federn und einem rotgelben Schnabel. „Das kann ja gut werden, diese Weihnachtsbescherung“, schimpfte ich los. Und es wunderte mich gar nicht, daß ich als Beovogel auch laut sprechen konnte. „Schnabel zu!“ rief mich etwas Dunkles an, das draußen vor dem Käfig stand. Ja, was war denn das für eine große, dunkle Mauer da? Ah, das war ein Mensch, ein dunkelhäutiger Javane. „Kennst du mich nicht?“ lachte der. Und er rief: „Beo, Beo heiße ich!“ Da mußte ich ihm nachrufen und konnte mich nicht bezwingen: „Beo, Beo heiße ich!“ zu sagen. „Jawohl“, grinste er. „Du heißt jetzt Beo, und ich hieß früher Beo! Ich war nämlich dein Beo, jetzt aber bin ich für diese Nacht dein Herr. Und du warst früher mein Herr, und du bist nun für diese Nacht mein Beo“. Er lachte. „Schreckliche Verwechslung!“ wollte ich ausrufen. „Schöne Bescherung!“ wollte ich schimpfen, aber ich schwieg vor meinem Ernährer, der so groß und mich riesig überragend draußen vor den Gitterstäben stand und lachte und dabei gesunde, schöne Zähne zeigte. „Herrgott, was haben doch die Menschen für riesige Glotzaugen!“ dachte ich und war noch ganz verblüfft, kein Mensch mehr zu sein; ich war aber auch zugleich schon wieder ganz zufrieden, daß ich kein Mensch mehr war. Denn wenn ich mich als Vogel anständig benahm, lebte es sich wohl ganz gut, überlegte ich bei mir.

„Also eine Prinzessin willst du haben? Nun, du wirst nicht gerade eine Prinzessin kriegen, denn Beoprinzessinnen gibt es kaum noch, aber zu einer javanischen Prinzessin kannst du kommen."

„Ich will meine Ruh haben, fader Mensch!" rief ich, ganz wie ein Beo ruft, und lachte dazu wie ein Beo. Ich konnte nur die Sätze hervorbringen, die ich meinen Beo gelehrt hatte. „Mach mal, eil dich!" Das konnte ich auch sagen. „Ich heiße Beo", das konnte ich sagen. Und pfeifen und rasseln wie die Wagen konnte ich, und husten wie eine alte Frau. „Was willst du denn? Was ist denn los?" Alles das brachte ich jetzt durcheinander hervor. Der Javane hatte den Käfig in die Hand genommen, er schraubte das Licht auf der Veranda aus, und siehe, es war heller Tag. Ich wollte fragen, wo mein Weihnachtsbaum sei; das konnte ich aber nicht sagen. So rief ich: „Licht! Licht!" Das konnte ich sagen.

Es war also heller Tag, die Sonne schien, die Berge in der Ferne waren blau, und die Gärten waren grün um meine Veranda herum, und ich erkannte alles wieder. Was ich täglich als Mensch am Geländer meiner Veranda betrachtet hatte, das sah ich nun, im Käfig sitzend, auf einer Stange als Beovogel durch die Gitterstäbe an.

„Ach, hätte ich dem Beo doch die liebe Freiheit gegeben, statt daß ich ihn im Käfig eingesperrt zu meinem Vergnügen als Gefangenen gehalten habe", dachte ich für mich und war ärgerlich. Und wie ich tief seufzte, merkte ich, daß mein Käfig wanderte. Das heißt, alles draußen zog wechselnd an mir vorüber, bald hell, bald dunkel, Wände, Treppengeländer, Beine von Javanen, Tücher von Javanenfrauen; der Käfig schaukelte eine lange Weile, so daß ich mich ganz festhalten mußte und auf die oberste Stange geflüchtet war.

„Es ist nur gut, daß ich so viele Stangen zum Herumhüpfen in den Käfig gemacht habe", dachte ich für mich. Zuerst, als ich den Käfig gekauft hatte, war nämlich nur eine Stange darin gewesen. Wenn man ein Beo war, wie ich es nun am eigenen Leib erleben mußte, mußte es schrecklich sein,

immer auf einer einzigen Stange sein Leben lang still sitzen zu müssen. Ich hüpfte jetzt von Stange zu Stange und fing an mich wohl zu fühlen. „Was kann mir denn geschehen? Ich sitze in sicherem Schutz. Mein Herr ist ein Mensch, der früher auch mal ein Beo war; der weiß also, was mir not tut." Und da ich als teurer, kostbarer und seltener Vogel, der ich nun war, immerhin ein Kapital darstellte, das man achten und schätzen mußte, so fürchtete ich mich vorläufig vor nichts. „Nur um den schönen Weihnachtsbaum bin ich gekommen. Dafür aber komme ich ja zu einer Prinzessin."
„Ich würde dich frei herumfliegen lassen", sagte der Javane, „wenn du nicht so kostbar wärst. Aber du bist zu wertvoll, und deshalb muß ich dich im Käfig festhalten. Mit der Freiheit wüßtest du auch gar nichts anzufangen, du würdest verhungern, wenn ich dich fliegen ließe."
Ich tat, wie ich es vom Beo immer gesehen hatte: ich putzte meine Flügelfedern, so lange der Mensch zu mir vom Fliegen sprach, um ihm anzudeuten, daß ich verstünde, was er sagte. Nur antworten konnte ich nicht alles. Wenn er vom Fliegen sprach, deutete ich deshalb mit meinem Schnabel auf meine Flugfedern, die ich glattstrich. Das hieß als Antwort: „Ich weiß, du meinst, daß ich mit diesen Federn die Freiheit haben und dir davonfliegen könnte." Dann aber, wie er sagte, daß ich kein Fressen in der Freiheit finden würde, putzte ich meinen Schnabel, indem ich ihn an der Stange, auf der ich saß, hin und her wetzte, zum Zeichen, daß vom Fressen gesprochen wurde. Also gab ich meine Antworten immer in Zeichensprache zurück, dort wo mir als Beovogel die Worte in meinen Sprachkenntnissen fehlten.
„Wo geht's denn hin?" rief ich laut. Das konnte ich sagen. Von dem lauten Ruf auf der Straße fühlte sich ein kleines Mädchen getroffen, das gerade mit ihrer Mutter an uns vorüberging. Und ganz erschrocken, drückte es das Bündel Maiskolben, das es im Arm trug, an seine Brust und drängte dichter an die Seite der Mutter.
„Gott, wie sind kleine Mädchen schreckhaft", lachte ich frech, denn ich fühlte mich sehr wohl in meiner Vogelge-

stalt, viel zu wohl. Und ich begann, immer wenn wir an neuen Marktgängern vorbeikamen, laut zu rufen: „Was ist denn los?" oder: „Sieh mal die da!" Immer lachte ich dann unbändig hinterher, so laut, wie nur ein Beo lachen kann, daß man es drei Straßen weit hören konnte und alle Leute aufhorchen mußten.

„Wer morgens so laut, den holt abends die Katz", sagte eine alte, kleine, verrunzelte Javanenfrau, die mühselig ein Bündel zu Markt schleppte. Es war Markttag, denn die Javanen kennen kein Weihnachtsfest, und alles war deshalb alltäglich; auf dem Weg zwischen den Gärten des kleinen Landstädtchens, des javanischen, war es ganz so wie immer.

Die Leute bewunderten mich von allen Seiten, und ich hüpfte im Käfig vergnügt herum. Und alles, Groß und Klein, blieb stehen und sah mir nach.

Dann kamen wir an den letzten Häuschen vorbei. Die Straße führte in die Reisfelder, sie wurde nun von hohen Goldregenbäumen zu beiden Seiten beschattet, und ich atmete entzückt den süßen Duft der in der Nacht frisch aufgeblühten gelben Goldregenblüten ein. Und dabei dachte ich: „Dort oben bei euch möchte ich sitzen, liebe Goldregenblüten, dort oben im hohen Baum." Sieh da, ich konnte, vom Blütenduft fortgezogen, auf einmal durch die Stäbe meines Käfigs fliegen, als wenn ich zu Luft geworden wäre. Das war ganz herrlich, und ich saß plötzlich auf dem Baum mitten unter den Blüten des Goldregens, konnte aber meine Gestalt, da ich Blütenduft geworden war, nicht erkennen, denn ich war leibhaftige Luft geworden.

„Das geht über die Hutschnur", rief ich höchst belustigt aus. Aber wenn man Luft ist, soll man nicht schreien, denn das bedeutet Sturmwind machen. „Das geht zu weit!" schrie ich laut. Ich machte also, ohne zu ahnen, daß ich was Böses tat, durch mein verwundertes Geschrei der Überraschung Sturmwind in den Blütenbäumen. Und alle Blüten riefen plötzlich, indem sie vom Wind geschüttelt heftig grell aufleuchteten, als wären sie höchst zornig: „Nein, dieser Tölpel zerzaust unsere Hochzeitskleider!" Denn wenn die Bäume blühen, haben sie nämlich immer Hochzeitsfeier. Und sie machen feine Musik; die machen sie aber so fein, daß wir Menschen sie nicht hören. Und die Blüten sind dann voll Vergnügen und spiegeln sich in der Sonne, und dieses Leuchten der Blütenfarbe nennt dann der Blütenbaum seinen Tanz zur Hochzeitsmusik.

Ich aber mit meinem plumpen Geschrei hatte das Fest gestört. Der Wind zerschlitzte die gelben Hochzeitskleider der Blütenbräute und Blütenbräutigame des hohen Baumes. „Schmeißt den Kerl raus!" rief eine derbe Bruststimme, die mich, da sie tief dröhnte, ein wenig erschreckte. Es war aber der Baum selbst, der das rief. Denn ich war wohl von dem Duft eingeladen worden, zur Hochzeit zu kommen; aber die Blütenmusikanten, die da als Duft in der Luft herumflogen, die wußten nicht, daß ich so grob war und schreien würde.

Ehe ich mir's versah, war ich wieder im Käfig auf meiner Stange eingesperrt, und der Javane, der den Käfig trug, schien gar nicht bemerkt zu haben, daß ich einen Augenblick Luft, Blütenduft, geworden war und im Baume gesessen und geschrieen hatte.

Die Blütendüfte hatten sich von mir zurückgezogen, und da war auch wieder meine alte Beogestalt da. Der Javane aber war tief in Gedanken, da er seinen Vater besuchen wollte. Das hatte er mir vorhin beim Fortgehen aus dem Gasthaus auf der Treppe anvertraut. Deshalb sah er nicht nach links und nicht nach rechts und nur geradeaus, vor Freude, seinen alten Vater wiedersehen zu dürfen.

„Ist denn dein Vater ein König?" hätte ich meinen javanischen Herrn gern gefragt. Aber solche willkürlichen Sätze konnte ich nicht sprechen. „Nein, er ist kein König!" antwortete mir mein Javane ganz ruhig. Und ich merkte nun, daß alles, was ich für mich allein dachte, auch wenn ich den Gedanken nicht aussprechen konnte, rund um mich von jedem verstanden wurde, mit dem ich in Gedanken redete.

Wir gingen so ungefähr eine Stunde und mehr. Das heißt, ich wurde von meinem Herrn getragen. Dann merkte ich an seinem fester werdenden Schritt: jetzt sind wir in der

Nähe der Wohnung seines Vaters. Aber ehe wir ankamen, setzte er meinen Käfig erst am Weg nieder, und er stieg zu einer Quelle hinunter, die an der Wegseite unter hohem Bambusgebüsch aus dem Hügel in ein Bambusrohr floß, das in die Erde gesteckt war.
Mein Herr nahm das Trink- und das Badegefäß aus meinem Käfig und wusch es unter dem Wasserstrahl. Dann aber kam er auf einen höchst einfältigen Witz: er hielt den ganzen Käfig, in dem ich von Stange zu Stange flügelschlagend flüchtete, um ihn gründlich zu reinigen, unter den Wasserstrahl.
„Schnell, schnell, schnell, schnell!" rief ich immerfort und begann zu schimpfen.
„Gewöhn dir doch das Schimpfen ab und sei geduldiger. Was habe ich nicht alles schon bei dir als Beo aushalten müssen, und ich bin es doch auch nicht gewohnter als du. Ich war doch früher auch ein Mensch. Nun kann ich meine Beogestalt nur einmal im Jahr in einer der zwölf heiligen Nächte ablegen, aber nur, wenn sich jemand darauf einläßt, mir den Käfig zu öffnen. Das hast du doch heute abend gleich getan, als ich dich rief. Dann hat mein menschlicher Geist den Käfig verlassen, da du mir die Erlaubnis gegeben hast."
Ich verstand alles, was er vor sich hindachte. Und hörte seinen Gedanken aufmerksam zu. „Jetzt besuchen wir meinen Vater, und dann zeige ich dir nachher eine schöne Prinzessin, darauf kehren wir wieder um, und du wirst wieder mein Herr und ich dein Beo." So sagte er laut und deutlich.
„Weiß nicht! weiß nicht!" sagte ich frech und überlegte, ob es nicht vorteilhafter sei, mein Leben lang Beovogel zu bleiben. Vielleicht konnte ich dann bei Gelegenheit heim nach Deutschland fliegen. Jedenfalls hatte das Leben, wenn es mir gelang, aus dem Käfig zu entschlüpfen, wie vorhin, wo ich Blütenduft geworden war, viel mehr Vorteile für mich als Beo, als es für mich als Mensch gehabt hatte. Ich konnte durch die Luft fliegen, ich konnte, wenn ich liebenswürdig und freundlich war, mich sogar in Blütenduft und wer weiß

was alles verwandeln. Alle Möglichkeiten eines seligen Daseins schienen mir offenzustehen. Da ich an der Sonne nach dem Quellenbad gut trocknete, hüpfte ich erleichtert herum und schlürfte ein wenig Wasser als Frühtrunk. Herrlich: man brauchte nicht erst vor einem gedeckten Frühstückstisch mit Tassen und Geschirr und vielen Überflüssigkeiten niederzusitzen, man saß also Beo einfach auf seiner Stange, hüpfte, schrie, lachte und bekam eine Banane, so groß, wie man selbst war, und einen Eßnapf voll Reis, so viel, daß der Beokopf sechsmal in den Topf hineinging. Und damit fertig. Alles andere gab es nicht. Nur die gute Laune blieb einem als prächtiger Ersatz für alle die Dinge, die einen im menschlichen Leben auf Schritt und Tritt belästigen. Glücklich war man nur, wenn man so einfach lebte wie ein Beo, im lustigen Gitterhaus, ohne Bett und Möbel, ohne Tisch und Stuhl, ohne Schrank und Koffer, ohne Wäsche und Kleider. Und, was die Hauptsache war, man lebte als Beo in einer Welt, in der kein Geld nötig war. Nur gut bei Stimme mußte man bleiben, sich oft bemerkbar machen, um nicht vergessen zu werden. Man schrie sich durchs Leben. Mehr tat man nicht. Bloß das eine war dumm: wenn man mal vom Herrn einen Tag nur vergessen wurde mit Wasser und Futter, – das war schlimm. Ohne Wasser ging man als Vogel schnell zugrunde. Man hielt nicht viel aus, denn Vogelnaturen sind zart veranlagt, das fühlte ich jetzt als Beo an mir. Ich zitterte noch am ganzen Körper von dem Wasserstrahl, sowie ich an die Quellle zurückdachte.

Aber in diesem Augenblick hatte ich vom Herrn eben frischen gekochten Reis und ein großes Stück Papajafrucht bekommen, gekauft beim Straßenhändler. Das Stück war für meine Beoperson so groß wie ein kleiner Kahn, und ich begann reichlich zu futtern. Es ging alles prächtig. Denn der Beokörper, in den ich hineingefahren war und mit dessen Gestalt ich heute leben mußte, der war ein ausgelernter, erfahrener Beo. Und der Javane, der mich trug, war auch schon über dreißig Jahre alt. Ich sah ihm zu. Er wusch sich gerade das Gesicht mit ein wenig warmen Wasser, das er sich aus einem Topf vom Reisverkäufer auf die Hände gießen ließ.

„Diese Javanen sind so einfach wie die Vögel“, dachte ich bei mir. „Sie brauchen keine Waschschüssel, keine Waschtische, sie leben so natürlich wie die Vögel am Bach und wie das Wild im Wald, wie der Beo im Käfig.“ Ich freute mich meines einfachen Herrn, der mich so schön satt gemacht hatte und selber genügsam nur eine dünne Zigarette rauchte, die er sich aus ein wenig Strohbast und Tabak gedreht hatte. Er hatte augenscheinlich keinen großen Geldvorrat in der Tasche. „Ich hätte ihm, ehe wir vom Gasthaus gingen, meine Geldtasche aus meinem Koffer anbieten sollen“, dachte ich für mich. Es war gut von dem Menschen, daß er, als ich verwandelt war, nicht mein ganzes Zimmer ausgeraubt hatte.

„Wie dumm ich aber war, daß ich eine Prinzessin sehen wollte, eine javanische!“ dachte ich weiter bei mir. „Hätte ich doch gesagt, ich möchte ein Schiff haben. Dann wäre ich damit abgereist, heim nach Deutschland.“ So saß ich als dummer Beo verwandelt im Käfig und war doch ein guter Deutscher, der sich heimsehnte und der nicht heimreisen konnte. „Ach, der gute Zigarettenrauch“, dachte ich und atmete den Rauch begierig ein, in der Hoffnung, der Rauch würde mich, so wie der Blütenduft vorhin, aus dem Käfig befreien. Der Rauch kam aber aus dem Munde meines Herrn, der ihn eben geboren hatte, und der Rauch war ihm dafür dankbar und meinte: „Nein, du mußt im Käfig bleiben. Wir befreien dich nicht, sonst bekommt unser Herr, der uns schuf, einen leeren Käfig; und wir tun nichts, was dem nicht gefällt, der uns geschaffen hat.“

„Ihr sprecht ja gerade so“, sagte ich zu den Zigarettenrauchwolken, „als ob der Javaner euer lieber Gott wäre.“

„Das ist er auch für uns“, riefen die bläulichen Rauchwölkchen im Chor. „Hat er uns nicht geschaffen?“

„Ja, wie man's nimmt“, sagte ich gedehnt und pickte nach einer kleinen Spinne, die mir auf meiner Sitzstange über den Weg lief, um mir zu überlegen, wie weit die Rauchwölkchen recht hätten.

„Spinne am Morgen, Kummer und Sorgen", dachte ich. Ja, es ging mir zu lustig, ich bekam sicher noch Kummer heute zu erleben, denn Vergnügen hatte ich bereits genug gehabt. Das Leben besteht aber nur aus Abwechslung, darum mußte auf Lustigkeit Trauer kommen. Das alte Weib vorhin hatte mir nicht umsonst prophezeit, daß der Vogel, der morgens lacht, am Abend von der Katz geholt werde.

Ich befleißigte mich also, das Leben etwas ernster zu nehmen. Es gelang mir aber nicht, ich fühlte mich zu wohl in meinen Beofedern und schrie und lärmte, daß es für alle Menschenohren eine Plage sein mußte.

Vor einem ganz winzigen niedern Bambusverkaufsstand am Landwege blieb nun mein javanischer Herr stehen, und ich fühlte am Zittern meines Käfigs, daß ihm das Herz vor Freude pochen mußte; er sah wahrscheinlich irgendwo seinen Vater. Die kleine Bude, in der ein alter, weißhaariger Mann auf dem strohgeflochtenen Mattenfußboden hockte und lange Streifen braunen Tabaks vor sich auf dem Boden zum Verkauf liegen hatte und Baststreifchen, aus denen er Zigarettenhülsen drehte, – diese Bude war sehr einfach. Nur vier dicke Bambusstäbe waren in die Erde gesteckt, darüber ein Dach aus einer geflochtenen Strohmatte. Der Strohfußboden etwa einen Fuß über die Erde erhöht, das war alles, was ich da aus Bambus- und Mattengeflecht vor mir sah, und die Bude war im Viereck kaum vier Schritte groß.

„Genügsame Welt", dachte ich.

„Das ist mein Vater", hörte ich den Javanen in seinem Herzen zu mir sagen.

„Guten Morgen, Morgen, Morgen", rief ich Beo laut und unverschämt und begann als erster hier das Gespräch mit dem alten, vertrockneten Javanenmännchen vor mir. Der lächelte, sah höher, über mich weg, hinauf zu meinem Javanenherrn und nickte: „Guten Morgen!", ehe noch mein Herr gesprochen hatte. Dem schien vor Freude die Stimme zu versagen! „Sitzt du noch immer hier und verkaufst deinen Tabak, Vater?" sagte der Sohn endlich zum Alten und stotterte. Der Alte mit seinen tausend Runzeln nickte nur, und einige Runzeln bewegten sich und lachten oder weinten; sie waren so sonderbar unerklärlich, daß ich nichts aus dem alten Gesicht lesen konnte. Der Sohn setzte sich still auf den Boden nieder. „Mein Vater ist über hundert Jahre alt", erklärte mir das freudig pochende Herz meines Herrn. Dann war der Alte also schon beinah siebenzig Jahre alt gewesen, als ihm der Sohn geboren wurde. „Ja, dieser Sohn ist der jüngste", erklärte des Javanen Herz weiter, „und er ist vor zehn Jahren gestorben, und dann wurde er ein Beo, da er das einmal gewünscht hatte, als man ihn fragte, was er im nächsten Leben werden möchte."

„Da muß man sich also mit seinen Wünschen vorsichtig benehmen", dachte ich bei mir.

„Das muß man", bestätigte mir das ernste Javanenherz, ohne daß ich es gefragt hatte.

Inzwischen hatte der Vater den Sohn noch immer nicht erkannt, so glaubte ich. Denn ich erwartete doch, daß beide sich nach so langer Trennung in die Arme fallen müßten. Aber es geschah nichts. „Der Vater hat ihn erkannt", sagte mir das Herz des jungen Mannes. „Er kann aber die zehn Jahre, die der Sohn tot ist, nicht empfinden. Er sieht im Geist seine toten Kinder täglich um sich, darum ist er gar nicht erstaunt, daß dieser, von den Toten auferstanden, vor ihm sitzt und mit ihm redet. Der Hundertjährige lebt immer mehr im Geist als im alten Leib. Es ist ihm ganz gleich, ob sein Sohn jetzt da aus Fleisch und Blut vor ihm sitzt oder ob er als Gedankenbild vor ihn hintritt. Hundertjährige machen darin kaum noch einen Unterschied, sie sind lebende Geister, solche alten Menschen, sie sind kaum noch lebende Körper."

„Ich war noch nie hundert Jahre alt, darum weiß ich das noch nicht und glaube es auch nicht!" entgegnete ich in Gedanken mit aller Beofrechheit. Und ich zupfte mit dem Schnabel heimlich zwischen den Gitterstäben am Holzriegel meines Käfigtürchens, um ein wenig hinausschlüpfen zu können in die grünen Bäume oder in die grünen Ähren der

Reisfelder, die da langsam bergauf zogen und herrlich in der Morgensonne leuchteten und lockten.

„Wer ist der Vogel?" fragte jetzt der alte Vater, als ob er ahne, daß ich kein Beo war. Sein Sohn, der sich langsam eine neue Bastzigarette drehte und der im Schweigen sein Herz in der Nähe seines Vaters ausatmen und sich ausruhen ließ, sah gar nicht nach mir hin. Er hatte, wenn er aufschaute, nur Augen für den verrunzelten Alten, an dem ich gar nichts Schönes finden konnte. Er antwortete also nicht, sondern lächelte seinen Vater, den er zehn Jahre nicht gesehen, glücklich und zärtlich an. Aber der Alte antwortete sich sonderbarerweise selbst ganz richtig und sagte: „So, der Vogel ist dein früherer Herr?" Und ich konnte wieder aus dem hundertjährigen Runzelgesicht nicht herauslesen, ob es lachte oder weinte. Es langweilte mich aber, da stummer Wiedersehenszeuge zwischen dem alten armen Tabakverkäufer und seinem Sohn sein zu müssen, und ich schrie deshalb: „Prinzessin 'raus! Prinzessin 'raus!"

Es kam aber keine Prinzessin. Der alte Mann nickte nur, und der Sohn nickte auch, und beide schienen sich zu verstehen über etwas, was ich nicht verstand und was mich sehr neugierig machte. Denn alle Beovögel sind neugierig.

„Wenn du es ihm versprochen hast, kann er sie sehen, die Prinzessin", sagte der Hundertjährige, ohne daß sein Sohn den Mund geöffnet hatte. Und der Alte nickte mir nach einer Weile zu. „Es ist heute Westmonsun oben am Himmel, und wir nehmen zum Reisen am besten eine Wolke", sagte der Sohn und sah hinauf ins Blau, wo die Wolken von Westen nach Osten hintrieben.

„Nix Wolke, Prinzessin 'raus!" schrie ich, gereizt darüber, daß sich niemand um mich zu kümmern schien.

„Hat er schon gefressen?" fragte der Alte den Sohn. Der nickte, und sie meinten mich. Ich mußte laut auflachen, weil sie so unmanierlich sprachen, denn ich hatte wohl gegessen, aber nicht gefressen. Als eingesperrter Vogel muß man sich unschuldigerweise viel Unmanierlichkeit gefallen lassen. „Es sind eben Menschen, die es nicht besser verstehen", dachte ich weiter und pfiff mir ein Lied, so laut, daß dem Alten die Ohren gellen mußten. Er schien aber nichts zu hören. Denn nun betrachtete er seinerseits den Sohn lang und genau, so wie der Sohn ihn vorher betrachtet hatte, glücklich und zärtlich.

Auf einmal merkte ich, daß alles um uns in weiße Nebel gehüllt war, das Häuschen, die beiden Javanen und mein Käfig, der auf dem Fußboden des Häuschens stand. Der Alte öffnete die Käfigtür und ließ mich herausschlüpfen. Ich wollte sofort auf den nächsten Baum flattern, nachdem ich die Flügel etwas ausgebreitet und gedehnt hatte. Aber da war kein Baum mehr, ich flog in leeren Nebel hinein. Aber ich mochte nicht wieder zum Häuschen des Alten zurückkehren und flog tiefer und weiter in den Nebel und wunderte mich, daß die beiden Javanen sich gar keine Mühe machten, mich zurückzurufen.

Da kam ich plötzlich aus dem weißen, feuchten Nebel hinaus in blendende Helle, und nun sah ich, daß wir alle zusammen samt dem kleinen Häuschen in einer Wolke hoch über der Erde schwebten. Tief unten waren die Kronen der gelblühenden Goldregenbäume in zwei langen Reihen an den Straßen entlang zu sehen.

Es war prächtig, so hoch zu fliegen, aber ich bekam Angst und fürchtete zu fallen und flatterte, scheu vor dem tiefen Abgrund unter mir und ziemlich kleinlaut geworden, ins Häuschen zurück und setzte mich auf die Schulter meines jungen Herrn. Da fühlte ich mich sicher aufgehoben.

Nun verstand ich auch, warum die beiden Javanen sich ruhig weiter unterhielten und mich sorglos fliegen ließen. Sie wußten, daß ich als Beovogel nicht so weit fliegen konnte wie andere Vögel sonst. Und sie waren sicher, daß ich aus Angst gleich zurückkehren würde, wenn ich am Rand der Wolke den Abgrund der großen Tiefe entdecken würde.

Wir trieben schnell mit der Wolke hin, das sah ich an den raschen Verschiebungen und schnellen Ausblicken, die der Nebel machte. Es dauerte ziemlich lange, und ich schlief, glaube ich, für eine kurze Weile sogar etwas ein; als ich erwachte, standen mein Käfig und ich darin noch immer auf dem Fußboden des Häuschens. Aber Vater und Sohn waren fortgegangen. „Sie werden mich wohl nicht da stehenlassen, bis eine Katze mich holt", dachte ich. Und ehe ich es noch recht ausgedacht hatte, wurde mir in meinem Beoherzen so eigentümlich unglücklich zumute, so seufzerig war es mir ums Herz, aber ich getraute mich nicht zu seufzen, ich hatte sogar Angst, Todesangst, den kleinsten Seufzer auszustoßen. Es war etwas Unerklärliches in mir, das mich warnte.

Da lagen doch noch der Tabak und die Baststreifen, und auch die Siri- und die Beteldose des Alten standen da. Wo waren denn die beiden Javaner hingegangen?

Ich begriff es nicht. Aber ich merkte, daß ich so sehr zitterte, so schrecklich bebte, daß ich von meiner Käfigstange fallen mußte, wenn das so weiterging.

Ach, nun sah ich doch die beiden Javanen wieder. Vater und Sohn saßen nicht weit von mir unter einem riesigen Baum, der Vater hockte am Boden und rauchte, der Sohn aber saß auf dem niedern Schemel eines javanischen Straßenbarbiers; und er wurde eben eingeseift, um rasiert zu werden.

„Na, so eine Bescherung!" wollte ich höchst mißmutig ausrufen, geärgert über die Vernachlässigung meiner Beoperson. „Da lassen sie mich stehen, diese beiden leichtsinnigen Menschen, wie leicht könnte mich eine Katze holen!"

Und wieder begann das Zittern mich zu schütteln bei dem Worte „Katze".

Etwas Tödliches mußte in meiner Nähe sein. Ich hielt mich auffallend still. So auffallend, daß ich sogar die Aufmerksamkeit meiner beiden Brotgeber auf mich lenkte. Denn sie wendeten plötzlich die Köpfe zu mir. Es glitt ein Schatten draußen durch den Schatten der Zweige des Baumes, unter dem die beiden Javanen beim Barbier saßen. Und ich erkannte: dort oben auf einem breiten Ast des großen Baumes schlich, flach auf dem Bauch liegend, ein schwarzer Panther an die unten Sitzenden heran. Für mich kleinen Vogel war ein Panther nicht gefährlich, ich war ihm zu klein. Das tröstete mich. Das schwarze Raubtier lag ganz still, und nur seine Schweifspitze tickte leicht erregt auf und ab. Die Bestie wollte sich auf meinen jungen Herrn stürzen. Aus Leibeskräften schrie ich: „Katz, Katz!“ Und ich hatte meine innerliche Furcht ganz überwunden, als ich den Ruf ausstieß. Jetzt sprang die schwarze Panthergestalt oben vom Baum, und ich schrie noch lauter als vorher: „Katz, Katz, Katz!“ Doch die Leute kümmerten sich weder um mich noch um den Panther. Die schwarze Katze ging, wie eine gewöhnliche Katze es auch getan hätte, gemütlich, als ob sie kein Panther wäre, zwischen den Menschen herum. Erst strich sie ihr Fell am Rücken des auf einer Baumwurzel hockenden hundertjährigen Greises ab, dann aber wanderte sie weiter, strich dem Barbier um die Beine und strich meinem Herrn um die Knie. Und nun sah ich: es war ja auch gar kein Panther, es war eine einfältige schwarze Katze, – die Katze schien mir nur so panthergroß zu sein, da ich jetzt ein kleiner Beo war. Es war eine einfältige schwarze Katze, das entdeckte ich zu meinem größten Vergnügen. Aber kaum war ich dabei, einen Freudenlaut auszustoßen, da erstarrte ich von neuem. Denn die schwarze Katze hatte so ganz nebenbei aus der Ferne mit einem grünen Auge nach mir geblinzelt, daß mir ein eiskalter Schauder am Rücken herablief. „Oh, wäre das doch ein Panther“, mußte ich denken, „dann wäre das Tier mir weniger gefährlich. Aber dann hätte es sich auf meinen Herrn gestürzt und würde ihn getötet haben, und wer hätte mich dann heute abend aus dem Beokäfig erlöst?“ Nun begriff ich plötzlich: ich war nur so lange beolustig gestimmt, als ich wußte, daß der ganze Scherz nur einen Tag dauern sollte. Kaum stellte ich mir aber vor, daß ich mein Leben lang als Beo auf dieser Stange sitzen sollte, da hätte ich mir doch lieber alle Federn ausgerauft vor Ärger über solchen unnatürlichen Dauerzustand.

Die Katze verließ die Menschen und lief über die Straße fort. „Aber sie tut nur so, um die Aufmerksamkeit von sich abzulenken“, dachte ich mir. Sie machte einen Bogen, so wie ich es mir gedacht, und kam dann langsam zu mir heran,

harmlos tuend, als wollte sie nur ihr Fell an meinen Gitterstäbchen ein wenig glattstreichen.
„Das ist mein Tod! Das Vieh!" rief ich laut. Aber niemand achtete darauf, auch die Katze nicht. Sie kam ruhig näher, als wäre ich kein lebendes Ding, sondern ein toter Gegenstand, auf den man nicht viel Rücksicht nimmt. Niemand kann sich den Angstzustand vorstellen, in den ich verfiel. Die Katze wurde so groß wie ein Riesentiger. Für mich Beo war sie beinah so groß, als wäre sie ein Tiger von Elefantengröße. Ihre Augen waren so ungeheuer wie Mondscheiben. Es war gräßlich. Ich wollte die Käfigstange loslassen und in Ohnmacht fallen. „Dann kriegt dich die Katze erst recht", rief mein Herz, und ich verschob die Ohnmacht und flatterte nur scheu hin und her, voll Angst und Bangen. Wieder kam mir der Duft von einem großen Goldregenbaum zu Hilfe. Er zog mich zu sich. Zu Duft verwandelt, schwebte ich, dieses Mal ganz manierlich, in meiner Todesangst ganz lautlos, mit dem Blütenduft vereint als Luft in den hohen Baum hinauf und kam oben unter den goldenen Zelten der Blüten an, wo die goldstaubbedeckten Blütenbräute saßen, umgeben von goldgepuderten Blütenbräutigamen. Ich hielt mich sehr still und benahm mich sehr anständig. Und sah von oben aus den gelbseidenen Blütenzelten auf die Landstraße hinunter, wo die Katze nun wirklich ihr schwarzes Fell am leeren Käfig abstrich und dann in den Straßengraben sprang, wo sie auf Feldmäuse zu lauern schien. Ich atmete erleichtert auf und betrachtete die Straße. Ab und zu sah ich einen javanischen Arbeiter vorbeieilen. Der eine trug an einer Tragestange in zwei Körben Dachziegel zum nächsten Ort, der andere Grasbündel, andere trugen Bündel Reisähren, andere Körbe voll Kokosnüsse und andere Körbe voll roter Pfefferschoten. Es kam alle Augenblicke jemand da unten die Straße gelaufen. Nun aber holte ich tief Atem, ich sah in der Ferne viele Menschen, einen langen Zug.
„Jetzt kommt die Prinzessin!" sagten die Goldregenblüten, die besser in die Ferne leuchten können mit ihrem goldgel-

ben Licht, als Menschen es können. Ich flog der Prinzessin mit dem Goldregenduft als Luft entgegen.
Da sah ich in einer offenen Sänfte die halbnackte, kleine, junge Javanenprinzessin sitzen. Die Sänfte war offen nach allen Seiten und hatte nur ein Dach auf vier gedrehten vergoldeten Holzsäulen.
Der Sänfte voraus gingen Flötenspieler und ein Diener mit einem Gong, den er von Zeit zu Zeit anschlug.
„Ach, die wunderschöne Prinzessin!“ dachte ich bei mir. Und da ich Luft war, konnte ich mich in der Sänfte dicht an ihrer Seite ausbreiten und war sehr glücklich über diese einfache Annehmlichkeit. Die Prinzessin war an diesem heißen Tag nur um die Beine mit einem rot und gelb gemusterten Tuch bekleidet. Ihr Oberkörper war nackt, aber mit safrangefärbtem Reismehl ganz gelb gepudert. Auf dem Kopf trug sie ein goldenes Diadem. Ich versuchte ihr ein wenig die Arme zu streicheln, da ging der Puder ab. Das kümmerte mich aber gar nicht. Links und rechts von der Sänfte gingen javanische Frauen, die hatten goldene und silberne Schildkrotdosen in der Hand. Da gab es sicher auch wieder neuen Puder für die Prinzessin. Und ich machte mir gar nichts daraus, die schöne Prinzessin unters Kinn zu fassen und auch ihre Lippen zu küssen, denn ich war ja Luft, und es kümmerte mich nicht, daß der Puder abging.
„Wie stark es hier nach Goldregenblüten duftet“, sagte eine der begleitenden Frauen zu den andern Frauen. Diese aber nickten nur und gingen lautlos und barfuß weiter. Hinter der Sänfte ritt auf kleinem, weißem Schimmel ein junger javanischer Adliger.
„Das ist der Sohn der Prinzessin“, flüsterten die gelben Blüten vom nächsten Baum herunter. Und ich setzte mich einen Augenblick zu den Blüten und ließ mir erzählen.
Die Goldregenblüten erzählten. Diese Prinzessin war nicht mehr so jung, wie sie da unter Puder und Schminke ausschaute. Sie war eine der Frauen des toten Kaisers und hatte diesen Sohn, der da auf dem Schimmel ritt, nach dem Tode des Kaisers erst zur Welt gebracht. Sie beanspruchte für ihn

die Kaiserkrone, bekam sie aber nicht, denn diese wurde dem Sohn einer anderen Frau des Kaisers zugesprochen, der noch bei Lebzeiten des Kaisers geboren worden war. Diese Prinzessin hatte bis zum gestrigen Tage lautlos und zurückgezogen mit ihrem spätgeborenen Sohn in der Kaiserstadt Solo gelebt. Gestern, wo ihr Sohn für mündig erklärt worden war, hatte sie sich mit ihm auf die Flucht begeben, um zu ihren Anhängern zu fliehen, von denen ihr Sohn als der richtige Kaiser ausgerufen werden sollte. „Sie wird aber nicht weit kommen“, meinten die Blüten, „sieh die Staubwolke dort, drei Meilen in der Ferne über den letzten Bäumen der Straße! Dort kommt schon die Leibwache des Kaisers nachgestürzt, um beide, Mutter und Sohn, einzufangen und zurückzubringen nach Solo, wo sie gefangengesetzt werden sollen wegen Anstiftung zum Aufstand.“

„Aber die Prinzessin wird sich nicht fangen lassen; sieh den Dolch, den sie im Kleide trägt und den man hier im Javanerlande ‚Kris‘ nennt. Mit diesem Kris wird sie sich und ihren Sohn hier umbringen, aber gefangen läßt sie sich nicht nehmen.“

„Oh, sie darf nicht sterben, ich möchte sie retten“, sagte ich rasch zu den Blüten.

„Vom Tode kannst du sie vielleicht retten, aber vor der Gefangenschaft nicht“, sagten die Blüten traurig und dufteten weniger stark.

„Wie kann ich sie vom Tode retten, ich bin ja nur noch schwache Luft?“

„Kehre zurück in deinen Käfig und nimm deine Gefangenschaft als Beo freiwillig auf dich, dann wird sich alles von selbst begeben.“

„Das will ich gleich tun“, sagte ich lebhaft und unüberlegt. Denn seit ich die schöne kaiserliche Prinzessin geküßt hatte, war ich ganz leidenschaftlich von dem Wunsche erregt, diese Frau am Leben zu erhalten.

„Ja, aber dein Leben als Beo mußt du dabei einbüßen. Denn nur mit deinem Leben kannst du die Frau Prinzessin am Leben erhalten!“ sagten die Blüten.

„Gut, es kommt mir auf ein Leben mehr oder weniger gar nicht an", rief ich. „Wenn nur die schöne Frau leben bleibt, die ich vorhin dort in der Sänfte gestreichelt und geküßt habe, dann ist mir alles gleich."

„Du wirst sehen, es kostet dein Beoleben", warnten mich die gelben Goldregenblüten.

„Mag es kosten, was es will, — ich tue es für sie. Ich habe noch nie vorher eine Prinzessin küssen dürfen, und nun ich sie geküßt habe, will ich mich auch ritterlich erzeigen für den Kuß."

Und ich schwebte zum Käfig zurück und war, ehe ich es mir versah, wieder ein Beo. Ich saß nun auf der Stange und wartete, daß der Hofzug auf der Landstraße näher käme, denn vorher als Luft war ich ihm rasch und weit entgegengeflogen, als er noch weit weg war. Und ich hatte in meinem Eifer die schwarze Katze ganz vergessen, die noch im Straßengraben lauerte. Sie saß dort vor einem Mauseloch. Ich tat, als wäre sie gar nicht da. Ich pfiff ganz vergnügt mein schönstes Lied, den Brautmarsch aus dem „Tannhäuser", den ich meinem Beovogel beigebracht hatte. Unter dem Baum wurde mein Herr noch immer sorgfältig und langsam rasiert, und meines Herrn Vater saß noch ganz so wie vorher auf der Baumwurzel und rauchte seine Zigarette. Keiner von beiden achtete auf den Hofzug, der näher kam. Denn entweder waren sie tief in Gedanken, oder es war ein abgekartetes Spiel, daß sie nicht auf die Prinzessin hinschauen wollten, zu der sie mich auf der Wolke in dies Fürstenland geführt hatten, um sie bewundern und küssen zu können. Als ich noch saß und überlegte, wie großmütig ich eigentlich sei, daß ich mich eines Kusses wegen für die schöne Frau Prinzessin töten lassen wollte, da stand mit einemmal, glattrasiert, aber mit dem strengsten Gesicht von der Welt, mein junger Herr vor mir und sagte, indem er mich blitzenden Auges vernichtend ansah: „Du Hund von einem Menschen, du hast es gewagt, meine Frau zu küssen!"

„Das ist mir höchst schnuppe, schnuppe, schnuppe!" lachte ich verächtlich. „Er hat wohl geträumt, er", fügte ich in Gedanken hinzu, denn ich wußte, er las mir meine Gedanken vom Schnabel ab, ohne daß ich das Kauwerkzeug zu öffnen brauchte. „Und übrigens, wenn es so gewesen wäre, dann, mein Herr, – gesetzt den Fall, daß mir die Schnute Ihrer Gattin, die ich leider nicht die Ehre habe je gesehen zu haben, daß diese Schnute mir gefallen hätte, – warum sollte ich sie nicht geküßt haben? Ich küsse, was mir anziehend scheint", rülpste ich mit höchster Frechheit hervor.

„Gut, dann mußt du deine Tat nachher auch verantworten. Ich strafe dich. Du Kerl bist des Todes", schrie der Javane. „Doch eine größere Strafe als der Tod wird dir zugleich. Denn die Prinzessin, die ich dir zum Küssen geben wollte, wirst du in deinem Beoleben nicht zu sehen bekommen. Denn diese, meine Frau, war nicht die Prinzessin, die dich erwartet hat. Du bist voreilig und frech gewesen. Und deine Strafe bleibt nicht aus. Noch eine kurze Stunde hast du zu leben. Bereite dich vor, zu sterben!"

„Ach was, Klimbim, Klimbim", lachte ich mit alterprobter Beounverfrorenheit. „Ich weiß von nichts, mein Name ist Beo. Stecken Sie ruhig Ihre rollenden Augen in die Westentasche. Sie jagen mir gar keine Furcht ein. Mein Name ist Beo. Basta! Und übrigens stören Sie mich nicht, dort kommt meine Frau Prinzessin, und die wird mich sogleich hier begrüßen."

„Hundevogel von einem Hundevogel!" keuchte der hocherregte Javane und gab meinem Käfig einen Fußtritt, daß mir mein Badenapf und mein Trinknapf um den Kopf flogen und ich zum zweitenmal an diesem Tage ein unfreiwilliges Bad nehmen mußte.

„Verrückt, verrückt!" schimpfte ich, ohne mich in meiner Keckheit stören zu lassen. „Was meint der Esel, ich begreife gar nichts; ich kenne seine Frau so wenig, wie er meine Frau kennt, der Esel."

Jetzt kam der Vater, der hundertjährige, und winkte seinem Sohn, zum Barbier zurückzukommen. Der Sohn folgte dem Ruf seines Vaters und ging, nicht ohne nochmals etwas von „Tod und Rache!" gemurmelt zu haben.

„Ganz wie im Theater", rief ich ihm keck nach, „wie im Theater. Hu, hu, hu!" So unerhört übermütig war ich, daß ich mir aus meinem umgestürzten Käfig gar nichts machte und mich so gut wie möglich einrichten wollte in dem Kopfüber und Kopfunter, das meine Wohnung ganz verdreht aussehen machte. Aber da merkte ich zu meinem Staunen: sieh da, meine Käfigtüre war beim Sturz des Käfigs aufgegangen. Wenn ich nun feig gewesen wäre, hätte ich blindlings vor meinem fluchenden Hausherrn fliehen können. Ich bin aber von Natur nicht feig, und so entstieg ich nur eine Weile meiner zerstörten Wohnung und setzte mich ein wenig vor die Türe, das heißt, ich setzte mich auf den Rand meiner offenen Haustüre und schaukelte mit dem beweglichen Türflügel her und hin, so gleichmütig, als ob nichts geschehen wäre. Aber sieh da, was machten denn die beiden Javanen dort? Sie hockten sich am Boden gegenüber und bliesen sich mit Rauch an, und dazu machte der Barbier, auch am Boden hockend, unter dem Baum Musik auf einer Bambusflöte. Das, was er flötete, klang ähnlich wie die Musik, die ich vorhin beim Hofzug gehört hatte; dasselbe Flötenspiel war es.

„Wie er mich nur töten will? Mit Musik doch nicht?" schwätzte ich als schwatzhafter Beo für mich in die Luft. „Musik macht lustig!" rief ich unverschämt und herausfordernd zu meinem Javanen hinüber. „Musik und Saures machen lustig. He, he, hee!" Sie sahen aber gar nicht nach mir hin, sondern hüllten sich in immer mehr Rauchwolken. Und seltsam, die Wolken bildeten Figuren und Formen. Und mit der Zeit entstanden aus den Rauchwolken bunte Tücher an beiden Javanen. Und es begann an ihnen zu blitzen und zu funkeln. Und es war ganz sonderbar: sie bekleideten sich wie zwei Fürsten mit den kostbarsten handgemalten Stoffen. Aus Rauch gewobene blaue und kupferrote Seide entstand, und die beiden Javanen, als sie nach einer Weile aufstanden, hatten die herrlichsten javanischen Königsgewänder an, die man sich nur denken kann. Der Alte trug eine veilchenfarbene Jacke, die war über und über mit regenbogenfarbigen

Perlen bestickt. Die weißen Perlen bildeten Blüten und Ranken am Saum der Jacke, und die Perlenstickerei bedeckte die ganze Brust. Er hatte außerdem eine seidene Hose an, die war wie aus den schönsten Gartenblumen zusammengestellt, aus roten und weißen Nelken, aus blauen Irisblumen und gelben Irisblumen, aus Feuerlilien und Jasmin, aus weißem und lila Flieder, und die Säume unten um die Hosen waren dicke schwarzrote Rosen, und dazwischen guckten gestickte Goldkäfer hervor. Über die Hose hatte er, wie das javanische Hofsitte ist, einen kupferroten Seidenstoff geworfen, und der hing auf einer Seite herab und bedeckte das eine Bein, das andere Hosenbein aber war frei und leuchtete und flammte wie ein Blumenstrauß im Sommer. Und im Haar trug der Alte blitzende Elfenbeinkämme, die waren auch dick mit Perlen umkrustet. Und Perlenketten trug er um den Hals, und Perlenketten um die Handgelenke, und dicke goldene Ringe, mit Perlen besetzt, an den Fingern.

„Das nennt sich Armut", schrie ich frech. „Sieh mal da, eins, zwei, drei, hurra!" rief ich voll Eifer, um mich endlich mal wieder bemerkbar zu machen und meine Beolebhaftigkeit nicht in Vergessenheit fallen zu lassen. Der weiße Hundertjährige hatte auf einmal ein mildes altes Gesicht ohne Falten, aber doch ganz alt dadurch, daß es von weißen Haaren umrahmt war.

„Maske!" schrie ich, „Maske!" – „Es ist ja Weihnachten und nicht Fastnacht", wollte ich rufen, konnte aber als Beo den langen Satz nicht aussprechen. Der Alte trug auch einen Stock, aus Rauch gemacht, in der Hand, der glich einer alten goldenen Lanze. Aber die Spitze der Lanze war abgebrochen und mit Watte umwickelt. Es sah aus, als sei die Lanze verwundet oder als habe sie weiße Haare oben am Lanzenkopf, wie der Greis selbst.

„Alles ist verrückt! Verrückt! Verrückt!" krächzte ich auf meiner Käfighaustüre aus Leibeskräften.

Nun, und der junge Javane, wie leuchtete der mit einemmal, als wäre er beim Goldschmied gewesen und habe sich vergolden lassen. Er trug aus gelber Seide Jacke und Hose und einen enzianblauen seidenen Überwurf. Aber die gelbe Seidenjacke war über und über mit den herrlichsten roten Rubinsteinen bestickt. Wo der Vater Perlen wie Tränen trug, trug der Sohn Rubinen wie Taubenbluttropfen, bläulich rot schimmernd. Und außerdem hatte er feine goldene Ketten um den Hals und goldene Armbänder; sogar um die Fußknöchel hatten beide Herren goldene Ringe als Schmuck. Und als sie sich nun bewegten, sah ich, sie trugen auch goldene Ringe an den Zehen der Füße. Sie gingen aber barfuß, weil alle Javanen im Javanerlande barfuß gehen. Der Sohn hielt den Schild des Vaters in der Hand, der war aber nicht aus Gold und nicht aus Metall, — er war aus Haar geflochten, aus feinstem weißem Haar, und leuchtete noch silberner als Silber. Denn das Haar war von den Köpfen aller alten javanischen Könige und aller alten javanischen Königinnen genommen und so dicht geflochten, daß der Schild fester war als Stahl, und er ließ kein Schwert und keinen Speerstoß durch, der Schild aus Königs- und Königinnenhaar. Dieses sagte mir der Schild selbst, als ich ihn so staunend betrachtete. Da hörte ich, wie er laut zu mir sprach und mir erklärte, wer er sei. Und dann sagte der Schild weiter: „Verneige dich, Beo, vor der Lanze, sie ist stumm und kann nicht zu dir sprechen. Ihre Zeit, wo sie wieder gewachsen und scharf sein wird, die Zeit ist noch nicht gekommen. Es ist die Lanze des ersten Javanenkönigs, und sie brach ab, als die Holländer in Java einzogen und das Land unterjochten. Seitdem ist die Lanze mit Watte umwickelt. Aber eines Tages wird sie wie ein scharfes Lilienblatt aufblühen und wird wachsen und scharf bleiben, und dann wird sie wieder so laut reden wie ehemals, da sie unzerbrochen war. — Aber er, der Alte, der Greis, der die Lanze hält und der dir verkleidet als armer Tabakhändler am Weg vor Garoet begegnete, wo er in dem Bambushäuschen saß, — er ist der Stammvater aller Javanen. Er setzt die Könige und Kaiser ein und setzt sie wieder ab. Er ist der älteste Javane auf Java, und er ist nicht nur hundert Jahre, er ist viele tausend Jahre alt.

Aber damit du nicht kopfscheu werden solltest, hat dir mein junger Herr vorhin gesagt, er sei sein hundertjähriger Vater. Er ist auch sein Vater, aber sein Erzvater. Und mein junger Herr, der mich trägt, mich Schild, geflochten aus dem weißen Haar aller toten alten Könige und Königinnen und Kaiser und Kaiserinnen von Java, – mein junger Herr ist der zuletzt verstorbene Kaiser von Java, der als Beo wieder zum Leben kam, da er nicht zu seinen Vätern eingehen wollte, ehe der Zwist, der in seinem Kaiserhause herrscht, beendet ist. Und heute soll dieser Zwist enden. Heute soll die Frau Prinzessin, die heimlich einen Aufstand anschüren wollte und die diesen Plan schon seit der Geburt ihres Knaben im Herzen genährt hat, sich freiwillig von ihrem Lieblingswunsch trennen. Sie wird sich zuletzt der Leibwache des Kaisers selbst gefangengeben. Und das Herz der Frau Prinzessin zu bewegen, damit sie heute endlich von dem seit Jahren gehegten Wunsch ablasse, – dieses ist die Absicht, mit der Vater und Sohn, die im Geist von der Flucht und von dem geplanten Aufstand erfahren hatten, heute hierhergekommen sind."

„Nee, nee, nee", schrie ich aufgeregt, denn mir waren Schuppen von den Augen gefallen. Ich sah nun ein, daß ich meines Herrn Frau in der Prinzessin vorhin geküßt hatte. Und daß mein Herr recht hatte, als er aufbegehrte und mich samt meinem Käfig in die Ecke stieß, weil ich frech zu seiner Frau gewesen war. Ich mußte mich an der wackligen Gittertür meines Käfigs festhalten, denn mit Schrecken fiel mir ein, daß es nun wahr werden würde, was er mir vorhin zugerufen hatte: „Ich strafe dich! Du bist des Todes. Und zwar augenblicklich!" Ich faßte mich aber rasch. „Na gut, schon gut, gut, schon gut!" schrie ich den Schild an und verbeugte mich ein paarmal vor ihm und der Lanze. Der Schild, der mich hell anschien, als könnte er mich in allen meinen Gedanken durchleuchten, war mir mit seinem Königshaarglanz alter Herrschaften recht unheimlich. In so viel weißen Glanz hatte ich noch nie geschaut, als dieser Schild ausstrahlte, der silberner als Silber war. Es schien, als ob alles Gedankenlicht, das in den Köpfen aller javanischen Könige und Königinnen geglänzt hatte, aus diesem Schild glänzte, der aus weißem Königshaar geflochten war und so weithin leuchtete, daß die Bäume in seiner Nähe silberglänzende Blätter bekamen, – so hell war er. Es wurde mir jetzt zu feierlich für mein lebhaftes Beogemüt in der Nähe dieser ältesten javanischen Herrschaften. Ich wäre nun am liebsten feig geworden und wäre fortgeflogen; denn was hielt mich denn ab, zu fliehen? Es hielt mich nur mein den Goldregenblüten gegebenes Wort, daß ich die schöne Frau Prinzessin vor ihren Verfolgern erretten wollte, das heißt, ich wollte sie hindern, sich das Leben zu nehmen, wenn sie es versuchen würde. Aber was sollte ich nun nützen, wenn sie doch ihren Mann und noch dazu den Vater, den Erzvater aller Javaner, bei sich in der Nähe hatte? Die konnten ihr besser helfen als ich. Die hatten sich jetzt mit ihren Gewändern, aus Rauch gewoben, nur deshalb so schön gemacht, damit sie der schönen Frau in anständiger und würdiger Weise begegnen konnten. Und ich Lump, ich hatte mich vorhin als Luft ganz gemein an die Seite der Frau in die Sänfte hingerekelt. Ich hatte mir die Schutzlosigkeit der schönen Frau zunutze gemacht, das war eine gemeine Tat. Ich hatte meine lustige Maske böse ausgenützt und hatte, in Luft verkleidet, die schöne Frau geküßt und gestreichelt, daß ihr der Puder vom Gesicht gefallen war. Ich war gemeiner als ein Straßenräuber. Ich sah es ein, ich verdiente nichts als den Tod. Und zwar den gemeinsten Tod, den man sich nur ausdenken konnte, – so schändlich leichtsinnig hatte ich gehandelt. „Hängt ihn! Hängt ihn!“ schrie ich laut und meinte damit mich selbst. Aber niemand achtete mehr auf mich. Auch der Schild in der Hand des javanischen jungen Kaisers wendete mir den Rücken.

Nun sah ich auch, daß der Barbier, der nun auch prächtige, aus Rauch gewobene Gewänder trug, der Kanzler des Reiches war. Der tote Kanzler, der zur Zeit des Königs, des verstorbenen, am javanischen Hof Ratgeber gewesen war. Ich sah es an den Abzeichen der Palmenblätter-Stickerei des Rokkes und am Reichskanzlerstern aus Diamanten, den er auf der Brust trug. Und hinter den Bäumen der Straße standen viele Höflinge. Sie erstaunten mich nicht. Ich hatte gesehen, wie sie entstanden waren. Sie waren Grashüpfer, Ameisen, Reisvögel, Schmetterlinge und Eidechsen gewesen, die alle herbeigekommen waren, beim Flötenspiel des Kanzlers vorhin. Alle waren unter den Tönen des flötenden Reichskanzlers in ihre frühere Menschengestalt verwandelt worden.

Das hatte ich doch nie glauben können, daß alle Tiere des Feldes einmal Menschen waren. Da standen sie alle schön gekleidet, die Grashüpfer als Reiter zu Pferd, die Eidechsen waren Fußvolk, die Ameisen Musikanten, und die Schmetterlinge waren reizende Hofdamen und Pagen geworden, in hellen, freundlichen Seidengewändern. Alle aber zeigten einen nackten Oberkörper, einen schönen, schlanken, braunen Rücken und eine nackte braune Brust, und nur von den Hüften abwärts waren sie bekleidet. Alle waren waffenlos. Das fiel mir besonders auf. Auch die Krieger trugen keine Waffen; nicht einmal den Kris, den Dolch, den alle Javanen im Gürtel bei sich tragen, nicht einmal den hatten sie bei sich. Sie waren freundlich gesprächig untereinander und kauerten alle an der Erde, unterwürfig auf ein Zeichen der beiden Herrscher wartend, um sich aufrichten zu dürfen.

„Halbnackt! Halbnackt!“ schrie ich in meiner frechen Art, die ich nicht ablegen konnte, solange ich Beo war, weil sie diesem Vogel als Rasseneigenschaft angeboren ist. Aber niemand kümmerte sich in diesem Augenblick um das Geschrei eines kleinen Beovogels. Wer mich schreien hörte, lachte höchstens ein wenig, aber ärgern, wie ich es als Beo gern wollte, konnte ich keinen Menschen mit meinem Geschrei.

Die Flötenmusik und der eintönige Gongschlag des Hofzugs kamen jetzt näher. Es traten Dienerinnen auf den Wink des alten und jungen Javanen vor. Eine Schirmträgerin mit goldenem, radrundem Schirm stellte sich hinter jedem der beiden javanischen Herrscher auf, hinter dem Kaiser und hinter dem Erzvater der Javanen. Der Kanzler aber mußte sich auch am Boden niederkauern und die Stirn senken, wie alle

Hofleute es tun mußten, denn keiner durfte vor dem Kaiser und dem Erzvater die heranziehende Frau Kaiserprinzessin ansehen.
Und ich Frechling war vorhin wie ein Elender geradeswegs zur hohen Frau in die Sänfte gesprungen. Ich fühlte, wie mir meine Flügelfedern vom Angstschweiß feucht wurden. Ich zitterte am ganzen Leibe. Viel mehr als vorhin vor der Katze zitterte ich jetzt. Da, wo das Bambushäuschen stand, in dem wir vorhin durch die Luft von Garoet nach dem Fürstenlande in Mitteljava auf einer Wolke geflogen waren, da wurde die Straße breiter und bildete einen kleinen Platz. Ehe der Zug von der Straße her auf diesem Platz ankam, sah ich noch, wie auf einen Wink des greisen Erzvaters Hunderte von den goldgelben Blüten der Goldregenbäume, die rund um den Platz standen, von den Zweigen niederrieselten. Bald war der ganze Platz von goldgelben Blüten bedeckt, es sah aus, als wäre die Erde vergoldet worden von den duftenden Blüten.
„Die Blüten geben ja auch ihr Leben für die Prinzessin her, dann kannst du es auch tun", dachte ich bei mir. „Es tut nicht weh, für jemand zu sterben, der so edel und schön ist wie die Frau Prinzessin." Aber anstatt daß ich meinen braven Gedanken Ausdruck gegeben hätte, hatte ich fortgesetzt die Beounart an mir, nur Frechheiten in die Luft zu schreien. Und da jetzt der ganze Platz gut nach Blüten und nach den Wohlgerüchen des heranziehenden Hofzuges roch, rief ich, so laut ich konnte: „Es stinkt! Es stinkt! Wer stinkt, wer stinkt?"
Gottlob, es achtete jedes Ohr und jedes Auge nur auf die Kaiserprinzessin und ihren Sohn, der da zu Pferde hinter ihr ritt.
Der Hofzug kam aber nicht ruhig an. In den letzten Minuten klangen die Gongtöne unregelmäßiger und heftiger, die Flötenspieler spielten eine eilige Marschmelodie, und man sah an der auf- und absteigenden Bewegung der Sänfte, und an dem Hufschlag der Prinzenpferde hörte man es: überall war Eile und Hastigkeit. Denn die Leute hatten den Staub

der heraneilenden Verfolger in der Ferne bemerkt. Und sie waren in Unruhe geraten und hatten es zuletzt der Prinzessin und dem Prinzen mitgeteilt, daß da in der Ferne große Staubwolken aufstiegen und daß das nur die Reiter des Kaisers sein konnten, die sie verfolgten und die sie bald einholen würden.
Die Prinzessin hatte in Solo nichts von ihrer Reise gesagt und war heimlich in der Nacht geflohen, denn unterwegs sollten ihr ihre Anhänger bewaffnet entgegenziehen und sie vor den Verfolgern in Schutz nehmen.
Als der Hofzug nun auf dem Platz unter den Goldregenbäumen die vielen festlichen Menschen sah und von dort Musik hörte, beruhigten sich alle im Herzen, da sie glaubten, das wären ihre Freunde, die ausgezogen seien, ihnen zu begegnen und sie zu beschützen. Aber sie waren erstaunt, als sie näher kamen, daß kein bekanntes Gesicht unter den Menschen war, die sie zu bewillkommenen schienen. Und keiner hatte eine einzige Waffe bei sich; nur ein alter hoher Herr an der Spitze trug eine abgestumpfte Lanze, die mit Watte umwickelt war. Und ein junger hoher Herr hielt einen hellen Schild in der Hand, der silberner leuchtete als Silber.
„Was sind das für Leute?" hörte ich die Prinzessin in der Sänfte ihren jungen Sohn fragen, der wohl kaum vierzehn Jahre zählen mochte. Denn so jung werden die javanischen Prinzen schon für mündig erklärt.
„Ich kenne diese Menschen nicht, hohe Frau Mutter", hörte ich den Sohn erwidern.
„Edelleute, Edelleute!" rief ich, entzückt, der gnädigen Frau Kaiserprinzessin mit meiner Auskunft dienen zu können.
„Ei sieh, ein Beo!" rief die hohe schöne Frau entzückt. „Wer ist der Alte dort, Beo?" fragte sie weiter.
„Erzvater! Erzvater!" rief ich klar und deutlich.
Sie erstaunte, und alle verwunderten sich mit ihr.
„Und sag, kluger Beo, sag, wer ist der junge Herr, der den glänzenden Schild trägt?"
„Dero Herr Gemahl, dero Gemahl, Gemahl, Gemahl!" rief

ich, meinerseits entzückt, daß ich alles wußte und mein Wissen zeigen durfte. Ich sah, wie die schöne Javanenprinzessin, von freudigem Staunen erschüttert, unter dem gelben Puder erblaßte. Sie rief zu ihrem Sohn hin: „Wahrhaftig, mein lieber Sohn, dort steht dein Herr Vater, der verstorbene Kaiser, er hält einen Schild zu unserem Schutz in der Hand. Und sieh, neben ihm steht der edelste Javaner, der hohe Erzvater unseres Geschlechtes. Oh, nun sind wir vor allen Verfolgern gerettet. Wahrscheinlich wird dich dein eigener Vater hier zum König krönen wollen; und hält der Erzvater den heiligen Speer über dich, dann bist du unverwundbar dein Leben lang."

Man hatte die Sänfte niedergestellt, und die Frauen der Prinzessin halfen der Dame aussteigen. Die Diener hielten dem jungen Herrn den silbernen Steigbügel, und er stieg vom Pferde. Dann schritten Mutter und Sohn zehn Schritte von ihrem Gefolge fort, dem Kaiser und dem Erzvater entgegen, und ließen sich auf die Knie nieder, und da man ihnen Strohteppiche bringen wollte, damit sie nicht im Staube knien sollten, wiesen sie mit einem Wink die Diener zurück. Und man sah es der Kaiserin und ihrem Sohne an; sie brannten danach, dem hohen Kaiser und dem noch höheren Erzvater tiefste Ehrerbietung zu erweisen, – sie wollten beide im Staube vor ihnen liegen. Denn sie begriffen, daß die hohen Toten ihnen zu ihrer Rettung hier am Weg begegnet waren. Denn daß Tote aus dem Kaiserhause bei hohen Anlässen auferstanden und in alter Menschengestalt den Angehörigen des Kaiserhauses an wichtigen Lebenstagen erschienen, – das hatte sich im Laufe der Zeiten des öfteren ereignet, und die Überlieferungen erzählten davon.

Darum nahmen auch Mutter und Sohn die Erscheinung dieser hohen Toten heute am ersten Tage der Flucht, wo sie beide einen so zukunftswichtigen Schritt wagten, als etwas Selbstverständliches. Denn Mutter und Sohn waren durchdrungen von der Wichtigkeit dieser Stunde, und sie wußten, daß dieses der ereignisreichste Tag ihres Lebens sein würde. Der Prinz hatte ja sein ganzes Leben lang auf diesen Tag der

Flucht und Kaiserernennung mit seiner Mutter zusammen gewartet.

Wie sie nun im Staube lagen, winkte der alte Erzvater ihnen aber nicht, daß sie aufstehen sollten, und er ließ sie mit der Stirn die Erde berühren, ohne ihnen Willkommen oder Gruß zuzurufen. Daran erkannten beide rasch, daß ihre Sache in dem Herzen des Erzvaters nicht zu dem Ende beschlossen war, das sie beide sich wünschten. Zugleich hörten sie aber auch, so nahe mit den Ohren an der Erde, das Hufgetrappel der Pferde, auf denen die Leibwache des in Solo lebenden Kaisers heransprengte, immer deutlicher werden; jeden Augenblick mußten nun die Verfolger auf dem Platz unter den Goldregenbäumen erscheinen. Die Kaiserin wagte sich nicht zu rühren, aber der junge Prinz hob den Kopf, als er mich rufen hörte: „Kopf hoch! Kopf hoch!"

Ich meinte aber, er sollte den Kopf heben und sehen, daß der Reichskanzler den Schild des Kaisers, der silberner als Silber war, in die Hand bekommen und sich damit dort aufgestellt hatte, wo die Landstraße auf den kleinen Platz mündete.

Der Schild spiegelte sein helles Licht die lange Landstraße entlang, und er schien die fern heranrasenden Reiter, Mann und Roß, zu blenden. Denn mit einemmal schwieg das Hufgeräusch. Es blieb nur ein wirres Gerede in der Luft, und man hörte die Stimme des Anführers der Wache, der laut zu seinen Leuten sprach: „Wir sind auf falschem Weg. Dieses hier ist der Weg zum Meer. Seht, dort unten glänzt der Meeresspiegel zwischen den Bäumen, hell und silberner, als Silber glänzt." Eine Unruhe entstand, man hörte, wie alle die Verfolger ihre Pferde in der Ferne umwendeten, und dann ritten sie in entgegengesetzter Richtung davon.

Zugleich aber sah ich, wie der Erzvater die stumpfe Lanzenspitze über den javanischen Prinzen und seine Mutter hielt; und er sagte:

„Meine liebe Tochter, kehre um, nachdem du deinen Mann umarmt hast und du, Sohn, deinen Vater. Niemals sollt ihr wieder daran denken, gegen den Willen eures Erzvaters zu handeln. Kehrt zurück zum Kaiser nach Solo, es wird euch nichts geschehen, wenn ihr berichtet, daß ihr mir begegnet seid und daß ich euch gesegnet habe und euch befohlen habe, diese heilige Lanze zurückzubringen, die man bereits vor eurer Abreise vermißte. Der Kaiser hat jedem Freiheit und langes Leben zugesagt, der ihm die heilige Lanze wiederbringt. Grüßt ihn und sagt: ‚Hier ist die Lanze!' Und alles ist euch verziehen; es wird vergessen sein, daß ihr Aufstand und Zwiespalt im Kaiserhause stiften wolltet. Ziehet in Frieden!"

Javanische Frauen und Kinder sind an größten Gehorsam gewöhnt. Die Frau erhob sich und umarmte schweigend und zitternd ihren Mann. Ebenso umarmte der kleine Prinz seinen Vater. Dann kehrten sie zur Sänfte zurück und zum Pferd des Prinzen und zu ihrem Gefolge. Der Prinz aber trug die Lanze in der Hand, und sein Herz klopfte ihm hoch, als er das Heiligtum mit beiden Händen umklammert hielt. Und als sie sich gewendet hatten, waren mit einem Schlage der Erzvater, der Kaiser, der Kanzler und alles Gefolge hinter ihnen verschwunden, – nur blauer Tabakrauch schwebte am Platze.

„Alles futsch, futsch, futsch, futsch!" mußte ich erschrocken rufen. „Alles Schwindel, Schwindel", fügte ich hinzu.

Da sah die Prinzessin nach mir hin, als sie eben in ihre Sänfte steigen wollte, und zugleich bemerkte ich zu meinem Schrecken die schwarze Katze, die, keine fünf Schritte von mir fort, geduckt und sprungbereit am Boden kauerte. Schon schnellte sie durch die Luft, und schon stürzte sie sich auf mich.

Mit großem Geschrei und Geschimpfe floh ich hüpfend zur Seite. Aber die Katze hätte mich gewiß erwischt, wäre nicht in diesem Augenblick ein Kris, gut gezielt, durch die Luft auf die Katze geflogen. Das Krismesser nagelte die schwarze Katze an einen der Bambuspfosten des Häuschens. Es war der Kris der Prinzessin. Die hohe Frau hatte mir das Leben gerettet, mir Elendem, der sie vorhin heimlich geküßt hatte.

Ich war noch ganz verdutzt. Die Katze zappelte nicht mehr. Der Dolch war ihr durchs Herz gefahren und hielt den schwarzen Leib fest an den Hauspfosten gespickt. Tot hing der Katzenkadaver dort, und ein Faden roten Blutes floß auf die gelben Goldregenblüten, die vom Blute rotgefärbt leuchteten. Ich sah nur noch, daß die Prinzessin in die Sänfte stieg. Doch ehe sich der Zug in Bewegung setzte, um heimzukehren, schickte die hohe Frau noch eine Dienerin zu mir und ließ mich rufen. Ich hatte noch so viel Kraft, um bis an die Sänfte heranzuflattern. Aber ich fühlte, meine Kräfte wichen schnell, denn ich hatte Blut gesehen. Und wenn Beovögel Blut sehen, müssen sie sterben, und niemand kann ihnen dann helfen. Dieses wußte ich, zu Tode erschrocken. Ich verdrehte die Augen, und mit dem Ruf: „Schwindel!" – denn mir war sehr schwindlig – fühlte ich, daß ich meinen Geist aufgab und zu Füßen der schönen Frau starb. Die Prinzessin hatte mir das Leben vor der Katze gerettet, hatte es mir aber zugleich mit dieser Rettung genommen. So war in Erfüllung gegangen, was mir mein javanischer Herr vorher gedroht hatte: „Ich werde dich strafen, du bist des Todes, und augenblicklich!" Die Beleidigung, die ich ihm zugefügt hatte, war damit gerächt. Und ich war zwar keinen Opfertod für die Prinzessin gestorben, aber ich war daran gestorben, daß ich mir leichtsinnigerweise zum Weihnachtsabend eine Prinzessin gewünscht hatte. Im Wünschen muß man vorsichtig sein. Manche Wünsche wirken für den tödlich, dem sie in Erfüllung gehen. Es war aber auch wieder gut, daß ich als Beo gestorben war, denn nun durfte ich als Mensch wieder weiterleben. Ich erwachte am Weihnachtsmorgen in meinem Bett und fand meinen Beokäfig, als ich aufgestanden war, wie sonst auf der Veranda stehen. Mein Beo saß still darin.

Doch seit ich weiß, daß er ein verwandelter javanischer Kaiser ist, behandle ich den Beo äußerst höflich. Ich nehme den Hut ab vor ihm. Ich lasse ihn sorgfältiger pflegen. Er soll auch einen größeren Käfig bekommen. Denn seit ich selbst als Beo auf den Käfigstangen gesessen habe, weiß ich, wie ungemütlich es im Käfig sein kann, wenn man dort nicht wenigstens anständige Behandlung findet. Drüben über der Straße am Regentenweg blüht ein großer Goldregenbaum, und sein Duft kommt bis zu mir auf die Veranda. Aber er verwandelt mich nicht wieder zu Luft, und ich hüte mich, es mir zu wünschen, denn Gestalten, die man zu sein nicht gewohnt ist, können einem die schrecklichsten Lebenslagen bringen. – Als ich mein Weihnachtserlebnis einem Herrn erzählte, der schon lange im Javanerland lebte, sagte der: „Ach, da haben Sie ja etwas erlebt, was in der javanischen Geschichte früher einmal vorgekommen ist. Sie sind also als Beo in die Vergangenheit der javanischen Fürstenlande zurückgeflogen. Jene Prinzessin soll übrigens noch heute ganz alt am javanischen Hof leben. Ihr Sohn aber ist gestorben. Er wurde niemals Kaiser und versuchte auch niemals mehr, es zu werden, nachdem ihm und seiner Mutter der erste Versuch mißglückt war."

Dieses war mein Märchen-Erlebnis in der ersten der heiligen Nächte. – Als ich neulich zu einem Sultanshochzeitsfest in Solo war, habe ich dort das Gemach im kaiserlichen Schloß gesehen, darin die heilige Lanze aufbewahrt wird. Es war in der großen Halle ein kleines Gemach aus lauter Glaswänden. In diesem Glasraum wurde die Lanze aufbewahrt. Und da gerade die Pest zu Besuch in der Stadt war, fuhr man nachmittags um vier Uhr die heilige Lanze auf einem von weißen Stieren gezogenen Wagen durch die Straßen, in denen Leute an der Pest gestorben waren. Denn die heilige Lanze vertreibt alle Übel. Die Prinzessin aber habe ich nicht gesehen; darum kann ich nicht sagen, ob sie einmal so schön gewesen sein kann, daß ich sie hätte küssen mögen. – Ich bitte Dich, liebe Lore, erzähle dieses Märchen nicht der Frau Dauthendey wieder. Es könnte sie betrüben, zu erfahren, daß ich in einer heiligen Nacht zum losen Beovogel verwandelt herumgezogen bin und eine Prinzessin geküßt habe, die mich gar nichts anging. Ich ersuche Dich also um Verschwiegenheit. Bis zum nächsten Märchen!

Dein Märchenonkel

Dritte heilige Nacht

Geschichte des Wasserbüffels

Liebe Lore,
heute nacht war ich ein Blinder und ritt auf einem Wasserbüffel durchs Javanerland. Da kann man viel erleben. Und ich habe auch eine ganze Menge gesehen, denn der Büffel sah für mich und erzählte mir, was wir sahen.

Es war aber so angegangen: Ich, gewitzigt durch die zwei vorhergehenden Abende, machte mich ganz früh morgens auf den Weg, fort vom Gasthof Papandajan, und dachte bei mir: „Ich will von der Veranda, wo mein Beokäfig steht, und von Herrn Dauer, der auf der gleichen Galerie wie ich im ersten Stockwerk des Gasthofes wohnt, heute beizeiten fortziehen, damit mich weder Beovögel noch Schildkröten zu sehen bekommen. Ich will heute gar nichts sehen. Ich bin noch ganz geblendet von meinem gestrigen Götterdasein, davon ich mich zerschlagen und berauscht zu gleicher Zeit fühlte."

Also ging ich gleich nach dem Frühstück auf meinen zwei Beinen aus Garoet hinaus.

Ich ging aber über die Schluchtbrücke, unter der der Fluß Tjimai, tief eingegraben, dahinfließt, jetzt zur Zeit, wo es nachmittags oft regnet, zu einer lehmig gelben Brühe aufgewühlt.

Es war aber ein lustiger Morgen. Es war eine so fröhliche Sonne am Himmel, daß es aussah, als würde sie gern Spaß und Witze machen und tanzen, wenn man ihr nur mit Musik aufspielen wollte.

Und ich freute mich an allen, denen ich begegnete. Jenseits des Flusses stieg in der immergrünen Landschaft die Straße sanft ein wenig an, und in den offenen Hütten und auf den einfachen Veranden zu beiden Seiten der Straße war reges Leben.

Die meisten Hütten haben hier am Ausgang von Garoet nebenbei kleine Verkaufsstände. Die Leute schieben einfach

morgens eine Strohwand zur Seite, und dort breitet der Hüttenbesitzer, meist aber seine Frau, allerlei Kleinkram aus: Eßwaren oder Drogen, oder Früchte und Getränke, Limonaden und Zuckerwasser. Und da sitzen denn bei den Buden die Lastträger, die Wanderer und die Feldarbeiter und stärken sich aus den kleinen Tassen voll von Speisen und Getränken. Oder sie sitzen nur dort, um eine Zigarette zu rauchen und ein wenig zu plaudern. Ich sah an dem Morgen Reihen von Dachziegelträgern. Sie hatten ihre Körbe mit Dachziegeln oder gebrannten Tonvasen der Straßenrinne entlang stehen, indessen sie am Boden vor den Verkaufsständen kauerten, schwatzten und einen kleinen Morgenimbiß verzehrten.
Es brodelte und brotzelte von heißem Fett in den Pfannen dieser öffentlichen Garküchen am Wege, und das Kokosöl, das zum Braten von Bananen und verschiedenen kleinen Pastetchen verwendet wird, roch fettig weithin.
Bei einem Verkaufsstand, wo frische Ananasfrüchte, rote Pfefferschoten, Haufen Tee und reife gelbe Maiskolben in Bündeln ausgelegt waren, blieb ich stehen, aber nicht um die Früchte zu betrachten; sondern einige gemalte Bildchen an den Wänden zogen mich an. Ein junger Javane, der Verkäufer, hatte sich mit Wasserfarben einige Bilder auf Bogen weißen Papiers gemalt und sie an seine Strohwände genagelt. Eines stellte einen Wasserbüffel vor, auf dem ein blinder Mann durch eine blühende javanische Landschaft ritt. Ein anderes Bild stellte ein feuerrotes Automobil vor, das eine Landstraße entlang fuhr. Der Lenker war ein Europäer und trug Automobilbrille und Tropenhut, so wie der Maler hier an seiner Bude jeden Tag die europäischen Pflanzer nachmittags nach Garoet vorüberfahren sah. Ich nickte dem Verkäufer zu und ging weiter und dachte einen Augenblick, wie viel hübscher es der Blinde auf dem Stier in der blühenden Landschaft hätte als der Automobilfahrer im rasselnden Eisenblechkasten auf der faden Landstraße. Dann vergaß ich über anderen Leuten die beiden Bilder, und bei der Straßenkreuzung bog ich in einen Feldweg ab, der zwischen

Reisfeldern zu einem Dörfchen führte, das ich schon kannte.
Nun hatte ich die lebhafte Hüttenstraße, wo Tauben gurrten und Menschen schwatzten und Kinder lachten und Katzen sich sonnten und Hühner gackerten, hinter mir gelassen, und nun sollte man meinen, es würde totenstill im Felde sein, durch das ich wanderte. Aber nein, so eine javanische Feldstraße morgens ist die reine Wettrennbahn. Was einem da alles entgegen gelaufen, geflogen, gemeckert und geflötet kommt, das ist ganz verwunderlich. Da kamen Leute, die mit Gemüsebündeln und Strohkörben in die Stadt zogen, Reihen von Frauen und Männern. In den Wasserfeldern standen Hunderte von kleinen Javanen in Gruppen und setzten die Reispflänzchen aus. Das ist eine schmutzige, aber sehr notwendige Arbeit. Die Arbeiter standen bis zu den Knien im schwarzen Erdschlamm. Viele von ihnen hielten Frühstückszeit am Wegrand bei einem Teekocher. Der lief mit einer großen Teekanne herum und schenkte seinen Tee in Reihen von Tassen, die am Erdboden standen. Und an der Erde sitzend, schlürften die Leute und rauchten ein „Strohchen" dazu, wie sie die ganz dünnen, strohhalmähnlichen Landzigaretten nennen. Und weiter meckerten Ziegen im Feld. Und Schafe grasten, und auf einer nassen, abgefressenen Wiese standen Familien von Wasserbüffeln. Die Wasserbüffel sind erdgraue, glatthaarige Büffel, die gern im Wasser liegen. Sie stellen das wertvollste Eigentum des javanischen Bauern dar. „Er pflegt seinen Wasserbüffel besser als seine Frau", sagt man vom javanischen Landmann. Er führt ihn auch oft an den Bach und wäscht ihn täglich, so wie der Chinese es mit seinen Hausschweinen macht, die er auch immer gut säubert und badet und bürstet, so daß auf das chinesische Schwein der Name Schwein gar nicht mehr zu passen scheint, wenn es so sauber mit geputzten Nägeln und einem Poposcheitel fein gestriegelt herumläuft, das Schwein.
Also, ich sah Wasserbüffel, die dampften in der Frühsonne, und in der Ferne standen Gruppen von riesigen schirmarti-

gen Laubbäumen, und die dampften auch vom Tau, und ganz weit dahinter waren silbergraue Bergzüge, und die dampften, mit weißen Wattewolken behangen. Alles war voll Sonne, voll Morgendampf, voll Grün und Bläue auf Erden und am Himmel rundumher in der weiten, weiten Landschaft. Da begegnete mir ein Zug javanischer Dorfmusikanten, und einer spielte schon in aller Frühe eine Flöte. Die andern aber trugen ihre Instrumente aus Bambusrohr, Anklongs und Trommeln, große und kleine, an Bänder gebunden auf dem Rücken. „Die sollte ich eigentlich rufen, damit sie der Sonne aufspielten“, dachte ich. Aber sie zogen gen Garoet; vielleicht waren sie zum Aufspielen bei einem Beschneidungsfest oder zum Musizieren bei einer Hochzeit geladen.

Ich ging noch weiter, und da begegnete mir mein Freund, ein ganz alter Javane. Der ist wenigstens dreihundert Jahre alt. Er ist blind und spielt sehr schön auf einer Brettzither, fromme, liebe, alte javanische Psalmen. Oft hat er mir, vor meiner Veranda am Boden hockend, für zehn holländische Cents auf seiner Brettzither vorgespielt; und dazu singt er flüsternd Lieder, die sind vielleicht dreitausend Jahre alt. Diesem alten heiligen Musikanten begegnete ich auch da im Morgensonnenschein auf dem baumlosen Feldweg, und er nickte mir sofort freundlich zu.

Denn trotzdem er dreihundert Jahre alt ist, stellt er sich nur blind, um mehr Eindruck zu machen. Denn er hat triefende, winzige blasse Äuglein, die sehen wie blind aus, sind es aber gar nicht. „Was für ein drolliger Blinder!“ dachte ich, „der mich zuerst grüßt.“ Aber es war die kindliche Freude am unverhofften Wiedersehen, die machte, daß er sich schneller verriet als sonst. Wenn ich ihm aber Geldstücke, kleine Zehncentstückchen, zu Hause von meiner Veranda zuwerfe, findet er sie besser im Sande als ich mit meinen gesunden Augen. Das macht aber alles nichts, – seine Musik, die wunderschön zirpt wie seine Stimme, seine kleine, unscheinbare, entschuldigt ihn bei mir für seine vorgetäuschte Blindheit ganz und gar.

Heute hatte er aber seine Zither gar nicht dabei. Es sah aus, als ginge er, um sich im schönen Morgen einmal zur Abwechslung ohne Zither Musik zu machen. Oder vielleicht wollte er heute Freiherr sein und Musik hören, weil er nicht weit hinter den sieben Musikanten dahinzog.

Ich wanderte weiter und wunderte mich über die unzähligen Menschen, die da im Schlamm der vielen Reisfelder Pflanzen einsetzten. Es mußte die ganze Bevölkerung draußen sein und im Felde arbeiten, — so regsam sah es aus. Und dann kam ich ins Dorf. Das ist aber eigentlich gar kein Dorf. Einen Weiler würde man es bei uns nennen. Nur einige Häuser standen am Wege entlang unter hohen Bambussträuchern und in Bananenhainen. Vor einem Hause lagerte neugierig die ganze Kinderschar des Ortes, nackt und halbnackt.

In der offenen Hütte war ein Phonograph aufgestellt, und der spielte ein Theaterstück, von javanischen Schauspielerstimmen gesprochen. Heftige Reden, leidenschaftliche, wurden vom Phonographen ausgehustet, und die Kinder horchten begierig und ganz fortgerückt, dicht gedrängt an den Stufen der Hüttentüre. Auch einige Erwachsene hockten am blanken Boden unter den Bäumen und rauchten und horchten zu. Ich ging den bambusüberschatteten Weg weiter, wo alles einförmig grün leuchtete, nur manchmal wiegte sich ein goldgelbes langes Bananenblatt, ein welkes, in der Luft, gelb wie ein breites Band aus Goldseide. Gelbe Ringelblumen an Büschen und blaue Männertreublüten in Stauden säumten den schattigen Weg, hinter Hecken lagen blühende Maispflanzungen der Javanen und Tapiokapflanzungen und Fruchtbaumhaine, wo es allerhand Früchte gab: grüne Orangen, Mango, Kokosnüsse, Kaffee, Kakao und andere nützliche Arten.

Und wie ich noch so langsam gehe, höre ich hinter einer Hecke eine Holzglocke klappern, und es riecht stark nach Büffelschweiß. Ein mächtiger grauer Wasserbüffel steckte seinen breitgehörnten, eisengrauen Schädel durch die Büsche, brummte und fragte: „Wohin, mein Herr?"

Ich sagte ganz in Gedanken: „Dorthin, wo ich's Gras wachsen höre."
„Dahin kann ich Sie tragen", sagte der liebenswürdige, gutgeartete Büffel. „Wünschen Sie sonst noch etwas?" fragte er weiter. „Ich stehe zu Ihrer Verfügung!"
So ein höflicher Büffel war mir noch nicht vorgekommen. Ich tat aber so, als ob ich von allen Büffeln die höchste Zuvorkommenheit erwartete; und da ich noch an den blinden alten Musikanten dachte, sagte ich: „Jawohl, Sie könnten mir sagen, wie man dreihundert Jahre alt werden kann, wie man blind und sehend zugleich sein kann; und wenn ich das geworden bin, dann tragen Sie mich dorthin, wo ich das Gras wachsen höre."
„Nichts leichter als das, mein Herr. Ihr Wunsch ist mir Befehl, mein Herr", beeilte sich der Büffel zu brüllen.
„Es sind aber mehrere Wünsche", machte ich ihm klar.
„Alle Ihre Wünsche sind mir Befehl, mein Herr. Ich habe nämlich einen guten Freund in Neu-Guinea, einen gewissen Känguruh. Der hat mich heute antelephoniert, ich möchte mich für die dritte der heiligen Nächte am Wege aufstellen und Ihre Ankunft und Ihre Befehle erwarten. Sie sind mir als deutscher Dichteronkel signalisiert; und alles, was ich hörte, stimmt auf Ihre Person."
„Wie telephonieren Sie denn?" fragte ich neugierig.
„Ich kann an jedem Baum in die Ferne sprechen, während ich seine Blätter kaue", versicherte der Wasserbüffel ernsthaft.
„Das habe ich noch nie versucht", gestand ich. „Wissen Sie auch ganz genau, daß ich der bin, den Sie erwarten sollen, Herr Wasserbüffel?" wehrte ich ein wenig ab. „Denn was könnte ich in Gesellschaft eines Büffels wohl erleben?" dachte ich geringschätzend.
„Ja, mein Herr, Sie und kein anderer sind der Wohltäter meines Freundes, des gewissen Känguruh, gewesen. Man sagte mir am Telephon, der Herr sei etwas dösig."
Ich musterte ihn verblüfft. Da wackelte er drohend mit den Hörnern. „Stimmt", sagte ich rasch. „Dichter träumen."

„Er flunkert gern", fuhr der Büffel fort.
„Stimmt", sagte ich begeistert. „Alle Dichter flunkern. Das ist Berufssache."
„Er ist märchenscheu!"
„Ja, in gewissem Sinn. Wenn man nämlich alle Märchen erst am eigenen Leib erleben soll, ehe man sie schreiben darf, wird man ein wenig märchenvorsichtig. Stimmt."
„Nun, mein Herr, alles dieses roch ich an Ihnen, wie Sie mich rochen, ehe ich zur Ansprache kam", schloß der Büffel seinen Bericht.
„Wunderbar! Daß Büffelnasen so tiefsinnend riechen, muß mich erstaunen. Aber gehen wir ans Werk! Sie kennen meine Wünsche, die Ihnen Befehl sind."
Der Büffel brach durch den dünnen Bambuszaun des Feldes, in dem er gegrast hatte. Und ich erschrak gewaltig und kletterte vor Schreck an einem Bambusbaum empor.
„Herrgott, haben Sie mich erschreckt!" sagte ich, etwas höher kletternd.
„Verzeihen Sie, heftiges Auftreten ist Büffelart", versicherte mir der fürchterliche Kerl.
„Den ganzen Zaun haben Sie eingerissen!" sagte ich sanft vorwurfsvoll, denn der Bambus begann sich zu biegen, und ich näherte mich langsam dem Untenstehenden.
„Sitzen Sie nur gleich auf, dann ist die Sache fertig", befahl der Wasserochse.
Ich graute mich vor dem fürchterlichen Biest.
„Na, wird's bald?" kommandierte er.
Da fühlte ich voll Schrecken: meine Glieder waren ganz schwach und dünn und alt und verschrumpft geworden. Ich glitt willenlos vom Bambusrohr und saß wie ein Häufchen Unglück auf dem Büffelrücken.
„Dreihundert Jahre sind Sie jetzt alt, kein Jahr mehr oder weniger", rief der Büffel.
„Na, ein angenehmer Zustand ist diese dreihundertjährige Schwäche nicht", konnte ich ihm versichern.
„Ich hab' ihn Ihnen ja auch nicht ausgesucht", grinste das Biest. Dann fuhr er rücksichtslos herrisch fort: „Nun wan-

dern wir durch Garoet, und dann am andern Ende des Ortes in die weite Welt, bis dorthin, wo Sie das Gras wachsen hören."

„So ein Blödsinn!" konnte ich mir nicht versagen, ihm zu versichern. Denn ich war als Dreihundertjähriger weise und verständig geworden und glaubte an keinen Unsinn und Übermut mehr. „Lassen Sie mich absteigen, mir ist schwindlig, ich sehe nur auf einem Auge, mir ist was ins andere Auge geflogen, Herr Büffel."

„Nichts da. Ich habe Ihre Wünsche zu erfüllen", knurrte der Gewaltige. „Das Alter ist in Ihr eines Auge geflogen. Seien Sie froh, daß Sie auf dem andern noch sehen können. Welches ist denn das blinde?"

„Das linke Auge!" klagte ich greisenhaft.

„So, dann werde ich für Sie immer nach links schauen und Ihnen erzählen, was links zu sehen ist, indessen Sie sich nach der rechten Seite auf eigene Augenkosten ergötzen können. Jetzt geht's los. Marsch! Aufgepaßt, Gleichgewicht suchen! Ich setze mich in Bewegung."

Bums, rollte ich vom Büffel; ich rollte aber nicht vom Büffel auf die Erde, sondern unter dem Büffelbauch rundherum, und kam auf der andern Seite wieder auf den Büffelrücken in die Höhe gerollt, und dort saß ich nun wie angegossen.

„Nun", sagte der Büffel zufrieden, „das war nur ein Scherz von mir; von jetzt ab werden wir ernsthaft reiten."

Und ich blieb, wo ich war, und mein Zustand war wunschlos.

So trollte nun der Büffel mit mir denselben Weg, den ich eben aus Garoet gekommen war, durch die Felder zurück.

Wir kamen im Dorfe am Phonographen vorbei, da schauten sich alle Kinder um, und mit einemmal riefen sie wie aus einem Munde: „Der blinde Matiuni, unser blinder Matiuni! Matiuni reitet! Wo reitet er hin? Matiuni will heute zum König ziehn!"

So lachten sie und sangen und liefen bis zum letzten Haus des Weilers hinterm Schweif meines Büffels her.

Und atemlos kam eine Frau nachgerannt, die rief: „Matiuni,

du hast deine Zither vergessen." Und sie reichte mir die alte Zither des Blinden, die ich schon kannte, auf meinen Sitz hinauf. Denn alle im kleinen Ort hielten mich für ihren dreihundertjährigen blinden Musikanten Matiuni.

„Nun wissen der Herr doch auch, wie er heißt", grinste mein Büffel vergnügt, als die Frau und die Kinder zurückgeblieben waren. Er trollte sich eilig mit mir weiter.

Wir begegneten manchem vom Markt von Garoet heimkehrenden Dorfbewohner auf dem Feldweg, und alle nickten vergnügt, und alle sangen: „Matiuni reitet! Wo will er hin? Matiuni will zum König ziehn!"

Und Frauen und Mädchen lachten und wünschten mir glückliche Reise.

„Ja, woher wollen denn alle Leute das wissen, daß ich zum König ziehn will?" fragte ich mein Reittier.

„Ach, das ist wieder so eine Dummheit von meiner Frau", sagte der Büffel. „Frauen müssen alles weiterschwatzen. Ich habe meiner Frau heute früh auf der Weide erzählt, wen ich am Weg erwarten muß. Und sie fragte gleich: ‚Wohin willst du denn mit dem Herrn ziehn, wenn er kommt?' – ‚Na, wohin anders als zum König?' habe ich aus Scherz gesagt. Gleich lief sie brüllend fort, erzählte es unsern Hüterbuben auf der Weide, die sagten es den Kindern, und um Sonnenaufgang wußte es schon das Dorf, daß ich heute jemand zum König führen müßte. So schnell verbreitet sich barer Unsinn!" seufzte der Wasserbüffel. „Und nun ziehen wir gar nicht zum König, sondern zum Urwald, dorthin, wo man das Gras wachsen hört. Aber ich werde sie nicht weiter aufklären, die Leute."

„Kann man denn beim König nicht auch ein wenig Gras wachsen hören?" fragte ich schüchtern; denn auf dem Büffel allein im Urwald zu reiten, wo ganze Tigerfamilien und Schlangengesellschaften spazierengehen, das kam mir als dreihundertjährigem Greise doch etwas gewagt vor.

„Beim König wächst kein Gras", sagte der Büffel barsch. Denn er vertrug nicht, daß man zuviel fragte, weil er zu plump war und hinter jeder Frage eine Falle vermutete.

„Was wächst denn beim König?“ fragte ich weiter, möglichst einfältig, wie es einem dreihundertjährigen Greise geziemt.

„Beim König wächst nur Gold“, brummte der Wasserkopf gereizt.

„Kann man Gold auch wachsen hören?“ fuhr ich fort, ermüdend zu fragen.

„Welch eine Frage! Gold klappert doch lauter beim Wachsen als Gras!“

„Höre, lieber, verehrtester Büffel, ich glaube doch, daß ich mit meinen dreihundert Jahren das Gras nicht mehr wachsen hören kann. Wäre es nicht einfacher, wir wählten das lautere Wachstum des Goldes beim König?“

„Gras wachsen hören ist eine Kunst, Gold wachsen hören ist keine!“ behauptete mein gescheiter Büffel beharrlich.

„Ja aber, siehst du, Künste sind brotlos. Ich fürchte, beim Graswachsenhören werde ich nicht satt, Gold wachsen hören bringt mehr ein.“

„Willst du umsatteln?“ forschte er. Er duzte mich geringschätzend.

„Nun, ich meine nur“, sagte ich kleinlaut, denn ich fürchtete mich ein wenig vor seiner wachsenden Grobheit.

Aber Büffel sind unberechenbar. „Gut, Matiuni; sage nur, was du wünschst, und ich führe es aus!“ brummte er plötzlich freundlich, aber er fuhr fort, mich zu duzen.

„Vielleicht fürchtet er sich selbst, in den Urwald zu gehen“, dachte ich, „und bleibt lieber auf der bequemen Landstraße wie ich. Deshalb ist er wieder so freundlich geworden.“

Und wir verabredeten aufs freundlichste, er sollte mich zum König bringen, und ich sollte dort Gold wachsen hören. Denn als dreihundertjähriger Greis schätzte ich Gold höher als Gras; man weiß im Alter, daß die Welt am Golde hängt und nicht am Gras. Daß dieses aber eigentlich ein sündiges und böses Denken ist, das sollte ich erfahren.

Und ich verstehe es jetzt erst: der Büffel, der am Grase mehr hing als am Golde, gönnte mir den Weg zum König, damit ich zu seiner edleren Büffellebensauffassung bekehrt werden und meine goldgierige Auffassung fahrenlassen sollte. Die sieben Musikanten, die ich gern zum König mitgenommen hätte, holten wir nicht mehr ein; aber an den fliegenden Garküchenständen bei den ersten Häusern vor der Schluchtbrücke, da sah ich alle sieben dem Hause gegenüber am Boden einer Bude sitzen, und sie schienen eben gegessen zu haben. Sie saßen gerade der Bude gegenüber, in der das Bild mit dem auf einem Büffel reitenden Blinden vorhin an der Wand gehangen hatte.

Als ich das Bild aber mit den Augen suchte, war es verschwunden. Auch der blinde Matiuni, der doch vorhin hinter den sieben Musikanten hergelaufen war, war verschwunden.

„Wie lange soll ich mir hier noch meine Beine breit stehen?" brummte mein Wasserbüffel ungnädig, da ich ihm Halt geboten hatte.

„Ich möchte Musik haben, Musikanten, die mich zum König begleiten", sagte ich schüchtern.

„Sehende oder blinde Musikanten?" fragte mein Ochse zurück.

„Natürlich sehende!" rief ich und boxte mein Reittier schalkhaft hinter die Hörner.

„Blinde spielen besser", behauptete mein Rindvieh.

„Also, dann blinde", ließ ich mich überzeugen. „Aber woher blinde Musikanten nehmen?"

„Das haben wir gleich, alle Leute werden gleich blind, wenn man ihnen sagt, daß sie zum König kommen können und Gold wachsen hören dürfen. Frage sie nur, die sieben Esel von Musikanten", belehrte mich der Büffel.

Und ich fragte laut: „Wo gibt es hier blinde Musikanten?"

Keine Antwort.

„So fragt man doch nicht, Mensch, dreihundertjähriger", brüllte mein Büffel gereizt und rief selbst laut und deutlich:

„Wer blind ist, und Musikant ist, und Gold wachsen hören will, und zum König kommen will, der kann mir nachlaufen.“ Damit begann er auch gleich zu laufen und winkte nur noch einmal mit dem Schwanze hinter sich.

Da hörte ich hinter mir wieder lachend alle sieben Musikanten singen: „Matiuni reitet! Wo will er hin? Matiuni will heute zum König ziehn!“ Und vierzehn Beine trabten hinter dem Büffel her und holten uns ein. Und die sieben Musikanten, als sie uns erreicht hatten, riefen: „Matiuni, nimm uns mit! Wir sind alle blind geworden. Jedenfalls so blind wie du, laß uns mit zum König ziehen und Gold wachsen hören!“

„Na siehste!“ knurrte mein Wasserbüffel überlegen. Dann wendete er sich, rollte die Augen furchtbar und brüllte. „Ihr sieben blinden Mistgewächse, wie könnt ihr denn ohne Führung so schnell laufen? Haltet euch hintereinander. Der erste nimmt meinen Schwanzzipfel in die Klaue, die anderen legen die linke Hand auf die linke Schulter des Vordermanns. Anders ziehen sieben blinde Schufte, wie ihr seid, nicht beim König ein.“

„Hu, hu, hu“, lachten alle den Büffel aus, denn es waren sieben lustige Brüder, die sich nicht so leicht ins Büffelhorn jagen ließen.

Aber sie taten, wie ihnen von dem allgewaltigen Herrn Wasserbüffel befohlen worden war.

Und so bildeten wir bereits einen langen Blindenzug, als wir über die dröhnende Holzbrücke in Garoet einzogen.

Ganz Garoet kennt Matiuni, und auf dem Markt hatte sich schon die Kunde der Büffelreise Matiunis verbreitet. Wie aber die Leute so viele Blinde in langem Zug hintereinander ankommen sahen, da riefen sie mir zu, der ich vornedran hoch auf dem Ochsen thronte: „Hallo, Matiuni, der Blindenkönig! Matiuni, der König der Blinden, seht ihn! Matiuni, Matiuni, wo will er denn hin? Matiuni will heute zum König ziehn!“ Und in der ganzen Stadt, wo Leute saßen oder standen oder gingen, in den Garoetbaumstraßen, in den fernen, schattigen, überall ertönte das Liedchen weiter von Mund zu Mund. Und meine sogenannten blinden Musikanten zogen Musik spendend lustig hinter dem Büffel her. Sie

hielten aber jeder sein Musikinstrument in der rechten Hand, die linke ruhte auf der Schulter des Vordermannes, und der erste von ihnen hielt den Büffelschwanz, wie eine Art Leitfaden durchs Leben, fest in seiner Linken, wie es Blinde tun. Ich selbst, der niemals die feine Zither gespielt hatte, versuchte vorsichtig; und es ging, als ob ich mindestens zweihundertachtzig Jahre Musikant gewesen wäre.
So waren wir alle neun lustig und guter Dinge. Ich sage: neun; denn seine Gewaltheit der Herr Büffel war ebensogut ein lustiger Jemand, wie die sieben Musikanten und meine Hoheit, der König der Blinden, jeder ein Jemand waren.
Wir machten Späße und Witze, und neben uns tanzten die Straßenjungen. Aus den Gärten kamen braune kleine Javanenmädchen, die warfen mir weiße und rosa Brauttränen zu. Brauttränen sind feine Blütendolden einer indischen Schlingpflanze, die an vielen Häusern hochklettert und das Haus einhüllt. Und bald waren des Wasserbüffels Hörner mit lila Bougainvilleblüten, mit weißen Franchipanablüten, mit rosa Brauttränen, mit gelben und scharlachroten Hibiskusblüten kunterbunt behangen, und ich ritt auf einem blühenden Tier durch die Baumstraßen des Landstädtchens.
„König Matiuni, König der Blinden!“ riefen die Leute immer wieder. Denn es hefteten sich nun noch mehr Blinde, die vor den Basarbuden als Bettler gesessen hatten, dem Zug an. Und ich, König Matiuni, König der Blinden, ritt stolz, meine Zither spielend, und freute mich über meinen Anhang. Und ich und alle meine Blinden trugen Kränze von Blumen auf dem Leib und frohes Lachen in unseren grinsenden Gesichtsfalten.
„Nun siehst du“, sagte mein Büffel gutgelaunt, „nun bist du schon beim König angelangt!“
Ich verstand ihn nicht. Ich sah mich um, ich konnte aber weder ein Schloß noch einen König sehen. Ich sah nur die Basarstraße mit dem Gewühl buntgekleideter geschäftiger und zahlender Javanen.
„Ich soll beim König angelangt sein?“ fragte ich staunend und begriff in meiner Greiseneinfalt nichts.

„Nun, wirst du nicht von allen Leuten als König der Blinden ausgerufen?“
„Ach, du willst mich foppen, Grauschädel, behornter? Sollte ich nur bei mir als König anlangen?“
„Bist du schon einmal König gewesen, daß du so hochmütig tust, nichtsnutziger Europäer?“
„Sie, hören Sie mal, besinnen Sie sich, Sie Brüllochse, Sie! Wie komme ich dazu, nichtsnutzig zu sein?“ fuhr ich mein Lasttier an.
„Na“, brüllte der, „ihr Europäer glaubt doch nicht, daß ihr in unsern Javanenaugen zu etwas nutze seid. Ihr seid uns so viel nutze wie der Sonntag dem Samstag. Ihr spielt die Könige, die ihr gar nicht seid. Ihr ruht euch bei uns aus und schwelgt im Wohlleben wie Sonntage, wir aber sind die Samstage und dürfen uns des Sonntags wegen abschuften.“
„Hören Sie auf, gehässige Randbemerkungen zu machen, Sie javanische Zierleiste, Sie! Ich sitze nicht hier, um Ihrer Musik von Schimpfworten zu lauschen. Ich bin königlich blind, und Sie haben sich in meine königliche Blindheit zu fügen.“
Ich wurde ungeduldig. „Kommen wir denn nun bald weiter?“
„Wenn's Ihnen eilt, können Sie absteigen und einäugig weiterlaufen, Sie halber König.“
Da ich nur halb blind war, war ich natürlich nur ein halber König der Blinden. Ich mußte dem klugen Büffel recht geben. Und nun trabten wir an einem Rasengarten vorüber, dadrinnen stand ein langes, weißes Haus, das hatte nur ein Erdgeschoß zu ebener Erde und darüber ein Dach. Aber an des Hauses Längsseite waren viele kleine Schalterfenster angebracht, und vor jedem Fenster drängten sich Menschen, javanische Männer und Frauen, – wie auf dem Reichspostamt sah es aus.
Ich wußte: das war das Pfandhaus von Garoet, das so schön in einem grünen Garten lag wie ein königliches Lustschloß.
Im Garten war auch die Versteigerungshalle: auf braunen Balken ein Dach. Darunter saß an einem Tisch der Mann,

der die im Pfandhaus verfallenen Gegenstände zu versteigern hatte. Und sein Tisch war dicht umringt von Javanen. Man kann sich bei uns in Europa gar nicht vorstellen, wie lustig es in einem javanischen Pfandhausgarten zugeht. Es war da wie im Garten eines Münchner Braukellers. Da standen Garküchenköche herum, die brieten Bananen und Mandelkuchen. Und Limonadenverkäufer mit blauen und grünen Limonadegläsern auf kleinen Tischen standen da. Und Zuckerbäcker, die buken kleine Tiere und Menschengestalten aus süßem Teig auf ihren fliegenden Küchenherden, die sie an einer Stange auf der Schulter trugen. Und auf dem Rasen um die Versteigerungshalle herum hockten Javanen in bunten Kleidern mit bunten Tüchern auf dem Kopf, die knabberten Süßigkeiten und Pasteten und Früchte, und andere rauchten und schwatzten mit Bekannten; und um den Versteigerungstisch drängten sie dicht und steigerten lustig und kauften alte versetzte Goldsachen und Messingschalen und alte Waffen und schöne Batiktücher, bunte und holländische Porzellanteller und kupferne Reiskochkübel und viele, viele Dinge, die in Stunden der Not aus kleinen Haushalten ins Pfandhaus gewandert waren.

Der Javane betrachtet das Pfandhaus als eine Art Börse. Dort kauft und verkauft er nach Herzenslust. Und ganze Familien drängten sich, lustig lachend und plaudernd, vor den Schaltern, wo sie ihre Sachen versetzten und dabei kein Gefühl von Bedrücktheit oder gar von Schmach und Schande spürten. Das Pfandhaus war wie ein Markt und wie ein Taubenschlag so lebhaft und so unterhaltend.

Hier also kam ich auf meinem aschengrauen Wasserbüffel angeritten, schön bekränzt und vergnügt musizierend.

Ein Eisenbahngeleise, das zur Garoetstation führt, geht am Pfandhausgarten vorbei.

„Hier", sagte mein Büffel, „setzt du dich beim Schienenweg am Pfandhausgarten nieder, und mit dir deine sieben Begleiter. Ich aber werde dort drüben in das lange, neue Bioskoptheater gehen; dort wird nur abends gespielt, und dort ist jetzt viel Raum. Dort werde ich eine brüllende Rede halten, und bald darauf wirst du, und mit dir deine Sieben, das Gold wachsen hören. Aber wenn du später darunter zu leiden hast, weil du das Gold und nicht das Gras hast wachsen hören wollen, so beklage dich gefälligst nicht bei mir, hörst du, mein Herr Halbkönig!"

„Schluß!" rief ich. „Los! Und laß das meine Sorge sein. Gold wird mir keine Sorge bringen; das wäre doch zu komisch", lachte ich ungläubig.

Ich tat, wie mein Büffel geraten. Und ich setzte mich an den Schienen beim Pfandhausgarten nieder und hieß meine sieben Gefährten das gleiche tun.

Nicht weit von mir beim Eingang zum Pfandhausgarten saßen aber die Juwelenwäscher am Boden. Sie wuschen Goldarmbänder und Goldhaarnadeln und Goldketten und Goldbroschen, die ihnen Javanen gaben, ehe die Goldsachen zu den Schaltern des Pfandhauses wanderten. Die Wäscher hatten Schalen mit Säure und Flaschen mit Säure und Seifenwasserschalen vor sich an der Erde stehen; still und emsig spülten sie das Gold in den Säuren ab und bürsteten es und putzten es so blank, daß jeder Schmuck gleich wieder wie neu aussah.

Mit meinem einen Auge, das ich noch sehend hatte, schielte ich nach den vielen hübschen Goldsachen, die dort auf Tellern lagen; und ich dachte: „Wenn nur dieses Gold zu mir her wachsen wollte!" Und mit mir schielten meine sieben blinden Musikanten hin, und wir alle waren ganz still und nachdenklich geworden und vergaßen zu musizieren beim Anblick der hübschen goldenen Schmucksachen. Denn die Javanen tragen ihr Geld nicht auf die Bank; sie legen es meistens in Schmucksachen aus echtem Gold und in Diamantenschmuck an, und sie und ihre Frauen tragen meistens ihr Vermögen in Schmuck am Halse, am Armgelenk und an den Fingern und im Haar. Als ich vom Büffel stieg, waren alle die Leute nicht etwa bei mir, dem Blindenkönig, und den Blinden stehengeblieben, nein, sie waren alle dem laut brüllenden Büffel nachgerannt, der über das Schienengeleise fort in den Hof des neuen, hübschen, weißgetünchten Bioskoptheaters gestürzt war. Sie wollten in aller Eile sehen, was der bekränzte gewichtige Wasserbüffel, der ein Vermögen wert war, dort im Theater tun wollte. Das Theatertor stand weit offen, da der Raum am Tage gelüftet wurde, und dorthin waren alle dem Büffel, dem brüllenden, nachgelaufen. Denn, wie gesagt, ein Büffel erregt bei den Javanen mehr Teilnahme als ein Mensch, weil sie in ihm die Kraft bewundern, die ihnen beim Feldbau am Pflug so nützlich ist, wenn das Reisfeld geackert werden soll. Ein Büffelleben ist ihnen wichtiger als ihr eigenes. Es war also augenblicklich ziemlich still um den Halbkönig der Blinden. Vom Pfandhaus her hörte man in Zwischenpausen einförmig die Gongschläge, die weithin melden sollten, daß heute Versteigerungstag war. Und außer dem Bürsten der Goldwäscher war nur wenig Geräusch, denn alle Javanen laufen barfuß, und man hört auf den lebhaftesten Straßen keinen lauten Schritt; nur manchmal schlurft der Pantoffel eines Chinesen vorüber.

Es war schön, im sonnigen Morgen beim grünen Garten unter den scharlachrot blühenden Götterbäumen zu sitzen, und ich hätte eigentlich in meinem dreihundertjährigen Leib mit dem Musikbrett auf dem Schoß wunschlos sein müssen.

So aber horchte ich immer, unzufrieden und lüstern nach Gold, zu den Bürsten der Goldwäscher hin und betrachtete den Seifenschaum, in dem die braune Hand so eines Wäschers auf- und untertauchte, mit Gold gefüllt, mit goldenen Ketten und goldenen dicken Armbändern. Ebenso taten meine sieben Gesellen. Und wir sahen nicht das Gold des Morgensonnenscheins, das viel edler und viel reiner und viel reicher rundum in der grünen Landschaft der Felder und Gärten glänzte. Wir sahen nicht die sanfte, friedensreiche Bläue des Morgenhimmels über uns, nicht das kräftige, dunkle, ernste Blau der vierzig Vulkanberge, die draußen am Himmelsrand, rund um Garoet, dem Gierigen und Unzufriedenen mit feurigem Zorne drohen.

Plötzlich hörte ich eine donnerhafte, brüllende Stimme, und

ich sah, wie alle Tauben erschrocken von den Dächern aufflogen, wie alle Raben, aufgescheucht von der dröhnenden Stimme, aus den Kokospalmen fernster Gärten flohen, und ich sah, wie die neuen Dachziegel des Bioskoptheaters zitterten, als fahre ein Sturmwind durch die Dachsparren.

Es war aber die Stimme meines Wasserbüffels, die so höllisch lärmte, daß der Himmel und die Erde zu zittern schienen.

Der Büffel aber sprach drinnen im Theater auf einer Brettererhöhung zu den versammelten, sich zitternd niederkauernden Javanen, die ihm mit höchster Achtung lauschten, und ich konnte aus der Ferne jedes Wort verstehen.

„Seid mir gegrüßt, ihr Herren und Herrinnen von Java, – so möchte ich euch anreden, wenn ihr nicht alle Knechte wäret, niederste Knechte des Goldes. Wißt ihr nicht, daß das Gold denen die Augen der Seele ausbrennt, die auf Gold schauen? Wißt ihr nicht, daß ihr Knechte des Goldes werdet, sobald ihr es berührt habt? Ihr glaubt, ihr tragt das Gold als Schmuck am Leibe, ihr wißt nicht, daß das Gold euch am Leibe trägt; denn das Gold ist Herr aller, die es anschauen. Herr aller, die es im Wunsch, es zu besitzen, mit einem einzigen Auge anschielen. Gold hat größere Kraft, als da die Kraft eurer vierzig Vulkane ist, die rund um Garoet über euch drohen. Gold ist verhärtetes Elend, vom Schrekken geschmiedet, vom Kummer und gelben Neid durchglüht; Gold ist den Menschen funkelndes Unglück. Seht die Tiere des Feldes! Jedes Tier da draußen ist unschuldiger und glücklicher als ihr alle, denn keiner ihrer Wünsche, kein leisester Wunsch der Tiger und der Schlangen, der Bären und der Hirsche, der Hunde und der Ratten, der Büffel und der Pferde, ja, auch nicht des von euch verachteten Schweines haftet ja am Golde. Und ihr Menschen, die ihr euch das erste, gewalttätigste Tier der Welt zu sein dünkt, ihr wollt euch zur Niedrigkeit des Goldes erniedrigen und werdet euch dadurch zur Schande und Schmach aller lebenden Kreatur der Erde entwickeln. Selbst die Waldbrüder der Menschen, selbst die klugen Affen in den Palmen des

MNM

Urwaldes geben nichts auf das Gold. Jeder Kieselstein, der glänzt, ist ihnen eine Spielerei, so auch das Gold.

„Seht, auf welch hoher Stufe der Seelen- und Willensbildung wir Tiere über euch stehen! Wir sind nie die Knechte des toten, frechen Goldes geworden. Wir leben nicht in Schulden und Sorgen und in Schlaflosigkeit und in Gefühllosigkeit des Goldes wegen. Wir haben uns nie mit dem Laster der Goldgier belastet. Wir sind deshalb die über euch Stehenden geworden, von dem Tage an, da ihr das Gold berührtet, von dem Tage an, wo ihr euch an den toten, kalten Leib des Goldes hängtet, von dem Tage an, da ihr eure Seele verstoßen habt und statt ihrer das Gold als eure Seele in euer Herz setztet, – von diesem Tage an seid ihr die Gefallenen der Erde geworden. Ihr steht unter dem unschuldigen, bescheidenen Waldtier. Ihr steht unter dem bescheidenen Feldtier. Ihr wagt es, uns eine Seele abzusprechen, ihr, die ihr eure Seele für das Gold hergegeben habt. Unsere Seele liegt in der Unschuld unserer Augen, in der Stärke unseres ungeknechteten Leibes, in der Wunschlosigkeit unseres Herzens, – da liegt unsere Seele und schlummert im Paradies der Unschuld, aus dem euch der Blick auf den Apfel des Goldes verstoßen hat! Ich, der Helfer eurer Väter im Acker, ich, der Helfer eurer Kinder im Acker, ich, der ich für euch meinen Schweiß am Pfluge gebe, damit ihr Brot habt, ihr Sklaven des Goldes, ich verachte euch im Namen aller Tiere des Feldes. Im Namen aller Tiere des Waldes sage ich euch, daß das Reich der Seele unser ist, und euer ist das Reich des seelenlosen Goldes.

„Was ihr tun sollt, euch zu erretten und dem Golde zu entgehen? fragt ihr mich mit euren Augen und Ohren? Wer mich mit seinem Herzen fragt, weil er loskommen will vom Golde, dem sage ich: Werfet alles Gold von euch! Vertreibt es aus dem Bereich eurer Augen, aber vertreibt es vor allem aus dem Reich eurer Wünsche, Hoffnungen und Gedanken.

„Bildet Gemeinden, rate ich euch, aus denen das Gold verdammt ist bei Todesstrafe!

„Bildet Gemeinden, wo Menschen geboren werden und sterben, die nie das Wort Gold aussprechen gelernt haben!

„Bildet Gemeinden zuerst, die das Gold wegwerfen! Dann, zum andern, Gemeinden, die allem Gold aus dem Wege gehen! Gemeinden, die zum dritten und letzten endlich das Dasein des Goldes vergessen haben!

„Unter dem Gold meine ich alle Juwelen, alle Goldmetalle, alle Wertmetalle, allen Metallschmuck eures Leibes, der euch nur belastet, herabzieht und euch ärmer macht als die ärmsten Waldtiere, die reiche und große Herren gegen euch Goldsklaven sind, da sie reich an Freiheit von der Goldgier sind, reich an Unschuld der Seele, reich an Goldunwissenheit. Warum kommt ihr zur Landschaft, warum kommt ihr zum Walde, warum zum Garten nach getaner Arbeit? Um euch von eurer Goldschuld bei unserer goldlosen ländlichen Waldunschuld zu erholen!

„Wenn auch wir Tiere dem Golde nachliefen und an ihm hingen wie ihr, so würden Wälder, Berge und Erde in Flammen der Goldfrechheit untergehen. Nur unsere Unschuld erhält die Länder der Erde. Eure Goldungeduld ist die Zerstörerin alles Lebens, aller Seelenunschuld, alles Lebensgeistes überhaupt.

„Und nun bedenkt euch nicht lange. Ich habe euch hier den Matiuni, den dreihundertjährigen Matiuni, den unschuldsvollen, goldfremden Blinden, den König der Blinden, mitgebracht. Ihm liegt nichts mehr am Golde. Er hat seit seinem hundertsten Lebensjahre das Gold vergessen. Seit zweihundert Jahren hat er nichts vom Golde gesehen, kein Gold berührt. Nur Musik und Unschuld ist seiner Seele Gold."

Ich hörte sprachlos zu. Und wollte schon rufen: „Der Büffel lügt jetzt. Was er vorhin sagte, war gut. Aber er macht mich nun besser, als ich bin. Darin lügt er jetzt." Doch ich schwieg. Denn es herrschte eine so andächtige Totenstille nicht bloß in dem Raum des Theaters drüben, — auch in dem Garten des Pfandhauses und auf den Straßen, überall waren alle Leute andächtig geworden und hockten sich nieder, wo sie gerade standen. Und die Versteigerung setzte

aus. Der Gong schwieg. Die Tauben waren auf die Dächer und die Raben waren in die Palmen zurückgekehrt. Die Hunde saßen still und lauschten. Die Wagenpferde standen still und lauschten. Alle Blätter und Blüten an den Götterbäumen lauschten, jeder Grashalm, jeder Grashüpfer saß still, und die Frösche in den Reisfeldern, die sonst nie Ruhe gaben, – alle schwiegen und horchten auf die wahren Worte des klugen Büffels. Der Büffel fuhr ununterbrochen fort:
„Da draußen zu Matiuni tragt euer Gold hin. Er soll euer Gold mit seinem blinden Hofstaat in die Urwälder tragen, er, der König der Blinden. Nur er allein kann das Gold aus eurer Welt schaffen. Der dreihundertjährige Matiuni ist der einzig lebende Mensch heute in Garoet, der nichts vom Golde mehr weiß, der nicht weiß, was ihr ihm gebt, wenn er euer Gold in den Urwald schleppt mit seinen blinden Gefährten, die ihm und mir blindlings gehorchen. Im Urwald wird er es begraben, oder wird es besser in den Krater des Papandajan versenken, und euer Gold wird zu Feuer, und der Zorn der Feuerberge zerschmelzt und frißt mit Wollust alles Gold von Garoet, alles Gold von Java, um euch zu rechtlichen, freien Herren des Lebens zu machen.
„Rafft euch auf zur Goldfreiheit, die bei uns Tieren im Feld und im Walde wohnt, weil wir keine Goldgier und keine Goldknechtschaft kennen! Rottet die tödlichste Begierde, die euch alle, mit Ausnahme des blinden Matiuni hier, verseucht, – rottet sie aus euren Augen und aus eurem Sinn!
„Geht hinaus zu Matiuni, den ich euch gebracht habe! Wisset, der einzige Wunsch dieses weisen Dreihundertjährigen, als ich ihn heute traf – ihr ratet es nicht –, sein Wunsch war, das Gras wachsen zu hören! Hört ihr: nicht das Gold, sondern das Gras wollte der Blindenkönig wachsen hören! Wißt ihr, was das besagt, dieser Wunsch? Er besagt, daß sein Herz unschuldig ist wie der Urwald, der seit tausend und aber tausend Jahren auch keinen andern Wunsch kennt, als das Gras wachsen zu hören. Im Urwald sind es Blätter; aber Blätter oder Gras, – beide wachsen eines so melodisch und musikalisch wie das andere. Diese Musik des Gras-

wachsens kann aber nur der belauschen, nur der hören, der so lange wie der dreihundertjährige Matiuni das Gold vergessen hat. Nur er konnte den Wunsch in seinem Herzen finden, den vor ihm noch nie ein lebender Mensch gefunden hat. Wißt ihr nun, daß ihr euer Gold niemand anderm zu geben habt als dem Unschuldsvollsten unter euch, der gar nicht erkennt, daß er Gold in den Händen hält, wenn ihr es ihm hinreicht."

Und bald, nachdem der Wasserbüffel also groß und mächtig geredet hatte, verließ er unter Jubelrufen der Javanen das Theater und ging gemächlich über die Straße an den Wiesenrain, wo ein Bach aus einem Reisfeld an der Gartenstraße entlang floß; und der Stier neigte seinen Nacken, und man hörte ihn in großen Zügen das frische Wasser schlürfen, denn er hatte sich heiß geredet. Und einige Leute aus den Gemüseständen am Wege kamen und legten einige Kolben frischen gelben Mais vor den Stier hin, und andere breiteten Kohlblätter aus, er aber ließ die Gaben unbeachtet und sagte aufschauend und wiegte die schweren Hörner drohend: „Kümmert euch nicht um mich, ihr Leute, kümmert euch um eure Seele! Ich helfe mir schon selbst." Und damit trollte er sich unter den Bäumen am Bachrand entlang und labte sich an jungen Gräsern, die am Wegrand wuchsen, und raufte das frische einfache Gras, und alle, die es sahen, bewunderten die Ruhe und die Andacht und die Genügsamkeit, mit der dieses Tier am Wege stand und sich von Wasser und Gras und Luft nährte und dem es an göttlicher Lebenseinfachheit keiner der Umstehenden gleichtun konnte.

Da erfaßte sie vor der Lebensart des klugen Tieres, mehr noch als vor seinen klugen Worten, das Gefühl der Scham und Erbärmlichkeit ihres goldgierigen Menschendaseins.

Die Straßenjugend war gleich nach dem Schluß der Büffelpredigt zu mir gelaufen und hatte angehoben, den Vers vor mir zu singen, den sie sich gedichtet hatte:

„Seht, dort seht,
Matiuni, der Prophet,

Matiuni, der das Gold vergaß,
Hört wachsen jetzt das Gras."

So sangen sie, die Jungen, und nun kamen auch die älteren Leute hinzu; und als die Ortsvorsteher, die javanischen, und ihre Frauen und andere vornehme Javaner ihre Goldreifen von den Fingern zogen und ihren Schmuck vor dem blinden Matiuni niederlegten, da begann ein allgemeines Leben, alle drängten herzu. Die Frauen nahmen die kleinen Goldblumen aus ihren schwarzen Haarknoten, sie streiften sich und ihren Kindern die dicken Goldringe von den Hand- und Fußknöcheln ab. Sie legten die verzierten großen Goldnadeln, mit denen sie ihre dünnen bunten Schleierjacken auf der Brust geschlossen hielten, vor mir nieder. Und es regnete Gold, Goldschmuck, Goldgeld von allen Seiten, so daß ich mit meinem einen sehenden Auge das Gold rascher wachsen sah als einen Gebirgsbach beim Wolkenbruchregen. Ich saß bald mit meinen Kameraden hinter einem Wall von Goldschmuck, der wuchs höher, als die Nase mir im Gesicht saß.

Denn auch aus der Stadt kamen die Leute gelaufen. Die Kunde von der Pest des Goldes hatte sich rundum verbreitet, und je weiter die Leute herkamen und je weniger sie von den eigentlichen Goldverdammnisworten des Büffels selbst vernommen hatten, desto größer war ihr Eifer, ihr Gold loszuwerden, und ihre Furcht, auch nur einen Goldring zu behalten. Denn es hieß zuletzt: jeder, der von heute ab Gold ansehe, müsse tödlich erkranken und müsse sterben. Dazu kam noch, daß ein kleiner Erdstoß die Garoeterde zittern machte, als der Büffel sein letztes Wort gesprochen hatte und als der erste seinen Goldring vor mir niederlegte. Dieses Erdbeben sei das leibhaftige zustimmende Nicken der Erde gewesen, so deuteten es sich die leicht erregbaren Javanen. Und da nun auch die Erde gegen das Gold geredet zu haben schien, war ein allgemeines Hasten, und einer riß den andern fort, im Eifer, sich seines Goldes bei mir zu entledigen.

So sah ich also wirklich zu meiner Schande das Gold vor mir wachsen. Und ich begriff nur noch nicht recht, ob ich mich freuen oder ärgern sollte.

Meine sieben Schlingel von Musikanten hielten die Köpfe gesenkt, aber an dem Zittern des dünnen Leinenstoffes ihrer Jacken sah ich, daß ihnen die Herzen vor Goldgier klopften.

Hilflos und unwissend und schlecht und niederträchtig kam ich mir vor, als ich die unschuldigen, guten Javanenleute sah, die treuherzig und von der Rede des Büffels ergriffen, alles Gold weggegeben hatten und die nun schmucklos weiterzogen, als hätten sie nichts Großes getan; so einfach und scheu und ganz gedemütigt gingen sie ihres Weges. Sie gingen alle noch unter dem Alpdruck der donnernden Büffelworte, das konnte man ihnen ansehen.

Einige Leute brachten nun große Säcke und Stricke, und andere brachten Maultiere an; jedem Musikanten gaben sie ein Maultier, das er, da er ihnen blind schien, am Schwanz halten mußte.

Meinem Büffel hingen die Blütenkränze ganz verwelkt am schweißigen Leibe herunter, so heiß hatte er sich geredet. Aber nun war er still und stand vor mir, und nur das eine Wörtchen „Aufsteigen!" sagte er befehlend zu mir, dann schwieg er mürrisch und gewaltig; dabei käute er an dem zermalmten Gras zwischen seinen Zähnen wieder, wie ein alter Seemann, der sein Priemchen Tabak kaut.

Die Goldwäscher saßen ganz versonnen am Eingang des Pfandhausgartens, als wir vorüberzogen. Ihre Seifenwassernäpfe waren leer, und ihre Hände lagen verschränkt über den Knien, aber keiner verzog eine Miene, trotzdem sie ihren Beruf eingebüßt hatten. Mit der ergebenen Ruhe des Asiaten sahen sie dem Zuge nach, der da das ganze Gold aus Garoet fortschleppte. Es waren aber an fünfundzwanzig Säcke Gold geladen: zwei auf jedem Maulesel, jeder Musikant trug auf dem Rücken noch einen Sack, mein Büffel aber trug allein vier Säcke voll Goldsachen; auf jeder Flanke zwei gut gefüllte große Säcke.

Ich aber saß auf dem Büffel inmitten der vier Goldsäcke und hatte alle Musikinstrumente, meines und die der sieben Musikanten, umgehängt und war von toten, lautlosen Instrumenten wie begraben. Dann zogen wir zum Ort hinaus. Es war ein ehrfürchtiges Gemurmel in allen offenen Häusern und Buden am Weg, und eine dichtgedrängte Schar wollte uns begleiten bis ans Ende des Ortes.

Wir zogen aber den Weg nach Tjisiroepan, der auf den Krater des Vulkanes Papandajan führt.

Wir waren kaum aus Garoet hinaus und zwischen grünen Reisfeldterrassen auf der großen, breiten Landstraße, die immer langsam ansteigt durch die Hochebene hin, da rief mein Büffel, als uns die letzten Einwohner von Garoet verlassen hatten: „Eure Hoheit glauben wohl, daß ich Ihre vier Säcke den ganzen Weg schleppe? Das fällt mir aber gar nicht ein. Bis Tjisiroepan sind es gut vier Wegstunden für einen Büffel, der eine Last zu tragen hat. Ich bitte Eure Hoheit also nachdrücklich, abzusteigen und mindestens zwei Säcke selbst zu tragen. Und die Esel sind auch zu viel belastet. Mehr als einen vollen Goldsack kann kein Esel ohne Rükkenschmerzen tragen, die Musikanten aber müssen jeder noch einen Sack auf sich nehmen, und jeder muß seinen Esel um einen Sack entlasten."

Die Musikanten waren ganz schweigsam und bedrückt von dem vielen Gold, das man ihnen anvertraut hatte, und sie sprachen kein Wort. Auch ich hatte meinen Geist noch nicht zurückgewonnen und war ganz betäubt von dem eben Erlebten.

„Na, großer Herr König und Prophet Matiuni", lachte der Büffel höhnisch, „Gold erraffen, das möchtet Ihr gern, besonders, wenn Ihr es so schnell und reich habt wachsen sehen wie dieses Gold hier. Eigentlich könnte ich Euch überhaupt jetzt verlassen, Ihr habt, was Ihr wollt. Ihr kamt zum König, das heißt, Ihr erreichtet den Titel König, und als Dreingabe wurdet Ihr auch noch zum Propheten erhoben. Ihr habt Gold wachsen hören, und Ihr seid ein dreihundertjähriger sehender Blinder geworden. Da Ihr keinen Wunsch weiter ausgesprochen habt, könnte ich eigentlich umkehren und Euch beim Golde lassen."

„Bester Büffel, bitte, laß mich nur jetzt nicht allein!" bat ich inständig. „Ich bin nämlich ganz ratlos, was ich mit dem vielen Gold anfangen soll."

Wir hatten aber, ehe wir das Gespräch begannen, die sieben Musikanten vorausmarschieren lassen und waren jetzt sozusagen unter uns.

„Weißt du, lieber Büffel, eigentlich ekelt es mir vor dem vielen Golde", fuhr ich fort.

„Ach, was du nicht sagst!" lachte der Büffel ungläubig und höhnisch. „Du meinst wohl, es ekelt dir davor, von jetzt ab zwei Säcke bergauf schleppen zu müssen?"

„Ach, ganz gewiß nicht, lieber, bester, teurer Büffelherr", flehte ich in höchster Hochachtung. „Ich will gern das Gold auf mich nehmen; aber ich mußte dir nur gestehen, daß mich deine Worte von vorhin im Theater tief erschüttert haben. Ich bin ganz deiner Ansicht. Wir Menschen sollen uns nicht ans Gold hängen, uns nicht dem falschen, gelben Blick des Unglücksgoldes hingeben."

„Hm", nickte der Büffel beifällig. „Hm." Und dabei käute er ruhig sein Gras im schaumigen Maule wieder, das er sich immer wieder aufstoßen ließ, wenn er es beinahe hinuntergeschluckt hatte. Es schien ihm höchsten Genuß und innerste Befriedigung zu geben, diese unschuldig endlose Beschäftigung zu wiederholen. Und ich mußte, als ich den Wiederkäuer, den edlen, so beobachtete, in meinem Herzen denken: „Er ist nicht anders als ein Kind, das andächtig an seinem Daumen lutscht, oder ein Mann, der seinen Priem kaut, oder ein Amerikaner, der Gummi kaut, oder ein deutscher Förster, der seine kalte Pfeife im Mundwinkel hängen hat und daran kaut." So viel Vergleiche mit den Menschentieren fand ich bei der Kaugewohnheit des Büffeltieres, daß ich zuletzt beinah keinen Unterschied mehr sah.

„Bedürfnislosigkeit ist höchste Lebensweisheit", sagte der kauende Büffel. „Das Kauen kostet mich nichts, während alle eure Bedürfnisse nicht natürliche Gewohnheiten, sondern

ausgedachte üble Angewohnheiten sind, wie euer Tabakrauchen und euer Zahnstocherkauen und Gummikauen. Wir Büffel waren weise in der Auswahl unserer Gewohnheiten, weiser als das unglückliche Menschengeschlecht, das sich immer ruhelos neue Gewohnheiten zulegt und damit selbst bezeugt, daß es im Grunde unweise ist, weil es nicht bei einer einzigen ererbten Gewohnheit ausharren kann."
Wie wir noch so am Wege standen und uns beide im Geiste besprachen, kamen von weitem plötzlich die sieben blinden Musikanten ohne Säcke und ohne Esel angerannt und schwangen schon ganz weit die Hände und riefen mir unverständliche Worte zu.
„Die Polizei hat ihnen das Gold abgenommen", lachte der Büffel gemütlich, „die Polizeisoldaten sind vom Residenten vor uns ausgeschickt worden, um uns, wenn sich das Volk verlaufen hätte, alles Gold abzunehmen. Ich hörte vorhin, als ich am Wegrand beim Pfandhaus unterm Telephondraht stand und Gras raufte, das Telephongespräch zufällig mit an, das der holländische Resident von Garoet mit dem Polizeiwachtmann hatte. Ich hatte es aber wieder vergessen. Nun, wenn die holländische Regierung das Gold nach Holland bringen will, dann ist das Gold ebensogut aus Java fort, als wenn wir es erst hinauf zum Papandajan an den Krater schleppen sollten. Die Polizei nimmt uns liebenswürdigst die Wegschaffung des Goldes ab. Das ist sehr angenehm für dich, nun brauchst du keine Säcke zu schleppen", lächelte mein Wasserbüffel mir zu.
„Was", rief ich aus, „die holländische Polizei will uns das Gold abnehmen? Darüber habe ich zu bestimmen, wohin mein Gold gebracht wird. Unser Gold geht den Residenten gar nichts an."
Und da ich eben abgestiegen war, sprang ich schleunigst wieder auf den Büffel, schüttelte ihn an den Hörnern, warf den heraneilenden atemlosen Javanen ihre Musikinstrumente zu und rief: „Lauft, lauft zurück, erzählt es am Markt von Garoet, die Polizei muß das Gold wieder hergeben; lauft, wir kommen gleich nach!"

Sie liefen atemlos weiter, da sie fürchteten, von den Polizisten gefangengesetzt zu werden. In meinem Herzen aber war ich froh, die sieben Kerle los zu sein. Nun konnte ich mit meinem Golde machen, was ich wollte. „Lauf, Büffel, lauf", rief ich, „lauf querfeldein, von der Landstraße fort, wir müssen unser Gold retten."
Der Büffel – ich weiß nicht, ob er Ernst oder Spaß machte – stürzte sich, als ob er ein rotes Tuch sähe, fort über den Straßengraben, zwischen den Bäumen durch, hinaus in die Wasserspiegel der Reisfelder. Eine Weile jagte er über die morastigen schwarzen Schlammfelder hin, in denen die grünen Halme der Reisähren so dicht wie unsere grünen Roggenähren stehen. Der Reis wächst nur im Wasser. Einige Fuß tief ist da in den Feldern immer Wasser, das tief in die Erde dringt und diese zu schwarzem Brei aufweicht. Dieser Reisfeldmorast ist der höchste Hochgenuß für die Herren Wasserbüffel. Und kaum waren wir so weit, daß wir von der Landstraße aus nicht mehr gesehen wurden, und waren in einem noch unbestellten schwarzen Morastfeld angekommen, da kniete sich mein Büffel fröhlich brüllend nieder, legte sich auf die Seite und rollte mich und meine Goldsäcke und sich selbst in den tiefen, schwarzen, ekelhaften Fettschlamm des Wasserfeldes. Ich sank bis an den Hals in den Dreck. Die Goldsäcke versanken, von der Schwere hinuntergezogen, in der schwarzen Tiefe, und der Büffel wälzte sich und grub sich mit höchstem Wohlbehagen immer tiefer in das Morastfeld ein, so daß zuletzt nur noch sein Kopf mit den zwei schwarzen Hörnern aus dem Erdbrei herausschaute.
„Du, Matiuni", brüllte der Derbe vergnügt, „du wirst doch nicht etwas Schmutz scheuen. Nachher ziehen wir hinunter zum Fluß und waschen uns im Tjimai-Stromwasser wieder sauber. Siehst du, das sind eben so unsere einfachen biederen Büffelgewohnheiten. Bist du als Junge nicht gern im größten Dreck herumgepatscht, dann warst du nie ein richtiger Bengel."
„Ja", sagte ich etwas kleinlaut und tief atemschnappend, „es

ist nur schon etwas lange her, daß ich ein Bengel war, – ich habe es verlernt, die Pfützen zu ergründen." Ich wollte mir meine Wut nicht anmerken lassen und hoffte, den Büffel durch Freundlichkeit bei seiner guten Laune zu erhalten, damit er meine Goldsäcke wieder aufnehme. Er könnte sie leicht mit seinen Hörnern aus der Tiefe heben, dachte ich mir. Darum machte ich gute Miene zum bösen Spiel.

Nachdem ich so eine Weile bis zum Hals im Dreck gestanden und versucht hatte, mir die Augen reinzuwischen, was aber nicht gelang, sagte ich seufzend: „Nun bin ich, glaube ich, auf beiden Augen richtig blind geworden."

„Ach, was du nicht sagst!" lachte mein Büffel immer gemütlich. „Dann bist du also kein Halbkönig mehr, sondern ein richtiger Blindenkönig. Ich gratuliere zur Standeserhöhung."

„Na, ich danke. Ich bin müde von soviel Ehre. Ich schlage vor, wir heben meine Säcke wieder aus dem Morast heraus und tragen sie endlich, wohin sie gehören, auf den Papandajan. Denn das habe ich den Garoetleuten doch versprochen, nicht wahr, Büffel?" Ich wollte eigentlich „Büffel, dreckiger" sagen, hütete mich aber, ihn zu beleidigen, ehe ich meine Goldsäcke hatte. „Also", fuhr ich fort, „sei so gut, tu dich nach meinen Goldsäckchen um und gib die Spielerei jetzt auf."

„Nach deinen Goldsäckchen soll ich mich umtun?" kam es höchst erstaunt vom Büffelmaul zurück. „Ich habe deine Goldsäcke doch nie getragen."

„Na also, die Säcke der Leute; sei doch nicht so wortklauberisch, du alter Quälgeist, du!" sagte ich gereizt. „Ich will jetzt endlich zu meinem Gold kommen", fuhr ich unvorsichtig und übereifrig fort. Es entfuhr mir so nebenbei.

„Du willst dich also wieder dem falschen, gelben Blick des Unglücksgoldes hingeben?" lachte der Büffel, meine Worte von vorhin höhnisch wiederholend.

„Ach was!" sagte ich, und die Geduld riß mir zu früh. „Mach jetzt! Ich danke dafür, hier im Dreck mein Leben zu beschließen. Deine Worte über das Gold fanden wohl im

Geist meinen Beifall, aber in der Wirklichkeit und als Taten lassen sie sich nicht durchführen, — das wollte ich dir gerade vorhin auf der Landstraße auseinandersetzen, als die Polizei ankam und wir fliehen mußten."

Der Büffel brüllte: „So, wenn du dieser Meinung bist, dann bist du also lieber ein Dieb als ein ehrlicher Mann und möchtest wohl gar das Gold der armen Garoetleute einstekken? Ja, das würde dir so passen; ich habe dir nur versprochen, daß du Gold wachsen hören sollst, aber ich habe dir keine Unze Gold in die Hand versprochen. Ich will nichts mit einem Golddieb zu tun haben, und deinen Hehler wird selbst der niedrigste Büffel nicht machen wollen." Und damit wollte der Büffel sich aus dem Schlamm erheben und wollte mich im Dreck stecken lassen, aus dem ich mir nicht allein heraushelfen konnte.

„Hallo, Büffel, sei doch nicht so übelnehmerisch; ich meinte es nicht so!" Und nun wurde ich wirklich ernst und bedachte, wie recht der Büffel damit hatte, daß ich ein Dieb geworden wäre, wenn ich meine Hand nach einem einzigen Goldschmuck in den vier versunkenen Säcken ausgestreckt hätte. Nein, so hatte ich es nicht gemeint. Ich hatte es nicht überlegt und hatte mich nur am Gold freuen wollen, aber der Büffel klärte mich auf, und ich schämte mich und wurde zornig über mich selbst, weil ich dümmer als ein Büffel war und mir von ihm Ehrlichkeit beibringen lassen mußte. „Lieber Büffel, nun bereue ich wirklich, was ich da eben bös und dumm gesagt habe. Verzeih mir! Ach, hätte ich doch niemals das Gold wachsen hören wollen! Man hat wirklich nichts als Ärger und Dreck davon", begann ich aufrichtigen Herzens zu klagen. „Hätte ich doch lieber das Gras wachsen hören wollen, dann hätte ich vielleicht einen schöneren Morgen erlebt als dieser war!"

Da wurde mein Büffel wieder gut und sagte: „Das Gras kannst du immer noch wachsen hören, dazu ist es nie zu spät. Besonders, da du dich von aller Goldgier befreit fühlst; nun wird es mir ein Genuß sein, mein Herr, Sie dorthin zu führen, wo Sie das Gras wachsen hören können." Und das gute

Tier kam nahe zu mir, so daß ich seinen Nacken fassen und aufsteigen konnte, dann erhob es sich völlig und trug mich aus dem Morastfeld fort. Zuerst wuschen wir uns unten am Fluß rein, ich samt meinem weißen Leinwandanzug trocknete schnell an der heißen Vormittagssonne, und dann ritten wir bergan, zum Urwald, wo ich das Gras wachsen hören sollte.

Die vier Goldsäcke lagen nun im Morast des Wasserfeldes versunken, und wenn sie mir manchmal in den Sinn kamen, dann dachte ich schnell an etwas anderes, nur um nicht wieder in Versuchung zu fallen und mir Gold zu wünschen.

Im Urwald, als wir ihn bei Telagas Bodas nach vielen Stunden erreichten, war es grau und nebelig, und wir kamen erst in ein Tal, das hieß das Totental; denn dort strömten aus der Erde giftige Dämpfe, und jede Eidechse, jede Schlange, jede Maus, jeder Frosch, alles Getier, das dicht am Boden lebte und in dieses Tal geriet, mußte sterben. Die Menschen aber konnten aufrecht gehen, ohne daß ihnen die giftigen Gase schadeten, da sie nur einen Fuß hoch über die Erde aufstiegen und nicht höher steigen konnten.

„Hier übergebe ich dich der Führung der roten Papageien", sagte mein Büffel. „Denn mein Aufenthalt ist nicht im Wald, ich bin ein Wasserbüffel, und mir sind als Aufenthalt die Felder angewiesen und die Moraste. Also gehab dich wohl! Am Ausgang des Totentales klatschst du in die Hände, wenn du zurückkommst und das Gras hast wachsen hören. Dann hole ich dich ab."

Und der Büffel setzte mich ab, ließ mich stehen und lief zurück. In den Bäumen sah ich eine Schar dunkelroter kleiner Papageien fliegen. Die Bäume waren der ungesunden Luft wegen nicht reich belaubt, und man sah mehr graues Astgestrüpp als grüne Blätter, und alte vertrocknete Lianenwurzeln hingen wie graue Taue von den Baumgerippen; auch stiegen viele feuchte Dämpfe durch die halbkahlen bemoosten Baumstümpfe. Deshalb wurde der Wald, weil er so nebelig war, auch der Nebelwald genannt. In den kahlen Bäumen und im weißlichen Nebel konnte man die feuerroten

Papageien sehr gut sehen, und ich konnte ihnen gut folgen, als sie vor mir her flogen. Aber ich mußte bei jedem Schritt schaudern, denn öfters lagen vor mir weiße Skelette von Eidechsen, toten, und weiße, mumienhaft vertrocknete Schlangenleiber. Auch das kleine Geripp eines Vogels lag zwischen dem weißen Steingeröll des Tales. Beim Anblick der kleinen Toten wurde ich recht ernst gestimmt; ich hätte sie gern aufgehoben und begraben, aber die roten Papageien warteten nicht, sie flogen schnatternd und plappernd vor mir her von Baum zu Baum, und ich mußte die Papageien gut im Auge behalten, um sie nicht zu verlieren. Denn dann hätte ich da im todstillen Nebelwald ganz allein in dem weißen Steingeröll gestanden und hätte den Weg nicht vorwärts und nicht zurück gefunden. Es war sehr still. Die blattleeren Bäume rauschten kaum ein wenig, sie waren ohne Blätterzungen, also stumm geboren. Gras gab es gar keines. Und ich verstand nicht, warum mich der Büffel gerade dort in den Urwald eingeführt hatte, wo der Wald gar keine Stimme hatte. Ich wurde durstig und hungrig, aber es gab keine Beeren und keine Früchte und keine Quelle, und die heiße Mittagssonne brannte durch das Baumgeäst, das kahle. Und immer leerer wurden die Bäume, und immer wirrer und wilder das Geäst, und immer kahler die kahlen Steine.

„Alter Mann, alter Mann!“ rief da eine Stimme hinter mir, und es war die krächzende Stimme einer alten Frau.

Ich hatte aber ganz vergessen, daß ich dreihundert Jahre zählte und daß ich also ein alter Mann war; ich sah mich ganz erstaunt um, und ich dachte, die Frau rufe einen andern und nicht mich. Das war eine seltsame Alte: sie hatte grünes Haar, langes, grünes Haar hing ihr im Rücken herunter, und sie rief mich und lachte wie eine alte Bekannte. Als sie aber zu mir trat, lachten alle roten Papageien laut auf, und dann flogen sie auseinander und waren im Dickicht verschwunden.

Nun war ich mit der alten Frau allein.

„Alter Mann, alter Mann“, krächzte diese, „auf dich habe ich mein Leben lang gewartet.“

Das verstand ich nicht. Wir kannten uns ja gar nicht, und ich hatte ihr doch gar nichts versprochen.
„Mein Name ist Matiuni", sagte ich höflich.
„Oh, dein Name ist dein Name, aber dein Wunsch ist mein Wunsch", rief sie, sich nähernd. Beim Anblick der Alten hatte ich wirklich keinen andern Wunsch als den, nach einem Schluck Wasser zu fragen und nach einer Frucht, um meinen Hunger zu stillen.
„Also dann sind Sie auch durstig und hungrig, wie ich es bin?" sagte ich deutlich.
„Ja, mich dürstet und hungert auch wie dich danach, Gras wachsen zu hören", nickte die Alte. Diesen Hunger und Durst nach Gras, das muß ich gestehen, hegte ich im Augenblick nicht mehr deutlich. Mein Magen sprach nur von seinen Wünschen, mein Herz durfte nicht mitwünschen, solange der Magen so unbändig schrie, darum hatte ich das Graswachsenhören einstweilen halb aufgegeben.
„Darf ich um Ihren Namen bitten, meine Beste? Dann erinnerte ich mich vielleicht, wo wir uns zuletzt sahen."
„Ach, es ist noch nicht so lange her, daß wir voneinander schieden. Heute morgen erst habe ich dich verlassen, kurz nachdem du auf dem Büffel fortgeritten warst, um das Gold wachsen zu hören", nickte die Alte mir vertraulich und bekannt zu.
„Ich kann mich wirklich nicht entsinnen, ich muß noch geschlafen haben, als Sie an mir vorbeigingen", sagte ich, nachdenklich geworden.
„O nein, wir kennen uns, wir kennen uns, wenn du mich auch heute morgen mit deinem Wunsch nach Gold verleugnet hast; wir kennen uns, und ich kehre zurück, weil auch du zu mir zurückgekehrt bist."
„Aber sagen Sie doch, um Himmels willen, wer sind Sie denn, daß Sie so bekannt mit mir reden?" Ich wurde etwas gereizt durch die Unklarheit, in der ich mich befand.
„Ach, mein Lieber, ich bin doch deine Seele!"
„Meine Seele? Siehst du so aus?" mußte ich, entsetzt über die alte, runzelige Person, ausrufen.

„Ja, wie soll ich denn aussehen; bin ich denn nicht jung und schön genug für einen dreihundertjährigen Mann?“ fragte mich meine alte Seele erstaunt.
„Ja, meine Seele, du hast ja grünes Haar!“
„Ich habe grünes Haar?“ sagte sie erstaunt und zerstreut, wie Seelen meistens sind, da sie nicht fest im Leben stehen. „Ach, dann ist das Haar wohl von meinen Gedanken grün geworden, da ich heute immer an grünes Gras denken muß, das ich wachsen hören möchte.“
„Das ist hübsch, meine Seele“, sagte ich, „daß sich deine Wünsche in der Haarfarbe verraten.“
„Ja, weißt du, wir Seelen sind so aufrichtig wie Fensterscheiben. Man sieht durch uns hindurch und sieht uns alles an, was in uns vorgeht.“
Ich fand, sie sprach ein wenig schwärmerisch.
„Aber warum hast du dich mir denn noch nie früher gezeigt, meine Seele?“ fragte ich neugierig.
„Wie konnte ich denn das? Du warst ja noch nie im Urzustand im Urwald. Und wir Seelen offenbaren uns dem, dessen Herz wir besitzen, nur, wenn er zum Urzustand zurückgekehrt. Auch konnte ich erst dann zu dir kommen, als dein Leib den gleichen Wunsch mit mir teilte.“
„Ach, seid ihr Seelen aber eine scheue Gesellschaft!“ rief ich aus.
„Jeder ist eben anders gebaut“, sagte sie ruhig lächelnd.
Und ich vergaß seltsamerweise bei dem ersten Lächeln meiner Seele meinen Leibeshunger und verlangte keine Früchte mehr zu essen. So wunderschön hatte mich eben meine Seele angelächelt, daß auch mein Magen von diesem Lächeln zufrieden wurde, wie von einem Stück Mandelkuchen mit Schlagsahne und Honigfüllung. Und zu meinem Erstaunen merkte ich, während ich nach einer Fortsetzung unseres Gespräches suchte, daß meiner Frau Seele die grünen Haare länger und länger wuchsen.
„Ich will uns ein Lied vorsingen lassen“, sagte meine Seele und winkte ein wenig nur mit den Augenwimpern, da kam ein ganz unscheinbarer graugrüner Vogel aus dem Wald

geflogen und setzte sich meiner Seele auf den Zeigefinger, den sie ihm hinhielt, und dann sang der kleine Vogel ganz wunderbar schön.
„Was singt er denn?“ fragte ich am Anfang.
Aber meine Seele lauschte gedankenvoll auf den Vogelgesang, und dann fragte ich nicht mehr. Bald dachte ich auch gar nicht mehr an Worte, sondern ich fühlte, was der Vogel sang: er sang das Lied, das alle Vögel singen: das Herzlied. Ein anderes kann kein Vogel singen. Immer klingt es anders aus jedem Vogelschnabel, aber immer ist das Lied dasselbe schöne Lied, das Herzlied. Und wenn man gar nicht mehr hinhorcht, hört man das Herzlied noch am Klopfen des eigenen Herzens. Der Vogel singt, dein Herz klopft, und du verstehst bei deinem Herzklopfen mit einem Male das Herzlied.
Als ich das Herzlied verstand, fühlte ich, daß mich meine Seele anschaute, und ich sah ihr zum zweitenmal in die Augen, und nun lächelte sie zum zweitenmal. Und nach diesem Lächeln war mir meine Zunge nicht mehr trocken. Ich fühlte keinen Durst mehr. Es war, als habe mich meine Seele mit diesem Lächeln besser gelabt als mit dem besten Weintrunk. Und es erstaunte mich, daß das langgewachsene grüne Haar meiner Seele nun den steinigen Boden des Totentales erreicht hatte, — so schnell war es gewachsen während des Vogelliedes. Und meine Seele winkte wieder mit den Wimpern, da flog der kleine Vogel fort, zurück in den Wald. Aber es schien mir, als sängen immer noch Stimmen.
„Was singt denn, liebe Seele, da so schön? Der kleine Vogel ist doch fortgeflogen?“ Da lächelte meine Seele zum drittenmal, und nun sah ich es deutlich: es waren die Augen meiner Seele, die wie ein Vogelpärchen im Gesicht meiner Seele sangen.
Und nun erstaunte es mich, daß meine Seele solch singende Augen bekommen hatte. Mehr aber wunderte mich, daß nun ihr grünes Haar, wo es den Boden der Steine streifte, hinter uns eine lange Fährte von jungem, grünem Gras erwachsen ließ.

„Deine Wünsche ziehen das Gras aus der Erde, daß es auf einmal dort aufwächst, wo vorher tote Steine waren."
„Ach, sieh mal, das wußte ich gar nicht", lachte meine Seele hell auf, „daß ich das Gras wachsen machen kann. Das ist aber nur, weil du so gut zu mir geworden bist."
„Bin ich gut zu dir?" fragte ich erstaunt. „Ich habe dir doch gar nichts Gutes getan."
„Hast du mich nicht dreimal so freundlich angelächelt?" sagte meine Seele leiser.
„Du hast mich so freundlich angelächelt", antwortete ich voll Staunen. „Ich wußte gar nicht, daß ich dreimal gelächelt hatte."
„Siehst du, das ist das Schöne: wenn wir beide zusammenkommen, dann wissen wir nicht, daß wir Gutes tun; dann sind wir unbewußt gut und lächeln unbewußt. Und wie schön du eben gesungen hast mit deinen Augen, das weißt du wohl auch gar nicht?"
„O meine Seele, wie du seltsam bist, – du hörst mich singen, während ich deinem Singen zuhören muß."
Und sie lachte froh und frei auf und sagte: „Nun wollen wir uns zum wachsenden Gras niedersetzen."
Und wir setzten uns, und das Gras zeigte vom Lachen meiner Seele viele goldene Tautropfen, und jeder Goldtropfen spiegelte die Sonne wider, und jedes Goldbild der Sonne blitzte in seinem Tropfen wie eines der vielen javanischen Schmuckstücke, die ich vorhin in meinen vier Säcken auf dem Büffel aus Garoet fortgetragen hatte.
„Oh, das viele Gold auf dem Gras, das viel schöner glänzt als wirkliches Gold", mußte ich ausrufen.
Da fiel mir meine Seele um den Hals und küßte mich mitten auf den Mund. Ich küßte sie wieder, und da sah ich, daß sie keine alte Frau mehr war, – sie war jung und rosig geworden. Ich mußte tief Atem schöpfen, so sehr ergriff mich ihre Nähe und ihre Jugend.
Sie sah mir an, daß ich von ihr erschüttert war, und sagte: „Wir können alt werden, wenn man uns vernachlässigt, wir Seelen, und wir können jung werden, wenn man gut zu uns

ist. Aber sterben können wir nie, und nie den für immer verlassen, dem wir einmal angehören für alle Ewigkeit. Aber wenn wir glücklich sind, können wir vor ihn hintreten, können mit ihm singen und mit ihm lächeln, und wenn wir eines Wunsches mit ihm sind, kann er uns wieder einatmen, so wie er uns verstoßen und fortgeschickt hatte, als er im Zwiespalt mit seiner Seele lebte."

Ich mußte tief und erleichtert aufatmen. Und da sah ich, wie meine lächelnde Seele verschwand, als ob sie in mich gleich einem Schluck frischer Luft verschwunden wäre. Und ich fühlte mich sehr zufrieden. Es war mir aber, als ob ich wieder singen hörte. Nun aber war es das wachsende Gras des Totentales, das vor mir Sitzendem sang wie ein Heer von lieblichen, feinen Flöten, und das Gras wuchs feierlich und langsam höher, und kleine dunkelblaue Männertreublumen und goldgelbe Ringelblumen wuchsen im Gras auf. Und die blauen Blumen waren wie winzige kleine treue Himmelsaugen, und die Ringelblumen waren wie viel blühender Goldschmuck, der tausendfältig und schöner als aller wirkliche Schmuck wuchs und blühte und singen konnte wie feine Flöten.

„Das muß ich meinem Büffel zeigen", sagte ich laut, als ob meine Seele noch vor mir sei. Und ich klatschte lebhaft in die Hände.

Ich mußte ein paarmal laut klatschen, bis der gnädige Herr Büffel sich zeigte. Aber ich war nicht ungeduldig. Denn ich trug ja meine Seele bei mir, und es macht zufrieden, geduldig und beglückt, wenn man seine Seele wieder eingeatmet hat und sie bei sich im Herzen wohnen fühlt.

Als aber der breite, klotzige Kopf des grauen Wasserbüffels aus den Büschen des Totentales auftauchte und er mit seinen großen schwarzen Augäpfeln das viele Gras sah, das im Wachsen immer noch nicht stillstand, da kam der Büffel gar nicht näher, sondern er senkte das schwere, mächtige Haupt und begann gleich mein schönes Gras auszuraufen und zu verzehren.

Ich ließ ihm einige Zeit seinen Willen. Und da das Gras

darüber gelacht hatte, daß es dem Büffel so gut schmeckte, hatte auch ich lachen müssen.
Dann aber stand ich auf und sagte: „Büffel, jetzt ist es genug des Guten. Das Totental soll grün bleiben. Alles darfst du nicht abfressen von meinem wachsenden Gras."
„Laß ihn nur, wir wachsen gern wieder", sagten einige abgeknabberte Grashalme gutmütig, wie alles Gras von Hause aus gutmütig ist.
Nun, da ließ ich dem Büffel noch ein Viertelstündchen seinen Willen, und dann kletterte ich auf seinen Rücken und sagte: „Nun aber nach Hause, ich muß das Erlebnis der Lore in Altona schreiben. Eile dich, trage mich heim, lieber Büffel, vor mein Tintenfaß!"
Der Büffel aber fraß ungestört weiter und sagte: „Lege dich nur ins fette Gras nieder, das trägt dich schon nach Hause, das wächst bis an dein Bett und höher und legt dich hin, wo du willst. Mich aber störe nicht, ich habe selten so gutes Gras gefunden; du mußt eine ganz tüchtige Seele haben, die sich gut aufs Graswachsen versteht."
„Das will ich meinen!" sagte ich stolz.
Und der Büffel legte sich im Gras nieder und ließ mich, ganz sanft gemacht vom guten Fraß, sanft von seinem Rükken ins Gras rollen. Dort lag ich herrlicher als im frischüberzogenen Bett, und dort, wo ich lag, schlief ich auch gleich ein und schlief wie im Arm meiner Seele, so ruhig und beglückt.
Damit endete mein Märchen dieser Nacht, der dritten heiligen Nacht. Und da es mich so zufrieden gemacht hatte, beschloß ich, vor der vierten Nacht nicht mehr davonzulaufen und heute am Schreibtisch auf meiner Veranda ruhig den Abend und den Beginn der vierten heiligen Märchennacht zu erwarten. Ich war aber, als ich meine Seele eingeatmet hatte, auch jung geworden und war nicht mehr ein verhutzeltes Männchen von dreihundert Jahren. In meiner ursprünglichen Gestalt bin ich am andern Morgen, wie das bei Märchen immer so einfach zugeht, statt im Gras in meinem eigenen Bett aufgewacht im Gasthaus Papandajan zu Garoet. Ich

kann aber, da ich gut geschlafen habe, gar nicht sagen, wie mich das Gras heimgebracht hat, ob es bis ans Gasthaus mit mir lief, oder ob der Büffel so freundlich war, mich zu Bett zu bringen. Das ist auch ganz einerlei. Die Hauptsache ist, daß ich zwei große Dinge erlebt hatte: Gold wachsen hören und sehen und Gras wachsen hören und sehen. Aber das letztere war entschieden das Schönere gewesen.

Das wirst Du auch finden, liebe Lore, wenn Du gut im Herzen aufgehorcht hast auf das, was ich Dir hier erzählte.

Auf Wiedersehen!

Dein Märchenonkel

Anfang und Ausgang

Ich tat den Weg um die Erde wagen,
Ging Tagen entgegen, die mich weit von der Geliebten getragen,
Wanderte einsam in der Sehnsucht Gehegen,
Auf Wegen, die über Meere kamen. Sieben Meere nahmen mich mit.
Und Schritt um Schritt, auf jeder Welle, in jedem Meer,
Die helle Sehnsucht mir die Brust zerschnitt.
Ich sah des Orients kindliche Pracht und Behagen,
Des Okzidents strebendes Wagen und Allmacht.
Ich ging den reich lebenden Weg, wie über einen bebenden Steg,
Wie durch einen bunten Schacht,
Als sei ich drunten unter der Erde,
Wo sich Nacht reiht an Nacht
Mit der Verlassenheit tödlicher Gebärde.

So wie ein Herz geht und eilt
Und doch weilt und immer auf einer Stelle steht,
So wanderte ich wohl früh und spät;
Und als einzige Helle, die in die Herzzelle fällt,
Sah ich im dunkeln Getriebe,
Als Anfang und Ausgang in dieser Welt,
Der Geliebten Liebe.

Die Absicht dieser Auswahl *ist es, den Leser bekannt zu machen mit den schönsten Werken Max Dauthendeys. Wer die exotischen Novellen dieses Autors heute liest, fühlt zwar bei manchen Einzelheiten den zeitlichen Abstand; im ganzen aber wird er beglückt sein über die Lebendigkeit, Frische und Farbigkeit dieser Erzählungen. Die Lyrik Dauthendeys mag man jetzt in erster Linie literarhistorisch werten: als eine interessante Leistung des Impressionismus, die freilich in wesentlichen Zügen bereits den Übergang zum Expressionismus andeutet. Dennoch werden diese Verse auch heute noch jeden ansprechen, der – wie Dauthendeys Freund Korfiz Holm schreibt – „den Probierstein für künstlerische Echtheit in sich trägt".*

Das Leben dieses phantasiebegabten Dichters mutet selbst an wie ein phantastischer Roman. Dauthendeys Vater war ein erfolgreicher Geschäftsmann, der 1841 als erster die Daguerreotypie in Deutschland einführte und später als Porträtphotograph große Erfolge in Petersburg hatte. (Ähnlich wie ein Jahrhundert vorher Gerhard von Kügelgen als Porträtmaler; einige Züge in Dauthendeys „Geist meines Vaters" erinnern an die „Jugenderinnerungen eines alten Mannes".) In seinem Sohn Max, der am 25. Juli 1867 in Würzburg das Licht der Welt erblickte, hoffte Carl Dauthendey sich den Nachfolger erziehen zu können, der sein gutgehendes Geschäft weiterführen würde. Der Plan mußte nach harten Kämpfen zwischen Vater und Sohn aufgegeben werden. Der junge Dauthendey wollte Maler und Dichter werden. 1889 beginnt er ein ruheloses Wanderleben im Stil der „Bohème", das ihn nach Genf und Petersburg, dann nach Schweden, nach London und Paris führt. Im Winter 1894 lernt er seine spätere Frau Annie, die Tochter eines schwedischen Großkaufmannes, kennen. 1896 heiraten die beiden auf der englischen Kanalinsel Jersey.

Diese Heirat ist für das Leben und Dichten Dauthendeys entscheidend gewesen. Er, der schon als Kind die Mutter verloren hatte, findet in der geliebten Frau die Mutter wieder. Die Liebe zu dieser Frau ist fortan das große Leitmotiv seiner Lyrik. Annie ist nicht nur seine treue Gefährtin auf allen seinen, oft selbst den Freunden kaum noch verständlichen Lebenswegen. Sie berät ihn auch bei seinem dichterischen Schaffen. Wie zartfühlend Annie selbst in kleinen Dingen war, dafür erzählt Korfiz Holm (in seinem Buch „ich kleingeschrieben“, 1966) ein heiteres Beispiel: Wenn das Ehepaar Dauthendey auf der Straße Bekannten begegnete, dann trat Annie, die hochgewachsene Schwedin, unauffällig vom Bürgersteig hinunter, um den Unterschied der Körpergröße zwischen ihr und ihrem Mann weniger auffällig zu machen. Noch im November 1917, ein Jahr vor seinem Tode, als er durch den Krieg von seiner Frau getrennt ist, schreibt der Dichter: „Annie hat immer etwas Allmächtiges, Urweltliches, Urgöttliches und Urdemütiges ... Sie ist erhaben in ihrer Liebe über alle Kleinigkeiten, und ihre Liebesfähigkeit ist bewunderungswürdig.“

Nach dem Tode seines Vaters geht Dauthendey 1897 mit seiner Frau nach Mexiko, um sich dort eine Existenz zu gründen. Diese Reise verzehrt sein Erbteil; ohne Geld kehrt er nach Europa zurück, aber mit einem Roman im Gepäck: „Raubmenschen“. 1898 folgt eine ähnlich phantastische Reise nach Griechenland. Seine literarischen Publikationen haben zunächst wenig Erfolg; das gilt für seinen Lyrikband „Ultraviolett“, den er 1893 auf eigene Kosten drucken läßt, wie für seinen Roman „Josa Gerth“. Immerhin wird er bekannt, Richard Dehmel und Frank Wedekind pflegen mit ihm Gedankenaustausch, selbst Stefan George, sonst unnahbar und zurückhaltend, sucht ihn im März 1893 auf und versichert ihm, seine Gedichte „wären das einzige, was jetzt in der ganzen Literatur als vollständig neu dastehe“.

1904 folgt das zweite Ereignis, das nächst der Liebe zu Annie den größten Einfluß auf Dauthendeys Dichtung hat. Er tritt mit dem Verlag Albert Langen, München, in Verbindung; einer der Leiter dieses Verlages, Korfiz Holm, wird sein Freund und Berater. Bei Albert Langen erscheinen nun in rascher Folge Dauthendeys Lyrikbände: „Der brennende Kalender“ (1904), „Die ewige Hochzeit“ (1904), „In sich versunkene Lieder im Laub“ (1908), „Lusamgärtlein/Lieder aus Franken“ (1909), „Weltspuk“ (1910). Diese Gedichte treffen den Zeitgeschmack durchaus; einzelne dieser Bände erreichen fünf Auflagen. – Beflügelt von solchen Erfolgen, faßt Dauthendey abermals einen phantastischen Entschluß: „ohne Geld um die Welt zu reisen“. Früchte dieser Reise, die vom Dezember 1905 bis zum Juli 1906 durchgeführt wird, sind die

Bände „Lingam/Asiatische Novellen" (1910) und „Die acht Gesichter am Biwasee" (1911). Diese beiden Werke zeigen Dauthendey auf der Höhe seines Schaffens. Gleichzeitig kommt er auch als Dramatiker zum Zuge: seine „Spielereien einer Kaiserin" (1911) werden in Berlin, Bamberg und anderen Städten mit Erfolg aufgeführt.
Dauthendey darf mit Recht stolz darauf sein, daß er in allen drei Genres des literarischen Schaffens Erfolg gehabt hat: als Lyriker, als Erzähler und als Dramatiker. In den Bänden „Der Geist meines Vaters" (1912) und „Gedankengut aus meinen Wanderjahren" (1913) gibt er sich Rechenschaft über seine bisherige Entwicklung. Eine zweite Weltreise, die er im April 1914 antritt, soll den Start bilden zu neuen literarischen Erfolgen. Diese Erfolge treffen auch ein – aber erst nach dem Tode des Dichters. Ihm selbst wird die Reise zum Verhängnis: der Ausbruch des Weltkrieges macht ihm die Heimkehr unmöglich. Auf Java, das damals eine niederländische Kolonie ist, lebt er als Internierter. Die Sehnsucht nach seiner Frau und nach seiner Heimat verzehren ihn; am 4. September 1918, kurz vor Kriegsende, ist er gestorben.
Annie Dauthendey hat das literarische Erbe ihres Mannes treu verwaltet. Die aus Tagebüchern und Briefen zusammengestellten Bände „Erlebnisse auf Java" (1924) und „Letzte Reise" (1925) hatten großen Erfolg, ebenso die Auswahl aus den persönlichen Briefen an seine Frau „Mich ruft dein Bild" (1930). 1925 erschienen die „Gesammelten Werke" Dauthendeys in sechs Bänden, 1930 konnte diese umfangreiche Ausgabe neu aufgelegt werden. Einzelne Werke, besonders „Die acht Gesichter am Biwasee", sind immer wieder neu gedruckt worden. – Annie Dauthendey hat ihren Mann um mehr als zwei Jahrzehnte überlebt. 1945 ist die Fünfundsiebzigjährige, durch die Kriegswirren nach Dresden verschlagen, im Feuersturm des 13. Februar ums Leben gekommen.

„Seine Erscheinung zog jeden unwillkürlich an ... Sein sanft gerundetes Gesicht unter dem dunkeln Lockenwald war tief brünett, die Stirn hoch und klar, die Nase kurz und fein geformt, der etwas üppige Mund zeigte in einem Lächeln, das bezaubern konnte, gern die hübschen weißen Zähne, wobei lustige Grübchen in den

Backen spielten. Das Schönste aber waren seine braunen Augen mit dem kindlich reinen Blick." – So hat uns Korfiz Holm seinen Freund Dauthendey geschildert. Wer nun die Erzählungen liest, die wir in dieser Auswahl vereinigt haben, wird erkennen, daß auch der Dichter Dauthendey seinen Lesern so entgegentritt: mit dieser Eleganz und Leichtigkeit, mit diesem bezaubernden Lächeln, mit diesem kindlich reinen Blick.

Will man das dichterische Anliegen Dauthendeys ganz begreifen, dann mag man ausgehen von einem Brief, den der Vierundzwanzigjährige 1891 schreibt: „Du hast wohl selbst schon darüber nachgedacht, wie geschmacklos und öde unser ganzes Jahrhundert ist. Keine Architektur, keine Malerei, keine Dichtung... In Berlin, in London, in München und hier im Norden, und was ich von Paris hörte; überall, wo ich war, überall ist die Sehnsucht aller Künstler und aller Dichter: Wir wissen nicht mehr, für was wir uns begeistern sollen, wir haben nichts Erhabenes, zu dem wir aufschauen... Wir haben keine Furcht mehr vor dem Tode und keine Liebe mehr zum Leben." – Das also ist das Anliegen Dauthendeys: mit den Mitteln der Dichtung den Menschen Werte lebendig nahezubringen, die das Leben lebenswert machen, die auch Gegenstand einer neuen großen Kunst sein können.

Der erste dieser Werte ist die Liebe. „Anfang und Ausgang in dieser Welt" ist ihm die Liebe. Die Liebe in ihrer gewaltigen sinnlichen Kraft, aber auch in den hohen Möglichkeiten, die Flügel des Geistes mächtig zu entfalten und den Menschen zu einem reineren Verständnis, zu einer tieferen Bejahung des Daseins emporzutragen.

„Geschmacklos und öde" dünkte Dauthendey das von Machtgier und Profitsucht beherrschte Europa an der Wende vom 19. zum 20. Jahrhundert. So sucht er Bilder anderer Art, die neue Hoffnung wecken können – zuerst im skandinavischen Norden, dann in Mexiko, endlich und vor allem aber im Fernen Osten, in Japan, dessen Landschaft ihn an seine fränkische Heimat erinnert, in Indien, auf Ceylon und Java. Mit glühenden Farben, in unendlicher Bewegung stellt er diese Bilder vor die Augen des Lesers. Die Menschen aber, die als Handelnde in diesen Erzählungen auftreten, sind einfache Leute: Reisbauern und Fischer, Kaufleute und Gast-

wirte, Dirnen und Bettler. Wenn er einmal Kreise der bürgerlichen Gesellschaft schildert, nimmt die Darstellung unversehens Züge der Karikatur an. Europäer und Amerikaner aber sind in dieser herrlichen Landschaft Fremdlinge, wenn nicht gar – wie der Amerikaner, der Hanakes Geliebten tötet – Verkörperung des Bösen. Dauthendey ist überzeugt, daß die Zeit des Kolonialismus zu Ende gehen wird. „Man ist nicht auf die Welt gekommen", schreibt Dauthendey im November 1917, „um zu wetteifern, sondern um eifrig zu sein ... Am Wetteifer wird der Westen, das Abendland, zugrunde gehen. Aus echtem Eifer wird Asien neu und stark und stärker als das heutige Abendland in Zukunft auferstehen." – Bei dieser Einstellung ist es selbstverständlich, daß Dauthendey nie daran gedacht hat, seine exotischen Dichtungen irgendwie in den Dienst des Imperialismus zu stellen, wie das damals nicht wenige Literaten mit Erfolg getan haben. – Ebenso wie der Imperialismus erscheint dem Dichter der Kapitalismus als feindliche Macht. „Wißt ihr nicht, daß ihr Knechte des Goldes werdet, sobald ihr es berührt habt?" heißt es in der „Geschichte des Wasserbüffels". Dauthendey selbst hat stets dem Gelde gegenüber eine souveräne Haltung eingenommen, die mitunter sich den Methoden eines Hochstaplers annäherte. Er wußte freilich auch, daß der Dichter mit literarischen Mitteln Kräfte wie Imperialismus und Kapitalismus zwar anklagen und brandmarken kann, daß er ihnen gegenüber aber letzten Endes ohnmächtig ist. Dafür hat er ein hübsches dichterisches Sinnbild gefunden: „Der Knabe auf dem Kopf des Elefanten". Solange der Knabe oben sitzt und mit seinem Stabe das mächtige Tier lenkt, kann er davon träumen, daß er alles vermöge, daß er „Durst und Hunger umbringen", alle Nöte beseitigen könne. Sobald er aber zur Erde zurückkehrt, ist er ohnmächtig und ein Spielball der anderen.

Ehrfurcht vor der Natur und vor dem Leben will Dauthendey mit seinen Dichtungen lehren. Man muß „das Gras wachsen hören", mahnt der Wasserbüffel, man muß um den Zusammenhang alles Lebendigen wissen, sich selbst als Leben begreifen und dem Leben in Liebe dienen. In den Steinwüsten seiner Städte und den Eiswüsten seiner Selbstsucht ist der europäische Mensch seelisch erblindet; er muß erst wieder wirklich sehen lernen, um das Leben recht zu verstehen und zu werten. Sehen lernen wie die einfachen Menschen glücklicherer Länder: dem Flug der Wildgänse nachschauen, die Segel in der Abendsonne heimkehren sehen, das Gras wachsen sehen, nicht das Gold. Dann wird er erkennen, daß jedes dieser Gesichte in geheimnisvoller Weise ein Schriftzeichen bedeutet; Schriftzeichen, in denen sich eine höhere Weisheit offenbart. – Es ist nicht verwunderlich, daß Dauthendey auf diesem Wege zuletzt auch zu einer entschiedenen und positiven religiösen Aussage gekommen ist. An sich gab es in seiner eigenen Familie und in der seiner Frau eine echte religiöse Tradition; Dauthendeys Mutter entstammte einer deutschrussischen Familie, die zur Herrnhuter Gemeinde gehörte. Der Vater Dauthendeys aber wandelte auf den Spuren Hegels; er suchte dem Sohn den Begriff „Weltgeist" einzuprägen. Max Dauthendey nahm diesen Begriff mit Begeisterung auf, aber er verstand ihn nicht philosophisch – alle Philosophie lag ihm zeitlebens fern –, sondern sinnlich: als Inbegriff der „Weltfestlichkeit".

Das Erlebnis des Krieges legt mit seinen Erschütterungen nun die starken religiösen Wurzeln dieses Weltgefühls frei. Zuerst in der Familie seiner Frau erfolgt eine ernste Besinnung, die zu entschlossenen Folgerungen führt. Annies Bruder Axel, Offizier in der schwedischen Kriegsmarine, quittiert den Dienst, weil er nicht eines Tages in die Lage kommen will, Menschen zu töten. Mit Axel zusammen wird Annie aktiv im sozialen Dienst der „Salvation Army". Dauthendey selbst, in der Einsamkeit und Verlassenheit seines Internierten-Daseins auf Java, nimmt seine Zuflucht zum Gebet, das er seit den Kindertagen nicht mehr geübt hat. Unter dem Einfluß der Briefe seiner Frau ringt er sich schließlich zu der Erkenntnis durch, die er am 30. Juni 1917 in seinem Tagebuch niederlegt: „Es ist ein großes Wunder geschehen ... Ich habe heute erkannt, daß es einen persönlichen Gott gibt ... Dieses Weltall muß ein Ichgefühl haben, ein einheitliches persönliches Daseinsgefühl. Dieses Meister-Ich der Welt ist Gott."

Das dichterische Werk Dauthendeys ist sehr umfangreich. Zu den sechs Bänden der „Gesammelten Werke" mit ihren fast fünftausend Seiten treten hinzu die drei Bände der Briefe und Tagebü-

cher, ferner eine Fülle kleinerer Publikationen. Wenn man Lesern, die bisher kaum etwas von Dauthendey kennen, diesen Dichter nahebringen will, ist eine strenge Auswahl und Begrenzung auf wenige Themen notwendig. Verzichtet werden mußte daher vor allem auf die Dramen, aber auch auf die Briefe und Tagebücher. Man kann natürlich gerade aus den Briefen und Tagebüchern ein farbiges Lebensbild Dauthendeys gestalten; Hermann Gerstner hat das 1957 getan in dem Band „Sieben Meere nahmen mich auf". Ein solches Lebensbild setzt aber die Kenntnis der dichterischen Werke Dauthendeys, auf denen seine Bedeutung beruht, voraus.

Von bleibendem Wert sind vor allem die Novellen Dauthendeys. Wir haben versucht, hier die Texte zu vereinigen, die auch heute noch den Leser auf das stärkste ergreifen: fünf Erzählungen aus den „Asiatischen Novellen", drei aus „Die acht Gesichter am Biwasee", zwei aus dem „Märchenbriefbuch der heiligen Nächte im Javanerland". Dieses letzte, 1915 begonnene Werk hat Dauthendey nicht vollendet; von zwölf geplanten Geschichten sind nur drei fertig geworden. – Vorangestellt haben wir einige Abschnitte aus dem Erinnerungsbuch „Der Geist meines Vaters". Von der Lyrik wird nur eine ganz knappe Auswahl geboten. Die als Prolog dienenden Strophen stammen aus der Reihe „Der brennende Kalender" (1904), die als Epilog verwendeten Verse aus der Dichtung „Die geflügelte Erde" (1916). – Die Illustrationen von Hermann Naumann sind entstanden auf Grund jahrelanger liebevoller Beschäftigung mit den Werken Dauthendeys und wollen den Leser ermuntern, sich mit gleicher innerer Anteilnahme und Freude die schönsten Werke aus dem reichen Schaffen dieses wahrhaft liebenswürdigen Dichters zu eigen zu machen.

Gerhard Desczyk

Hermann Naumann

Meine Farbholzschnitte zu diesem Buch

Die Kunst Dauthendeys lernte ich als Fünfzehnjähriger, mit den „Acht Gesichtern am Biwasee", kennen und lieben.
Auch noch heute behauptet Max Dauthendey still und beharrlich seinen Platz in der Reihe der mir besonders lieben Dichter. Seine Fähigkeit, mit überraschend bilderreicher Sprache den Geist ferner Völker zu beschwören, nimmt mich immer neu gefangen. Ein Augenmensch, mit ausgeprägtem Sinn für Farbe und Form, fordert Dauthendey buchstäblich das andre Metier heraus, sich gestaltend von seiner Kunst anregen zu lassen. Seine Sprache kann alle Pracht der Welt suggerieren, ohne die Klarheit und Gelassenheit zu verlieren.
Dieser einfache Erzähler ist in seiner Art vollendet. Für den bildenden Künstler, welcher sich von Dichtungen anregen läßt, ergibt sich sinnvollerweise die Aufgabe, in Form und angewandten Mitteln eine Entsprechung zum Ausgangspunkt anzustreben. Die Welt eines Dostojewski, Heine, E. T. A. Hoffmann, Kafka, Flaubert erfordert jeweils andere Mittel als eben beispielsweise ein Dauthendey oder Scholem Alejchem. Es geht nicht alles über einen Kamm zu scheren. Der einmal gefundene Stil ist in so vielen Fällen Mangel an Phantasie und Einfühlungsvermögen. Hier hat uns gerade Asien wieder bewußt gemacht, wie trotz ganz verschiedener Ausdrucksweisen und ganz verschiedener Materialien als Gestaltungsmittel die Einheit der Künstlerpersönlichkeit bewahrt bleiben kann. Ein japanischer Künstler war in der Lage, sich in ganz verschiedenen Stilarten ausdrücken zu können. Darüber hinaus gestaltete der berühmte Meister mit gleichem Ernst die Lackmalerei eines Schreibkastens oder ein Wandbild im Kaiserlichen Palast.
Die vorliegenden Farbholzschnitte sind mit dem Messer in Schnitt- und Gegenschnitt in Langholz geschnitten. Birnbaum ist das geeignete Material dafür.
In der Nachfolge unserer großartigen Brückemeister erwartet man vom Langholzschnitt Spontaneität in der Schnitttechnik und summarische Verdichtung der Form. Reize der jeweiligen Holzmaserung geben, richtig ausgenutzt, besondere Lebendigkeit im fertigen Blatt.

Und doch wird heute oft „materialgerecht“ mit Grobheit und „plakativ” verwechselt. Auch der ohne Geißfuß und Hohleisen entstandene Holzschnitt in Langholz bleibt echter Holzschnitt. Rembrandts Zeitgenosse Jan Lievens hatte mit der Anwendung unsystematischer Schraffierungen einen eigenen Weg des Holzschnittes beschritten. Diese Technik ermöglicht Geschmeidigkeit der Form, Reichtum auf kleiner Fläche zu entwickeln und „holzgerecht“ zu bleiben.

Für meine Dauthendey-Holzschnitte war diese „altmodische“ Technik ideal. Eine Bleistiftskizze wird auf der Rückseite mit schwarzer Kreide eingerieben und dann auf den Holzstock gepaust. Mit der Tuschfeder wird danach in Linien und eventuell lockerem Strichgefüge weiter vervollkommnet. So bleibt mit Beginn der Arbeit immer noch offen, welche der sich ergebenden Flächen voll schwarz gedacht werden, oder wie breit die noch folgende Farbplatte einkomponiert wird. Diese Farbplatte wird ja durch den Schnitt um den Papierton bereichert. Soll die sogenannte Zeichenplatte als Farbplatte verwendet werden, muß bedacht sein, daß zum Beispiel ein Blau auf ein Rot gedruckt, einen ganz dunklen schweren Farbton ergibt. Soll das Blau als reine Farbe wirken, muß aus der darunter zu druckenden Platte in der Größe des gewünschten Blaufleckens das Holz herausgeschnitten werden.

Gedruckt sind diese Blätter mit dünn aufgewalzter Holzschnittfarbe. Es wird zuerst die jeweilige Farbplatte gedruckt, dann folgt die sogenannte Zeichenplatte. Da bei dieser Schnittart „Zufälligkeiten“, wie sie durch Abreiben mit dem Falzbein entstehen, vermieden werden müssen, drucke ich die Stöcke auf meiner Kupferdruckpresse. Genau übereinander angeordnete verstellbare Stahlwalzen, ähnlich der Wringmaschine, ergeben die Presse. So kann der Druckstock, mit dem aufgelegten Papier und einer dicken Holzpappe bedeckt, unter mäßigem Druck langsam durch diese Walzen laufen. Damit bleibt die geschnittene Linie und Fläche gleichmäßig als Abdruck auf dem Papier erhalten, und es entsteht die gewünschte Geschlossenheit der reichgefüllten Blätter.

Inhalt

Fritz Reuter

in hochdeutscher Übertragung von
Friedrich und Barbara Minssen

Das Leben auf dem Lande

Ut mine Stromtid

Leinen · 702 Seiten

Gezeiten des Lebens

Die Romane der Erinnerung

Ut de Franzosentid
Meine Vaterstadt Stavenhagen
Ut mine Festungstid
Drei Aufsatzentwürfe aus der Zeit um 1848

Leinen · 532 Seiten

Das Leben im Paradiese

Romane und Geschichten
aus dem alten Mecklenburg

Dörchläuchting
De Urgeschicht von Meckelnborg
Zwei Geschichten um Onkel Matthes
Abendteuer des Entspekter Bräsig
Ein Heimatloser in Mecklenburg

Leinen · 480 Seiten

LANGEN MÜLLER